『난장이가 쏘아올린 작은 공』의
카오스모스 수사학

005
서강수밸류총서

『난장이가 쏘아올린 작은 공』의 카오스모스 수사학

우찬제 지음

서강대학교출판부

서강수밸류총서005

『난장이가 쏘아올린 작은 공』의
카오스모스 수사학

초판 1쇄 발행 | 2023년 12월 25일

지 은 이 | 우찬제
발 행 인 | 심종혁
편 집 인 | 하상응
발 행 처 | 서강대학교출판부
등록 번호 | 제2002-000170호

주 소 | 서울특별시 마포구 백범로 35(신수동)
전 화 | (02) 705-8212
팩 스 | (02) 705-8612

ISBN 978-89-7273-392-8 04800
ISBN 978-89-7273-200-6(세트)

값 17,000원

* 서강수밸류총서는 (주)수밸류 대표 김상수(81, 경제) 동문이 조성한
  수밸류출판금고의 지원으로 제작됩니다.

프롤로그

조세희의 『난장이가 쏘아올린 작은 공』은 거듭 읽게 되는 작품이다. 읽어도 읽어도 새로 읽을거리가 생긴다. 읽으면 읽을수록 미처 읽지 못했던 빈 공백이 커 보인다. 분석철학자 비트겐슈타인이었던가. 자기 책 서문에서 이 책은 두 부분으로 이루어져 있다, 쓰인 부분과 쓰이지 않은 부분으로, 그렇게 적었던 것으로 기억된다. 독자 입장에서 그 말을 흉내 내자면, 『난장이가 쏘아올린 작은 공』은 두 부분으로 이루어져 있다. 읽은 부분과 읽지 않은/못한 부분으로 말이다. 가령 이 연작의 문을 여는 「뫼비우스의 띠」는 수학 교사가 교실에 들어오는 장면으로 시작한다. 그는 입학시험과 상관이 없는 이야기를 해보고 싶은 것을 발견했다며, 『탈무드』에 나오는 굴뚝 청소부 이야기를 한다. 그 이야기를 학생들에게 들려준 교사는 두 번의 질문과 대답, 대답에 대한 응답을 한다. 이 장면을 나도 그렇고 다른 문학 독자나 철학자들도 거듭 여러 번 읽었다. 『탈무드』 원화 또한 여러 번 거듭 읽게 하지만, 『난장이가 쏘아올린 작은 공』의 서사 맥락에서도 거듭 반성적으로 읽으며 성찰하게 한다. 그 대목만이 아니다. '뫼비우스의 띠'나 '클라인씨의 병'과 같은 과학적 인식 기제 또한 현실 맥락과 관련하여 다양한 성찰이 뒤따르게 한다. 이런 목록들은 얼마든지 더 열거될 수 있다. 단문으로 응축된 감각과 사유들이 끊어질 듯 이어지며 단속(斷續)적인 상상력을 펼치고 있기에, 드러난 것보다 드러나지 않은 공백이 더 많을 수 있기 때문이다. 어떤 독자에게는 읽기 불편할 수도 있겠지만, 여전히 수많은 독자가 읽을 여지가 넉넉한 것을 진심으로 반기며, 아직 해석되지 않은 공백들을 응시한다. 그게 『난장이가 쏘아올린 작은 공』의 기본적인 매력이기도 하다. 한 번도 안 먹은 사람은 있을 수 있지만, 한 번만 먹은 사람은 없다. 어떤 식당들은 자기 집 대표 메뉴를 그런 식으로 광고하기도 하는데, 조세희의 『난장이가 쏘아올린 작은 공』이야말로 그런 경우가 아닐까 싶다. 한 번만 읽은 독자는 아마 없지 않을까.

이런 텍스트의 깊은 공백 및 그 맥락과 함께 이런저런

인연이 겹쳐져 『난장이가 쏘아올린 작은 공』을 거듭 읽게 되었다. 멀게는 1990년부터 가깝게는 2023년까지 거듭 읽은 시간이 제법 쌓였다. 작가를 전문적으로 연구하고 비평하는 특집을 기조로 했던 계간지 『작가세계』에서 두 차례 조세희 특집을 했는데, 그 두 번 다 참여했고, 『난장이가 쏘아올린 작은 공』의 신판 해설과 소설선집 『풀밭에서』 해설을 통해 작가와 함께 독자들을 자주 만나는 과분한 영광(?)을 누리기도 했다. 거듭 읽는 과정에서 새로운 것도 적었고 이전에 읽었던 것도 글을 구성상 다시 적기도 했다. 어쩔 수 없는 반복 속에서 새로운 트임을 모색하기도 했다. 아직 더 읽을 여지가 많기도 하고, 성긴 부분도 많아 조심스럽지만, 일차로 작가 타계 1주기에 맞추어 그 동안의 결과만을 모아 우선 보고하기로 한다.

우리가 『난장이가 쏘아올린 작은 공』을 거듭 읽어야 할 사유는 퍽 다양하겠지만, 그중 하나는 난장이로 상징되는 취약한 인간 존재의 '깊은 고통'에 대한 '깊은 성찰'을 하게 한다는 점이다. 당연한 이야기가 되겠지만, 인간은 고통받는 존재이다. 인간 삶에 기쁨과 행복, 사랑과 쾌락의 순간도 있지만, 그에 반해 슬픔과 불행, 실연과 고통의 순간도 많다. 한스 게오르그 가다머나 임마누엘 레비나스를 비롯한 여러 철학자들이 논의하는 것처럼 상처받을 수 있는 가능성, 트라우마에 빠질 가능성, 타인과 세계에 노출된 상태에서 고통받을 수 있는 가능성을 지닌 존재가 바로 인간이다. '사유가 어떻게 시작되는가?'라고 필립 네모가 질문했을 때, 레비나스가 했던 답변을 간단히 요약하면, 이별이나 폭력적 장면 같은 데서 느끼는 고통에서, 그 말로 표현하기 어려운 상처나 고통에서 비롯된다는 것이었다. 특별한 사유나 상상력은 범상치 않은 깊은 고통에서 발원되는 경우가 많다고 할 수 있다. 물론 고통은 기본적으로 인간의 몸과 마음을 힘들게 한다. 때로는 견딜 수 없는 고통으로 인해 절망하는 경우도 있다. 자신의 몸과 마음으로 감당하기 어려운 고통에 처하면 종종 이상 행동이나 심리로 벗어나기도 한다. 하지만 고통은 아이러니컬하게도 인간을 지켜주는 신호이기도 하고, 역설적으로 인간 영혼의 품격을 단련시켜 주는 기제이기도 하다. 세계 예술사를 빛낸 탁월한 문화 예술 작품들은 그 창작 과정에서 깊은 고통을 수반하는 경우가 많았다. 미국 철학자 월터스토프는 아들을 잃은 뒤 그 참척의 고통에 통곡하면서 이렇게 쓴 적이 있다. "고통의 골짜기에는 절망과 쓰라림이 양조(釀造)된다. 그러나 또한 품격도 제조된다. 고통의 골짜기는 영혼을 빚어내는 계곡이다."[1]

레비나스의 고통의 윤리학을 논의하는 자리에서 철학자 강영안은 "고통은 인간 상호 간의 윤리적 전망을 열어준다"[2]는 주장을 초점화한다. 고통에 관심을 두고, 고통을 앓는 이의 한탄과 신음에 귀 기울일 때, 비로소 삶에 대한 윤리적 전망이 열린다는 것이 레비나스의 입장이라는 것이다. 고통에 대한 깊은 관심을 통해 삶에 대한 윤리적 전망이 열린다는 메시지를 문학의 형성 맥락으로 전유해 보면 어떨까? 삶에 대한 윤리적 전망이란 곧 상상력의 유로(流路)와 통할 수 있다. 깊은 고통에서 촉발된 상상력의 단초가 삶에 대한 윤리적 전망을 감싸 안으면서 시적 비전이나 서사적 전망 혹은 극적 장치로 빚어진다. 그런 스토리텔링 혹은 형상화 과정에서 문학은 고통이 환기하는 윤리적 전망을 억압하지 않는 방식으로 보여줌으로써, 고통의 현상에 대한 반성적 지평을 넉넉하게 열어준다. 문학에서 깊은 고통이 중요한 까닭은 그것이 상상력의 어떤 원천이기 때문이다.

---

1 Nicholas Wolterstorff, *Lament for a Son*, Grand Rapids, Michigan: Eerdmans, 1987, p. 97. 여기서는 강영안, 「고통과 윤리」, 『서강인문논총』 8집, 서강대학교 인문과학연구소, 1998, p. 10에서 재인용함.

2 강영안, 앞의 논문, p. 21.

그러니까 깊은 고통에 대한 깊은 공감과 연민이 문학하는 마음이다. 그 마음을 작가 조세희는 '난장이'의 고통스러운 삶과 죽음의 서사를 통해 매우 드라마틱하게 보여 주었다. 그는 일련의 '난장이 체험'을 통해서 '나도 난장이다. 우리는 난장이다'라는 생각을 지니게 되었고, 난장이의 고통에 깊게 스며 들어갔다. 난장이의 깊은 고통에 대한 깊은 공감과 공분으로 한 편, 한 편, 엄중한 글쓰기를 수행했다. 그렇게 난장이의 깊은 고통을 형상화하면서, 조세희는 분명한 윤리적 전망을 내보였다. 그러나 소망스러운 전망과는 다른 방향으로 진행되는 현실 동향 때문에 작가는 더욱 깊은 고통에 빠지지 않을 수 없었다. 『난장이가 쏘아올린 작은 공』 이후의 여러 작품들이 그런 사정을 잘 보여준다. 사진 산문집 『침묵의 뿌리』도 그런 사례이다. 지나가는 이야기가 되겠지만, 이번에 원고를 정리하면서 보니까, 이전에 발표한 원고 중에 『침묵의 뿌리』를 『고통의 뿌리』로 적은 대목이 눈에 들어왔다. 『침묵의 뿌리』에서 작가가 탐문한 '고통의 뿌리'에 대한 강렬한 인상이 그런 오타를 내게 한 게 아닐까 싶다. 어쨌든 고통의 뿌리, 그 깊은 고통의 심연에서 가장 깊게 가장 오래 아파한 작가가 바로 조세희라고 말해도 좋겠다. 그는 그런 작가였다. 작중 난장이가 작은 몸으로 큰 고통을 감당해야 했던 존재였는데, 작가 조세희의 사정 또한 다르지 않았다.

이 책은 본문 7장과 에필로그로 이루어져 있다. 1장 '작은 몸, 큰 고통'은 작가 타계 이후 추모 특집에 게재한 글인데, 등단작 「돛대없는 장선(葬船)」에 매설된 조세희 문학의 특성을 이후의 작품들과의 관련성 속에서 밝힌 것이다. 2장 '대립의 초극미, 그 카오스모스 수사학'은 『난장이가 쏘아올린 작은 공』의 신판 해설로 오랫동안 독자와 함께 했던 글인데, 1970년대 이른바 난장이 신화의 문제성, 대립적 세계관과 그 초극의 상상력, 뫼비우스 변환과 카오스모스의 수사학적 특성 등을 논의했다. 3장 '불안한 '유리병정'의 리얼리티 효과'에서는 불안한 시대의 불안한 '유리병정'으로 표상되는 난장이가 꿈꾸었던 정신은 무엇이었으며, 그 불안의 상상력과 함께 창의 은유와 몰핑 기제 같은 수사학적 특성 등을 다루었다. 4장 '탈구성적 서사와 탈구성적 소통'은 한국 현대문학 장에서 『난장이가 쏘아올린 작은 공』이 어떻게 수용되었는지, 그 수용 양상을 헤아리면서, 탈구성적 서사 기법과 그 미학적 효과와 리얼리즘 불만 사이의 거리 문제, 미메시스와 세미오시스의 관계, 정치적 맥락에서의 검열의 문제 등을 살폈다. 5장 '복합 시선, 심미적 이성, 뫼비우스 환상곡'에서는 조세희 문학의 전체적 특성을 통시적, 주제적으로 논의했다. 난장이 서사의 특성, 사랑과 희망이라는 이념, 대립적 세계 인식과 교사의 사상, 공해의 환경 생태학, 애도와 희망, 난장이 현장의 역사성과 반역사성 등을 종합적으로 다루었다. 6장 '폭력적 현실과 문학적 정의'에서는 조세희 문학의 전체적 맥락에서 장편 『하얀 저고리』의 문학적 특성을 성찰했다. 역사와 문학에 대한 작가의 원근법적 투시안을 살폈다. 7장 '생태적 애도와 환경 정의'는 가장 최근에 거듭 읽은 결과물이다. 사회생태학적 입장에서 『난장이가 쏘아올린 작은 공』을 읽었다. 횡단-신체성을 주목하면서 은강의 프레카리아트들의 사회생태를 살피고, 생태적 애도의 서사를 넘어서 생태-세계시민주의의 가능성을 모색한 『난장이가 쏘아올린 작은 공』의 특징적 국면들을 논의했다. 마지막으로 에필로그에서는 작가 조세희의 전기적 정보를 따라가면서 작가가 밝힌 난장이 체험과 난장이라는 캐릭터가 형성되는 과정, 이후의 문학 역정 등을 정리하면서, 『난장이가 쏘아올린 작은 공』의 해석 맥락을 다채롭게 구성하고자 했다. 그리고 『난장이가 쏘아올린 작은 공』은 작가 조세희의 난장이 체험에서 비롯된 소설이라는 점, '난장이'로 상징되는 당대의 프레카리아트들의 터전 상실에 대한 불안·불화·불평등의 문제를 잘 형상화한 텍스트라는 점,

대립적 세계관에서 출발하되 그것을 넘어서 상생의 지평을 공동 생성하기 위한 실천적 지혜를 모색하고자 한 작품이라는 점, 리얼리즘과 탈리얼리즘이 스미고 짜이면서 독자가 형성하는 열린 텍스트의 문학성을 탈구성적으로 구현했다는 점, 소설사의 맥락에서 볼 때 산업화 1세대 노동자를 내세워 평등의 정치적 무의식을 본격적으로 제출한 작품이라는 점, 횡단-신체성과 환경 정의의 문제와 관련해 논의를 더 확대 심화할 수 있다는 점, 돌봄의 윤리와 책임 윤리 및 공공인문학적 성찰의 맥락에서도 환기하는 바가 많다는 점 등의 논의를 종합했다.

이런 거듭 읽기의 결과물을 일차적으로 제출하면서 나는 '뫼비우스 환상곡'과 '카오스모스 수사학'이란 두 핵심어를 각별히 주목했다. 대립적 현실의 깊은 고통을 깊게 인식하고 아파했던 작가 조세희는, 그것을 초극하기 위한 지향 의식을 도전적 상상력으로 펼쳤는데, 그 특징을 나는 '뫼비우스 환상곡'이라는 상징적인 비유로 담고자 했다. 또 현상과 인식, 형식과 스타일 등 여러 면에서 혼돈chaos과 질서cosmos를 넘나들고 혼돈 속의 질서를 역동적으로 탐문하면서, 열린 텍스트를 형성해 가는 과정을 '카오스모스chaosmos 수사학'으로 논의하고자 했다. 서로 다른 맥락에서 빚어진 핵심어이지만, 둘은 서로를 통해서 동반 형성되는 것이 아닐까 싶다. '뫼비우스 환상곡을 통한 카오스모스 수사학', 그리고 '카오스모스 수사학을 통한 뫼비우스 환상곡', 이렇게 양방향의 공동 생성이 역동적으로 가능할 것으로 생각했다. 최선을 다해 정리했지만 아직은 빈자리가 많을 줄 안다. 거듭 읽으면서 논의의 공백을 거듭 채워나갈 것을 약속드린다.

끝으로 이 책이 나오기까지 많은 분의 후의를 입었음을 밝히지 않을 수 없겠다. 먼저 이 작업을 하는 내내 긴장의 끈을 늦추지 않고 성찰과 탐구를 계속할 수 있도록 직간접적으로 도와주신 작가 조세희 선생님의 후의에 깊이 감사드린다. 언제나 우리 시대에 문학하는 사람이 놓치면 안 되는 가치와 덕성을 강조하시며 이끌어주셨다. 1주기를 앞두고 거듭 선생님을 그리워하며 삼가 명복을 빈다. 1주기에 맞추어 책을 내는 과정에서 연보 사항을 확인해 주시고 사진 자료 등을 적극적으로 도와주신 조중협 '이성과 힘' 대표님께도 심심한 사의를 표한다. 은사 이재선 선생님께 큰절 올린다. 문학과 비평의 길에서 새로운 길을 탈구성적으로 열어나가는 지혜를 비롯해 많은 길을 몸소 일구시며 가르쳐주셨다. 또 이 책을 쓰는 내내 함께하며 대화를 통해 의미 있는 성찰의 지평을 공동으로 열어준 가족

오연주와 딸 채원에게도 정말 고맙다는 말씀을 전한다. 이 책을 출간해주신 서강대학교출판부의 하상응 출판부장님과 행정적 지원을 해주신 허도경 연구원님, 품격 높은 책의 제작을 위해 헌신해주신 '서강하우'의 박민우 대표님과 김영주 팀장님의 노고에도 진심으로 감사드린다. 특별히 진정한 가치를 새로운 방식으로 창달하기 위해 수밸류출판금고를 조성하여 이 총서의 제작을 지원해주신 외우(畏友) 김상수 ㈜수밸류 대표님께 우정어린 사의를 전한다.

2023년 10월 11일
심우정에서
우찬제

차례

1.

작은 몸, 큰 고통
−조세희 선생께 질문하지 못한 질문들

1. 작은 몸, 큰 고통[1]
–조세희 선생께 질문하지 못한 질문들

1.1. 악한들이 흔드는 세계에서

작가 조세희(1942~2022)의 등단작은 1965년 『경향신문』 신춘문예 당선작인 「돛대없는 장선(葬船)」이다. "이것은 한 질환의 마지막 시기를 산 KQ의 이야기이다."[2] 이렇게 시작하는 이 첫 소설은 그동안 조세희에 대한 논의에서 거의 언급된 적이 없다. 등단하고 『난장이가 쏘아올린 작은 공』(이후 『난·쏘·공』으로 약칭함) 연작으로 다시 귀환할 때까지 문단에서 휴지기를 가졌던 작가의 이력과 소설의 분위기가 달라 함께 언급하기가 어려웠기 때문일 터이다. 작가

1 이 장은 조세희 선생 타계 직후 『문학과사회』(2023년 봄호) 추모 특집에 발표한 글을 수정한 것이다.

2 조세희, 「돛대없는 葬船」, 『신춘문예 당선전집 3』, 중앙출판공사, 1983, p. 15. 이후 이 작품의 인용은 본문에 그 쪽수만 밝힌다.

가 평판작 『난·쏘·공』을 펴낸 이후에 낸 『난장이 마을의 유리병정』(동서문화사, 1979)에 이 등단작이 포함되어 있었지만, 리얼리즘의 분위기가 강성했던 시절의 영향인지, 거의 호명되지 않았다. 분위기가 다른 듯 보이지만, 실은 조세희 문학의 중요한 징후들을 많이 매설하고 있다는 생각을, 나는 하고 있다. 그래서 나는, 아주 늦은 감이 없지 않지만, 이 등단작에서 보이는 징후들을 『난·쏘·공』 이후의 문학적 특성과 관련해 성찰해보고자 한다.

당시 심사위원이었던 황순원과 김동리는 심사평에서 "현실적 무대는 분명치 않으나 처음부터 끝까지 흐트러지지 않은 문장과 극한적인 긴장감은 수많은 경쟁자를 물리치고 우승의 영관을 획득하기에 족했다"[3]라고 평했다. 과연 소설의 무대는 분명치 않다. 전투 조종사들의 막사가 무대인데 이 공간에 시간성이 부여되지 않아 현실성이 모호하다. 또 주인공 KQ가 앓고 있다는 질환의 증상이나 원인도 모호하기 짝이 없다. 다만 불안한 정황은 두드러져 보인다. 전투 조종사는 그 누구라도 일단 출격 명령을 받아 나가면 다시는 돌아오지 못한다. 그러니 그들은 먼저 간 조종사의 빈 침대를 보면서 "한없는 불안"에 젖은 채

3 앞의 책, p. 14.

"마음문이 닫힌 방안에 갇"(p. 15)혀 있는 상태이다. 그러기에 그들은 엄청 무력하고 우울하며 불안할 수밖에 없다. 이 불안의 공기를 가르며 한 사나이가 "우리가 집에 돌아갈 수 없는 까닭을 아무나 말해 주게"(p. 16)[4]라고 묻지만, 그 대답이 돌아올 리 만무하다. 누구에게나 들리고 누구나 묻고 싶은 질문이지만, 그 누구도 대답할 수 없는 물음인 까닭이다. 단지 머지않아 알게 될 것이라고, 때가 되면 알게 될 것이라고, 시간을 유예하는 답변만이 건네질 수 있을 따름이다.

이렇게 단지 죽음을 유예하고 있을 뿐 거의 예정되어 있다시피 한 처지이기에 불안하기만 한 사람들에게 확성기를 통해 이런 목소리가 전해진다. "적을 맞아 출격한 자들은 그들의 사명을 다 수행했다. 우리는 하늘로 온 적들이 어떻게 괴멸해갔는가를 기억할 것이다. 우리의 출격은 성공적이었다"(p. 18). 파쇼적인 전쟁 프로파간다의 전형적인 목소리라고 할 수 있겠는데, 여기서 "성공적이었다"는 말이 무엇을 뜻하는지 (죽음이) 유예된 존재들은 다 안다.

---

4 『신춘문예 당선전집 3』에 1965년 『경향신문』 신춘문예 당선 소감의 일부가 수록되어 있는데 이렇다. "잘못된 것 같다. 나는 역사를 배워 이해하고 싶었는데 지금은 바다에 가고 싶은 생각뿐이다. 다음에 해야 할 일을 묻지 마라. 나의 뿌리를 알 수가 없으니까."(p. 14.)

알지만 그 누구도 감히 입을 열지 못한다. 그럴 때마다 KQ는 사도마조히즘에 빠지게 된다.

> KQ는 담배를 피워 물었다. 어질증이 뒤를 따랐다. 그는 끈덕지게 달라붙는 강한 집념에서 벗어나려고 계속해서 담배를 피우며 같은 방법으로 자기 몸에 고통을 가했다. 그리고 오랫동안 그 고통이 주는 쾌락을 즐기었다. 담배 연기는 그의 불안을 깨우쳐주고, 다시 심호흡을 하자 그 불안을 더욱 두텁게 해주었다. 방안은 칠흑 같은 어둠에 싸인 채 고요했다.(p. 19)

자기 몸에 고통을 가하며 고통스러운 쾌락을 느낌과 동시에 불안한 향락에 젖어든다. 불안은 깊어지고 두터워진다. KQ는 "세계의 과오를 시인하며"(p. 20) 점점 더 불안의 늪에 빠진다. 가장 가까이에서 보살피는 군의관과 불화할 수밖에 없는 상황도 세계의 과오 탓인지 모른다. 군의관에게 KQ는 "가까이 접촉하는 당신까지 우리들이 마지막 시간을 어떻게 보내는지도 모"른다며 유감스러워한다. 이에 군의관이 실망했다며 "벌써 이길 수 있다는 신념을 잃은 것 같다"고 말하자 KQ는 "아무도 이길 수는 없지"라고 응수하는데, 이때 군의관이 "같은 말야"라고 받는 이 대화 장면이 문제적이다. 마치 부조리극의 한 장면을 보는 것 같기도 하다. 세계의 과오가 심해질수록 주체의 불안과 절망은 깊어진다. 그렇기에 KQ의 이런 발화가 그저 지나가는 넋두리에 그칠 리 만무하다. "악한들이 세계를 흔드는군"(p. 21).

악한들이 흔드는 세계에서 희망은 봉인되고 생명은 소실점을 향해 잦아든다. 모든 것이 닫혀 있다. 그러니 훈련장이 아닌 막사마저 편안한 휴식의 공간일 수 없다. 특히 KQ에게 막사는 영락없는 감금의 장소였다. 자유를 억압당한 채 마치 시한부 생명을 유예하고 있는 듯한 그런 숨막히는 불안의 공간이었다. 누구나 그런 불안을 느끼지만 그렇다고 서로 공감하거나 긍휼히 여길 수 있는 상황도 아니다. 최소한의 동병상련의 정념도 없는 것 같다. 그래서 더욱 고독하다. 타자와 교감할 수 없는 단독자의 고독한 불안이 정점으로 치닫는다. 그럴 즈음 군의관의 호의로 받은 외출증을 가지고 밖에 나왔지만 사정은 결코 달라지지 않는다. 외출했음에도, 그 숨 막히는 군대 막사를 벗어났음에도 불구하고 KQ는 "비좁은 방안에 감금된 것만 같은 갑갑한 심정을 느껴야만" 했기 때문이다. 거리에서 만난 여인 또한 고독과 불안 나아가 세계의 파국을 환기한다. KQ에게 고독의 기원은 첫 출격 날로 거슬러 올라간다. "그는 항공병으로 훈련을 받고 처음으로 출격한 날, 함께 출격했던 동료들은 다 추락했고 요행으로 자기 혼자 기지로 돌아왔을 때 느낄 수 있었던 그러한 고독 속에 묻혀 있어야만 했다." 살아남은 자의 지독한 슬픔을 속절없이 감당해야 했던 그는 제대로 애도 작업을 할 수 없는 상황에서 악한들이 흔드는 세계에 내동댕이쳐진 형국이다. 상황이 그러하니 이제껏 신뢰하던 모든 것들이 붕괴되는 세계 파국의 공포와 불안에 휩싸이지 않을 수 없게 된다.

외출한 거리에서도 마찬가지다. 어두운 거리 위에 홀로 서서 어디로 갈까 잠시 망설이다 그는 이내 생각한다. "환기창도 없는 비좁은 방안에 갇혀 있는 것만 같다"고 말이다. "모두들 죽어가죠. 그런데도 저는 살고 싶은 거예요" (p. 23). 거리의 여인은 그렇게 말했다. 그때 KQ는 여인이 소리 없이 울고 있다는 사실을 절감하며 거듭 맹렬한 고독기에 시달린다. 어쩌면 "여인이 자기의 생을 횡단한 것처럼"(p. 24) 느낀다. 결국 외출을 포기하고 KQ는 귀대한다. 얼마 후 드디어 출격 명령이 떨어진다. 거리의 여인이 그랬던 것처럼 KQ 역시 "나는 살고 싶었어"(p. 33)라고 말한다. 단순한 말이지만 절실하다. 삶의 희망이 소실점으로 수렴하기에 더욱 안타깝게 들리는 말이다. 전투기 이륙 직전에 군의관의 제지로 KQ는 출격하지 않게 된다. KQ를 위해서가 아니라 건강이 좋지 않은 KQ가 잘못하면 값비싼 전투기를 잃을 수 있겠다는 경제적 동기 때문이라고 군의관은

털어놓는다. 머잖아 전쟁이 끝났다는 소식이 전해진다. 아직 출격하지 않아 살아남은 사람들은 환호한다. “미래 없는 사람들”(p. 24)에게 미래 시간이 부여될 가능성이 열린 것이다. 그러나 “나는 살고 싶었어”라고 말했던 KQ, 그러나 32년 생에서 “얻은 것은 아무 것도 없었”(p. 33)던 KQ는 미래로 열린 시간의 문을 스스로 차단한다. 희망이 봉인되고 절망으로 닫힌 공간에서 미래 없는 불안한 존재였던 KQ가 그 불안의 극점에서 자살이라는 행위로의 이행을 단행한 것이다.

그러니까 조세희의 등단작 「돛대없는 장선」은 이 세계가 생명을 살리는 삶의 공간이라기보다는 목숨을 거두는 죽음의 배[葬船]에 가깝다는 비극적인 인식에 바탕하고 있는 작품이다. 그것도 돛대마저 없으니 이리저리 흔들리고 불안하게 떠돌 수밖에 없는 장선(葬船)이다. 그 죽음의 배에서 실제로 여러 조종사가 죽음의 심연으로 가라앉았다. 질환을 앓다 자살한 주인공 KQ가 이 죽음으로 향하는 배의 비극성을 상징적으로 응축한다. 등단작에서 보인 이런 작가 의식을 우리는 몇 가지로 정리해 볼 수 있다. 첫째, 악한들이 뒤흔드는 세계는 죽어가고 있다. 거기서 미래 없는 사람들은 속절없는 불안 신호에 떨어야 하고 생명을 위협당하는 안타까운 처지다. 둘째, 죽어가는 세계, 죽어가는 땅은 곧 고통의 공간이다. 인간으로 하여금 비극적 고통에 처하게 하는 현실적·역사적 맥락에 대한 구체적인 탐색이 요구된다. 셋째, 죽어가는 세계에서 진정한 영혼을 추구하는 주체는 불화를 경험할 수밖에 없으며, 불화와 불안의 문제는 불평등의 주제와 함께 의미심장한 시대정신이 된다.

1.2. 죽어가는 세계, 미래 없는 사람들

「돛대없는 장선」에서 출격을 기다리는 조종사들은 한결같이 '미래 없는 사람들'이었다. 특히 자살로 마감한 KQ의 죽음은 알베르 카뮈가 『시시포스의 신화』에서 말한 것처럼 진정한 철학적 문제를 환기한다. 이미 죽어가는 세계에서 살아 있다는 게 과연 어떤 의미가 있을까, 준열하게 질문하고 있기 때문이다. 최인훈의 『광장』(1960)에서 이명준의 죽음, 김승옥의 「서울, 1964년 겨울」(1965)에서 서적 외판원의 죽음, 이청준의 「마기의 죽음」(1967)에서 표제 그대로 마기의 죽음 등과 더불어 「돛대 없는 장선」에 형상화된 죽음의 상상력은 1960년대 젊은이들이 당대의 세계악(世界惡)과 치열하게 대결하고자 한 고뇌의 소산이다. 첫 소설에서 환기한 '세계=죽음의 배[葬船]'라는 비극적 인식은 이후 『난·쏘·공』[5]에서도 계속된다. 연작 속에 여러 죽음 사건들이 이어지고 있지 않은가.

「뫼비우스의 띠」에서 철거 예정인 도시 빈민들의 입주권을 헐값(16만 원)에 사서 22만 원씩이나 폭리를 취한 부동산 중개업자 사나이가 자동차 폭발 사고로 죽는다. 앉은뱅이와 꼽추의 보복이었다. 「난장이가 쏘아올린 작은 공」에서는 난장이[6]와 명희의 죽음이 제시된다. 평생 공들

---

5 『난장이가 쏘아올린 작은 공』 연작의 발표 지면과 시기는 다음과 같다.
– 「뫼비우스의 띠」: 『세대』, 1976. 2.
– 「칼날」: 『문학사상』, 1975. 12.
– 「우주 여행」: 『뿌리깊은 나무』, 1976. 9.
– 「난장이가 쏘아올린 작은 공」: 『문학과지성』, 1976. 겨울호.
– 「육교 위에서」: 『세대』, 1977. 2.
– 「궤도 회전」: 『한국문학』, 1977. 6.
– 「기계 도시」: 『대학신문』, 1977. 6. 20.
– 「은강 노동 가족의 생계비」: 『문학사상』, 1977. 10.
– 「잘못은 신에게도 있다」: 『문예중앙』, 1977. 겨울호.
– 「클라인씨의 병」: 『문학과지성』, 1978. 봄호.
– 「내 그물로 오는 가시고기」: 『창작과비평』, 1978. 여름호.
– 「에필로그」: 『문학사상』, 1978. 3.
여기서는 현재로서는 최종본인 '이성과 힘'(2000) 판본을 텍스트로 삼았다. 이하에서 텍스트 인용을 할 경우에는 그 제목과 쪽수를 직접 본문에 적기로 한다.

6 표준 표기법에 따르면 '난쟁이'로 적는 게 맞지만, 연작소설집 『난장이가 쏘아올린 작은 공』은 이미 반세기 가까이 문화적 브랜드로 자리잡고 있는 터여서, 이 책에서는 그 브랜드를 존중하여 작품이나 책 제목명이 아닌 본문의 경우에도 동일하게 '난장

여 지은 집이 강제로 철거되는 것을 보고, 지상에서의 삶에 체념하고 좌절할 수밖에 없었던 난장이는 자신이 가족들에게 도움을 주기는커녕 짐만 될 것 같은 느낌, 마치 벌레가 되어버린 것만 같은 처절한 절망감 속에서 벽돌 공장 굴뚝 속으로 떨어져 자살한다. 난장이의 둘째 아들은 "타살당한 아버지"(「은강 노동 가족의 생계비」, p. 196)라는 말을 자주 했다. 릴리푸트읍 하스트로 호수 근처에 살았더라면 그렇게 죽지는 않았을 것이라는 생각 때문이다. 이렇게 타살 같은 자살이기에 난장이의 죽음은, 앞서 언급한 카뮈도 관심 가질 법한, 정녕 형이상학적인 문제가 아닐 수 없다. 난장이네 옆집에 살았고 영수를 좋아했던 명희는 가난 속에서 다방 종업원, 버스 안내양, 골프장 캐디 등으로 일했다. 집에 올 때마다 배가 불러 있던 그녀는 음독자살 예방센터에서 독약 기운에 빠진 채 "싫어! 엄마! 싫어!"(「난장이가 쏘아올린 작은 공」, p. 94)라고 절규하며 죽어간다. 「궤도 회전」에는 은강그룹 창업자인 경애 할아버지의 죽음 사건이 나온다. 장의사들이 밤을 지새워 시체가 썩지 않게 처리하지만 가족을 포함한 그 누구도 그의 죽음을 슬퍼하지 않는다. 손녀인 경애가 쓴 묘비명은 이렇다.

이'로 적기로 한다.

“화를 쉽게 냈던 무서운 욕심쟁이가 여기 잠들어 있다. 돈과 권력에 대한 욕심 때문에 그는 죽었다. 평생을 통해 친구 한 사람 갖지 못했던 어른이다”(pp. 178~179). 「잘못은 신에게도 있다」에는 노동자들이 산업재해로 죽어가는 비극적 사건이 형상화된다. 저임금으로 기계를 돌려 높은 잉여가치를 창출하기를 바라는 경영자들의 탐욕으로 인해 알루미늄 전극 제조 공장에서 일하던 공원들이 용광로에 연결된 탱크 폭발 참사로 희생된다.[7] 「내 그물로 오는 가시고기」에도 두 개의 죽음 사건이 전개된다. 노동 착취와 노동자 인권 탄압 등 경제적 폭력에 대한 여러 저항과 개선 시도가 좌절되자 영수는 마지막 절망적인 저항의 방식으로 은강그룹 본사로 올라가 회장을 살해하려다가 그를 닮은 동생을 죽이게 된다. 또 은강그룹 첫째 아들이 운전하던 차가 낸 사고로 옆자리에 탑승했던 여자애가 죽는다. 사고를 낸 아들을 대신해 어머니의 운전기사가 경찰 조사를 받고 속절없이 대속자가 된다. 「에필로그」에서는 영수가

---

7 “알루미늄 전극 제조 공장의 열처리 탱크가 폭발했을 때였다. 주물 공장 용광로에 연결된 탱크가 폭발하는 순간 시뻘건 불기둥이 하늘 높이 솟았다. 쇳물·쇳조각·벽돌·슬레이트 부스러기들이 하늘에서 쏟아져내렸다. 주위의 공장들도 지붕이 날아가고 벽이 무너지는 피해를 입었다. 우리가 달려가보았을 때 공장 부근에는 공원들의 몸이 잘려진 채, 여러저기 널려져 있었다”(p. 219).

형무소에 갇혔다가 사형 집행되었다는 이야기와, 월급을 떼먹고 몰래 도망간 서커스 사장을 쫓아가던 꼽추가 고속도로에서 뺑소니 사고로 사망하는 삽화가 펼쳐진다.

이런 죽음 사건 중 난장이와 그의 큰아들 영수, 명희, 공장 노동자들, 꼽추의 죽음은 미래 없는 사람들의 서사여서, 죽어가는 세계의 비극성은 더욱 깊어진다. 그 원인의 으뜸은 물론 경제적 불평등이다. 난장이도 경제적 질곡 속에서 평생 불우하게 살다가 죽었거니와 난장이네 3남매가 공장에 나가 죽어라 노동하지만 방세 내고 기본 생존비를 지불하면 남는 것이 없다. 난장이네만 그런 게 아니다. 은강 노동자들이 대개 그랬다고 「잘못은 신에게도 있다」의 서술자는 영수의 시선으로 보고한다. "좋지 못한 음식을 먹고, 좋지 못한 옷을 입고, 건강하지 못한 몸으로 오염된 환경, 더러운 동네, 더러운 집에서 살았다. 동네의 아이들은 더러운 옷을 입고, 더러운 골목에서 놀았다. 버려진 아이들이었다. 나는 공장 주변의 아이들이 자라면서 나타낼 질병의 증세를 생각했다. 은강 공업 지역이 저기압권에 들면 여러 공장에서 뿜어내는 유독 가스가 지상으로 깔리며 대기를 오염시켰다"(p. 218).[8]

---

8 이런 비극적 현실 인식은 『침묵의 뿌리』에서 이렇게 되풀이 강조된다. "세계 곳곳의 다수는 아직도 더러운 환경, 형편없는 식사,

이렇게 영수의 경험과 관찰은 은강그룹의 공장 지대를 비롯해 세계가 점차로 죽어가고 있다는 비극적 인식으로 이어진다. 『난·쏘·공』 연작 중에서 「기계 도시」「잘못은 신에게도 있다」「클라인씨의 병」 등은 사회생태론적 관심이 매우 도저하게 드러난 사례이다. 연작 이후에도 「오늘 쓰러진 네모」「죽어가는 강」 등에서, 그리고 『침묵의 뿌리』에서 을숙도를 다룬 대목 등에서 환경·생태 문제에 대한 관찰과 인식을 예각적으로 드러내면서 그것을 자본주의 체제 문제와 연계한다. 최근 기후 위기와 관련하여 지속 가능성 담론이 매우 심각하게 논의되고 있는데, 작가 조세희는 이미 산업화 초기인 1970년대 중반에 자본의 논리에 취해 인간과 환경을 이대로 방치하면 매우 위험해질 수밖에 없다는 것, 세계가 죽어가고 인간과 지구는 공히 미래를 안전하게 보장받기 어려울 것이라는 사실을 엄중하게 경

무서운 병, 육체적인 피로, 그리고 여러 모양의 탈을 쓰고 나타나는 갖가지 시련과 맞부딪치며 언제 끝날지 모르는 싸움을 계속하고 있다. 어떤 사람에게 미래는 웃음 띤 얼굴을 보여주지 않는다. 그들 가운데 소수는 절대 생존에 필요한 영양을 공급받으면서도 죽음에 이르는 경우가 있다. 희망이 보이지 않아서, 또는 희망이라고는 하나도 없는 캄캄한 상태에서 심신이 약해지는 쇠약병을 앓다가 순간적으로 죽음을 자기가 몸 맡겨야 할 마지막 은신처로 받아들이는 때문이다"(조세희, 『침묵의 뿌리』, 열화당, 1985, p. 130).

고했다는 점에서 그 산문적 의의가 상당하다. 최근 중핵적인 시대 담론의 일환으로 이른바 '자본세'capitalocene, 그러니까 "자본의 끝없는 축적을 특별히 우선시하는 관계들로 형성된 역사적 시대"[9]에 살고 있다고 하는 논의와 관련해 주목할 만한 구체적 인식과 경종을 일찍이 보였다는 점이 인상적이다.

인간과 세계, 그리고 지구 형편과 그 추세에 대한 위기의식 때문이었을까? 작가 조세희의 세계 인식은, 반복이 되겠지만, 매우 비관적이었다. 가령 「우주 여행」에서 지섭은 윤호에게 "달은 순수한 세계이며 지구는 불순한 세계"(p. 66)라고 했다. "그는 달에 세워질 천문대에서 일할 사람은 행복할 것이라고 말했다. 그에게 달은 황금색의 별세계였다. 그는 지상에서 일어나는 일들은 너무나 끔찍하다고 했다"(p. 67). 지섭이 늘 지니고 다니며 읽었고, 지섭의 개인과외 제자였던 윤호도 관심을 보였으며, 지섭이 난장이에게도 빌려주었던 『일만 년 후의 세계』라는 "책에 의하면 지상에서는 시간을 터무니없이 낭비하고, 약속과 맹세는 깨어지고, 기도는 받아들여지지 않는다. [……] 제일 끔찍한 일은 갖고 있는 생각 때문에 고통을 받는 일이다"

9 제이슨 W. 무어, 『생명의 그물 속 자본주의』, 김효진 옮김, 갈무리, 2021, p. 279.

(p. 67). 이렇게 지구 세계의 위험성을 더욱 드러내기 위해 달 세계를 대조적으로 강조하는 수사학을 구성했다. 의도는 이해되지만 이미 1969년 7월 20일 닐 암스트롱 선장이 달에 착륙한 바 있는 상황에서 굳이 달을 추켜세우면서 이런 이분법의 수사를 구사해야 했는지, 무척 궁금했지만 나는 작가에게 질문하지 못했다. 또 나는 『일만 년 후의 세계』라는 책의 모델은 어떤 책이었는지 묻지 못했다. 이 책은 『난·쏘·공』 연작에서는 물론 이후 중편 「시간 여행」이나 장편 『하얀 저고리』 등에서도 시대(시간)/세계 인식과 관련하여 매우 의미심장한 지침이 되고 있는데 묻지도 못했고, 그 참조의 틀을 나름대로 탐문하여 발견하지도 못한 것이, 나는 무척 부끄럽다.

1.3. 죽은 땅, 그 얽힌 고통의 역사

「뜻대없는 장선」에서 미래 없는 사람들은 "이성을 박탈당한 희생자의 입장에서 너무 큰 고통만을 겪"으며 "한결같이 죽음의 표정만을 연기"해야 했고 그만큼 "가혹한 시련"(p. 35)을 겪지 않으면 안 되었던 것으로 그려진다. 「난장이가 쏘아올린 작은 공」에서 지섭은 말했다. "사람들은 사랑이 없는 욕망만 갖고 있습니다. 그래서 단 한 사람도 남을 위해 눈물을 흘릴 줄 모릅니다. 이런 사람들만 사는 땅은 죽은 땅입니다"(p. 102). 그렇다. 조세희는 죽은 땅으로 치닫게 한 고통의 역사에 관심을 집중했던 작가였다. 당선 소감에서도 역사에 대해서 언급한 바 있거니와 「돛대 없는 장선」에도 역사책에서 배운 전쟁 이야기가 나온다. 「우주 여행」에서 윤호의 부모는 무조건 A대학 사회계열을 원하지만 윤호는 B대학 사학과를 희망한다. 놀랍게도 아버지의 권총이 숨겨진 곳도 세계사 전집 뒤쪽에 있는 책이었다. 「시간 여행」 『하얀 저고리』에서도 얽히고설킨 고통의 역사에 대한 관심은 매우 심원하다.

「돛대없는 장선」에서 KQ와 그 동료들은 전쟁 상황에서 죽음으로 수렴되는 존재였다. 「난장이가 쏘아올린 작은 공」에서 난장이 가족도 사정이 크게 다르지 않았다. 천국에 사는 사람들은 지옥을 생각할 필요가 없는데, 난장이네 다섯 식구는 지옥에 살면서 늘 천국을 생각했다고 말한다. 지옥에서의 나날의 삶이 너무나 고통스러웠기 때문이다.[10] "우리의 생활은 전쟁과 같았다. 우리는 그 전쟁에서

---

10 『침묵의 뿌리』에 이런 어린이 글이 있다. 사북 탄광촌 어린이 글 모음집에서 뽑은 초등학교 5학년 어린이의 글이다. "나는 우리가 살고 있는 세상이 너무 갑갑하다. 나는 하늘 나라에 가고 싶다. 하늘 나라는 어떻게 생겼을까. 하늘 나라에는 사람이 살고 있을까. 사람이 산다면 어떻게들 살고 있을까"(조세희, 『침묵

날마다 지기만 했다”(p. 80). 전쟁과도 같은 지옥 생활에서 난장이네는 희망마저 소진되어 미래로 열린 마음은 아예 닫혀 있는 형국이다. “마음에 드는 일이 우리에게 일어나주기를 바랄 수는 없는 일이었다”(p. 83). 언덕 위 교회의 목사는 “인간의 숭고함·고통·구원을 말했”지만 난장이네 둘째 아들 영호가 생각하기에 “아버지에게는 숭고함도 없었고, 구원도 있을 리 없었”으며 오로지 “고통만 있었다”(p. 115). 난장이네의 고통, 그들이 살던 낙원구 행복동이라는 소망스러운 주소와는 정반대로 지옥처럼 죽은 땅에서 살다가 비극적으로 죽어갈 수밖에 없는 이런 운명은 어디로부터 비롯된 것일까? 이것이 작가로 하여금 역사에 대한 심각한 관심으로 이끈 게 아닐까 싶다. ‘고통의 뿌리’를 현실 체제에서 구체적이고 비판적으로 성찰하는 한편 역사적 맥락에서 더 원근법적으로 탐문하고 싶었던 것으로 추정된다. 카메라를 들고 고통의 현장을 답사함은 물론 역사적으로 거슬러 올라가는 ‘시간 여행’을 하면서 ‘고통의 뿌리’를 탐사한 것은 『시간 여행』과 『침묵의 뿌리』에 잘 나타나 있다.

의 뿌리』, p. 55). “너무 갑갑하다”라고 표현되긴 했지만 맥락으로 보아 지옥에 살면서 천국을 꿈꾸었다는 난장이네 사정과 크게 다르지 않다. 어린이의 마음이어서 더욱 시리게 다가온다.

……그날 가차 없는 눈물의 단단한 토대가 되어준 빈곤—질병—무지—기아—기근—홍수—죽음—이별, 그리고 깜깜한 악마의 얼굴을 한 전쟁 같은 것들은 백 년이라는 한정된 시기를 자유롭게 넘나드는 것이었지만 그것들의 이런 말, 타들어 가는 논빼미—보리밥—보리밥 없음—엄마의 뱃속에 적 들었음—아버지 없음. 죽었음—징용—징병—전찻길에서도 보인 애총에 많은 아이 묻혔음—오늘은 설거지 할 것도 없음—어제는 공출날—38선의 여름—아버지에게 없었던 우리 땅에 밤새도록 불총 쏨—서로 적 많이 죽임—모두 알 만한 얼굴—집중포화—기총소사—장질부사—폭격—폭파—아버지 또 죽었음—아내의 길—미망인의 노래—보리밥 또 없음—아들도 죽었음—배급소—전진·후퇴·전진—5촌의 4촌 사살—깃발 잘못 들었음. 바뀌었음—학살—밀고—복수—적 안 보임. 보임—없음. 있음. 있음—발사—발사……와 같은 말들은 모두 백 년 이쪽의 일, 오십 년, 또는 삼사십 년 안쪽의 일……로, 말은 정연하고, 쉽고…… 이상하겠지만, 설명할 수 없는 일에…… 우리는 참 모를…… 장님의 일 같은…… 다시 말하자만, 남은 설명할 수 있어도 우리는 설명할 수 없는…… 참 알 수 없는…… 눈물의 성분과 슬픔의 무게…… 또 덧붙이면, 제삿날—그쳐. 뚝. 뚝—모든 보따리에 대물린 놋수저—놋수저에 사별한 혈육이 남긴 입술 자국—우리 보

따리에 사별한 식구들의 빛바랜 사진 많음…….[11]

이처럼 작가 조세희에게 지난 역사에 대한 '시간 여행'이란 다른 것이 아니었다. '눈물 열차'로 점철된 '고통 여행'이었다. 고통의 시간과 장소들이 참으로 복잡다단하게 얽히면서, 고통의 심연으로 내려가는 형국이다. 그 고통스러운 역사를 순도 높은 눈물의 진정성으로 성찰하면서, 진정한 역사적 이성의 회복을 「시간 여행」을 통해 촉구하고 싶었던 것으로 생각된다. 『침묵의 뿌리』에서는 고통의 현장을 거듭 확인하고, 그것을 넘어 소망스러운 역사적 진실의 지평으로 나가기 위한 노력을 재차 강조했다. 그러나 현실은 작가가 소망하는 방향처럼 전개되지 않았다. 10·26사건으로 군부독재가 종식되는가 싶더니, 12 · 12와 광주에서의 5월 폭거를 거쳐 신군부 세력이 집권하여 1980년대를 군림했다. 그러는 동안 난장이 가족인 영희네의 삶은 비인간적인 고통의 뿌리에서 벗어날 조짐을 보이지 않았다. 그런 상황에 대해 작가는 엄정한 죄책감을 느꼈다. 『침묵의 뿌리』에서 다시 한번 역사적 성찰과 각성의 문제를 치열하게 제기한다.

---

11 조세희, 『시간 여행』, 문학과지성사, 1983, pp. 205~206.

과거에로의 우리땅 시간 여행자는 언제나 눈물 머금고 돌아올 수밖에 없다. 나는 바로 그 「시간 여행」이라는 제목의 소설에 '눈물'이라는 말을 2백 번 이상 써 넣었다. '집단 통곡'에 의해 의해 강물이 범람하는 이야기까지 나는 썼다. 작을 때는 가족 단위, 마을 단위, 클 때는 도시 단위 또는 세대 단위, 더 클 때는 무슨 일이 일어나도 결코 고통받지 않을 전체의 1 내지 2 퍼센트를 제외한 대규모의 집단 통곡! 우리 역사 속에서 수없이 마주치게 되는 그것은 도대체 무엇일까? 울 일이 별로 없었던 사람은 모르는 일이다. 눈물은 소금물처럼 맛이 짜다. [……] 우리는 언제나 제일 쉬운 방법으로 비극에 대처했던 것이다.

역사 속의 눈물 얼룩을 들여다보아도 13, 14세기 눈물과 19, 20세기 눈물의 다른 점은 발견할 수 없다. 몇 세기라는 시간상의 거리가 있는데도 눈물의 성질과 얼룩 모양은 비슷할 뿐이다. 이땅에서 살다 돌아간 어른들은 눈물로 자신을 표현해 왔다. 그러면서 왜 눈물로 '각성'할 수는 없었을까?(pp. 123~124)[12]

12 「시간 여행」에서도 이미 이런 질문을 작가는 준열하게 했었다. "몇 세기라는 시간상의 거리가 있는데도 눈물 모양이 같다. 무슨 정신의 빈곤이 이런 결과를 낳았을까? 이 시대 사람들은 눈물로 자신을 표현했다. 그러면서 왜 눈물로 각성할 수 없었을까? 무엇이 각성을 방해했던 것일까?"(조세희, 『시간 여행』, p. 209).

과거로의 시간 여행을 하다 보면 눈물이 넘쳐나는 통곡 여행을 경험한다; 분명 통곡할 비극적 역사가 많았다; 그런데 눈물만 흘린 것은 제일 쉬운 방법으로 비극적 역사에 대처한 것이 아닐까; 왜 눈물로 더 근본적인 '각성'을 할 수는 없었을까? 이런 문제의식으로 정리된다. 요컨대 고통의 역사를 통해 조세희는 근본적 각성의 문제에 몰입한다. 「환경 파괴」에서 작가는 기술적 결함이 아닌 형이상학적 결함 때문에 고통받고 있음을 강조한 바 있거니와, 1997년 권영길과의 대담에서도 "물질적 진보냐, 인간성과 도덕의 진보냐"[13] 하는 문제에 대한 고뇌를 피력한 바 있다. 근본적 각성과 실천만이 죽어가는 땅을 되살리고 고통의 역사를 되돌려 정화할 수 있을 것이라는 신념을 작가 조세희는 특히 『당대비평』 편집인 시절 더욱 뚜렷하게 피력했다. 그런데 『난·쏘·공』에서 촉구했던 사랑을 실천할 줄도 모르고, 「시간 여행」과 『침묵의 뿌리』에서 강조했던 반성적 성찰도, 근원적 각성도 모르는 거인들이 여전히 광기처럼 득세하고 있는 현실 상황을 작가는 무척 고통스러워했다. 견디기 힘들어했다. 고통과 분노는 축적될 수밖에 없었고, 「돛대없는 장선」의 KQ처럼 불안하고 고단하며 아픈 실존을

---

13 조세희·권영길, 「대담: 노동자 정치세력화, 21세기를 위한 '희망의 투자'」, 『당대비평』, 2호, 1997, p. 136.

영위할 수밖에 없었으리라.

1.4. 불화·불안·불평등

「돛대없는 장선」에서 군의관의 성격은 애매모호하다. KQ 같은 조종사들의 조력자인 것 같으면서도, 사령관이나 전쟁을 수행하는 세계의 편에서 생각하고 일하는 사람처럼 여겨진다. 어쩌면 세계의 메신저 같은 인물인지도 모르겠다. KQ가 종종 그와 불화를 경험하는 것도 그 탓이다. 최종적인 명령을 받고 전투기에 탑승하여 출격 준비를 하던 KQ에게 군의관이 달려와 출격하지 않아도 된다며 데려가 치료를 해준다. 출격이 곧 죽음으로 의미화될 수밖에 없는 정황이었기에 KQ의 출격을 막아준 것은 분명히 고마운 일이었다. 그러나 군의관은 그 조력자 가능성에 이런 말로 찬물을 끼얹는다. "우리에겐 한 사람의 조종사보다 한 대의 비행기가 더 중요하지. 알겠나?"(p. 32). 그러니까 KQ의 목숨을 구하기 위해서가 아니라 신체적·정신적으로 온전하다고 보기 어려운 KQ가 자칫 잘못하여 전투도 제대로 못 한 채 전투기를 망실케 할 수도 있다는 점을 우려한 것이었다. 인간적으로 동등하게 존중받으며 대화 상대자로 인정받지 못한 KQ는 격렬하게 불화의 감정에 빠져들 수밖에 없게 된다. 그가 마지막 고비를 넘기지 못하고 자살로 생을 마감한 원인 중의 하나도 바로 이 불화였으리라 짐작한다.

난장이와 그 가족도 사정이 다르지 않았다. 「칼날」에서 난장이는 신애네 수도를 고쳐주는 일을 하다가 펌프집 사내에게 가혹하게 폭행당한다. 다짜고짜 난장이를 때리고 고통으로 신음하는 난장이를 "한 마리의 벌레를 다루듯" 함부로 다룬다. "너 왜 이 동네에 와서 자꾸 기웃거리니, 안 나오는 물을 너는 어떻게 하겠다는 거야, 꼭 우물을 팔 집만 찾아다니면서 초칠을 하는 이유가 뭐야, 아직 몸이 성해서 그렇지, 그렇지, 그렇지……"(p. 55)라고 악다구니를 쓰며 난장이의 배를 발로 짓밟는다. 물론 이 말은 대화를 위해 발신된 게 아니다. 애초에 그는 난장이를 대화 상대로 인정하지 않는다. 벌레를 다루듯 했다는 표현이 불화의 어떤 극점을 환기한다. 난장이는 신체적 차이로 인해 이미 차별적이고 배제적인 시선의 폭력을 많이 당해야 했다. 그런 타인들의 눈짓, 몸짓, 말짓, 손짓의 폭력으로 인해 아이들도 상처받는 일이 잦았다. 「잘못은 신에게도 있다」에서 아버지를 난장이라고 놀리며 따돌리고 조롱하는 아이들과의 불화는 필연적인 것으로 보인다. 불화는 영호와 영희로 하여금 엄청난 분노와 적대감, 심지어 살의와 보복 충동으로 치닫게 한다.

아이 1 : 쟤들은 빼.
아이 2 : 왜?
아이 1 : 난장이 아들하곤 놀 수 없어.
영호 : 형.
나 : 참아, 영호야.
영호 : 말리지 마. 저 새낄 죽여버릴 거야.
아이 1 : 어! 이게 날 쳐!
영호 : 죽어! 죽어!
나 : 놔줘, 영호야. 영호야, 영호야!
아이 3 : 난장이가 온다!
아이 4 : 난장이가 온다!(pp. 226~227)

"난장이가 간다"고 사람들은 말했었다. 아버지가 차도를 건널 때 승용차 안 사람들은 일부러 경적을 울리게 했었다. 그들은 아버지를 보고 웃었다. 영호는 그들이 다니는 길 밑에 지뢰를 만들어 심겠다고 말했었다. "큰오빠." 영희는 말했었다. "아버지를 난장이라고 부르는 악당은 죽여버려." 마음속 큰 증오로 얇은 입술을 떨었다. 영호가 심은 지뢰 터지는 소리를 나는 꿈속에서 듣고는 했다. 그들의 승용차는 불길에 휩싸였다. 불 속에서 그들이 울부짖었다.(p. 219)

어려서 또래 아이들과 불화를 겪어야만 했던 난장이의 자녀들은 커서는 공장의 사용자들과 또 화해하기 어려운 불화를 경험한다. 노사협상 장면을 극화한 대목에서 사용자들은 노동자들을 대화와 협상의 상대자로 인정하지도 존중하지도 않는다.

사용자 1 : "엉뚱한 비약입니다. 두 분 말씀에 잘못이 있습니다."
사용자 2 : "두 분이 하신 말씀은 회의록에서 빼도록 하죠."
사용자 1 : "빼세요."
[……]
사용자 5 : "얘들이!"
사용자 4 : "더 이상 이야기할 필요가 없어요. 뒤에서 얘들을 조정하는 파괴자가 있어요."
[……]
노동자 1 : "노동자들만의 이익이어서는 안 됩니다. 노사간의 이익이어야 합니다. 이것이 저희들의 이상예요. 지금은 너무 불공평합니다. 공평해야 산업 평화가 이뤄집니다."
사용자 5 : "집어치워!"
사용자 3 : "왜 이래요?"
사용자 5 : "재가 뭘 압니까?"

사용자 1 : "앉으세요."

사용자 5 : "왜 재로 하여금 산업 평화 운운하게 놔둬야 되는지 알 수가 없습니다."

사용자 3 : "앉으세요."

사용자 1 : "다시 말하지만 여러분이 잘못 알고 있어요. [……](pp. 226~230)

사용자들은 처음에는 "두 분 말씀에 잘못이 있습니다"라며 비교적 예의를 갖추며 말하는 듯하면서도 그 말이 잘못되었거나 필요없는 말이니 회의록에서 빼야 한다고 주장한다. 의견이 계속 엇갈리자 이제 "분"은 "얘"로 바뀌고 배후에서 조정하는 파괴자가 있으니 더 이상 대화할 필요가 없다는 억지 주장을 펼친다. 협상 테이블이 이어질수록 불화의 정도는 더욱 심해진다. 집어치워, 뭘 안다고, 잘못 알고 있어…… 이런 말들로 난장이의 아들딸을 윽박지르고 무시하고 생산과 가치 창출 과정의 몫은 물론 대화 과정의 몫조차 인정하지 않는다. 철저하게 자기 몫을 수탈당한 노동자들은 불화, 불안, 불평등의 극한 풍경에 몸서리칠 수밖에 없게 된다.

난장이와 그 가족들만 불화의 주제를 이끌어가는 게 아니다. 「칼날」에서 "저희들도 난장이랍니다"(p. 57)라고 말했던 신애와 그 남편 또한 시대와 현실과 불화하기는 마찬가지다. 시아버지에 대해 "전생애를 통해서 그의 시대·사회와 불화했던 사람"으로 진술하면서 신애는 남편 또한 같은 혈통의 사람이라는 정보를 제공한다. "좋은 책을 쓰는 것이 가장 큰 소망이라던 남편은 단 한 줄의 글도 쓰지 못"한 채 자신을 "실어증 환자"(pp. 34~35)로 여겼다. 실어증 환자라는 대목이 인상적이다. 이것이야말로 전형적인 불화의 증상 아닐까. 이런 불화 때문에 그들은 늘 불안한 실존에서 비껴 날 수 없었다. 이런 사정은 「시간 여행」에서 신애와 그 남편 현우의 이야기에서 그대로 반복 재현되며, 나아가 『침묵의 뿌리』에서 작가인 주인공의 불화 사정으로 이어진다. 신애의 남편이 불화로 인해 실어증 환자가 되었듯이, 작가 역시 시대와 사회와 불화하면서 문장 대신 카메라를 들 수밖에 없는 사연, 작가로서 침묵할 수밖에 없었던 고통의 역설적 뿌리에 대한 이야기가 전개되고 있기 때문이다. 실어증 환자에 가깝게 앓으면서도 침묵마저 서사화할 수 있는 불화의 수사학적 기제는 무엇이었는지, 질문하고 싶었지만 나는 그러지 못했다. 그랬기에 『난·쏘·공』을 비롯한 조세희의 텍스트들이 불화·불안·불평 등 주제를 탄력적으로 가로지르며 펼치는 정치철학적 수사학에 대해서는 후일의 과제로 면밀하게 수행할 수밖에 없겠다.

1.5. '반 줌의 재'로 남은 난장이

「돛대없는 장선」은 자살한 KQ의 두 눈을 감겨주는 장면으로 끝난다. 『난·쏘·공』 연작에서 난장이는 죽어 "반 줌의 재"(p. 198)로 남았다. 보통은 한 줌의 재라고 하는데, 작가 조세희는 굳이 "반 줌의 재"라고 했다. 그 곡절 또한 질문하지 못한 것인데, 한 줌의 절반인 반 줌이란 대목에서 우리는 그냥 지나치기 어렵다. 정말 작은 사람의 작은 운명에 관한 곡진한 이야기를 극적으로 환기하는 수사학적 장치이기 때문이다. 그렇게 반 줌의 재로 남은 아버지의 운명에 대해 아들 영수는 말한다. "아버지의 몸은 작았지만 아버지의 고통은 컸었다"(p. 196). 이보다 더 일목요연한 표현을 발명할 수 있을까? 이 문장은 영수의 꿈 장면에서 이렇게 극화된다. "(아버지의 키는 백십칠 센티미터, 몸무게는 삼십이 킬로그램이었다.) [……] 아버지의 키는 오십 센티미터밖에 안 되어 보였다. 작은 아버지가 아주 큰 수저를 끌어가고 있었다. 푸른 녹이 낀 놋수저를 아버지는 끌고 갔다. 머리 위에서는 해가 불볕을 내렸다. 아버지에게 그 놋수저는 너무 무거웠다. 그래서 불볕 속에서 땀을 흘리며 숨을 몰아쉬었다. 지친 아버지는 키보다 큰 수저를 놓고 쉬었다. 쉬다가 그 수저 안으로 들어가 누웠다. 아버지는 불볕을 받아 뜨거워진 놋수저 안에 누워 잠을 잤다. 나는 수저 끝을 들어 아버지를 흔들었다. 아버지는 눈을 뜨지 않았다. 아버지의 몸은 놋수저 안에서 오므라들었다. 나는 울면서 아버지의 놋수저를 잡아 흔들었다"(pp. 196~197). '작은' 아버지가 '큰' 수저를 끄는 장면, 그러다 지쳐 큰 수저 안에서 잠든 채 깨어나지 못하는 아버지의 모습이다. 너무나 인상적이면서 비극적인 초상화 아닌가. 그리고 난장이의 생 전체를 총체적으로 보여준 그림 아닌가. 작은 몸으로 먹고살기 위해 큰 고통을 감당하지 않으면 안 되었던 난장이였다.

그렇게 살면서도 난장이는 유달리 '사랑'에 기대를 걸었다. 그가 "꿈꾼 세상은 모두에게 할 일을 주고, 일한 대가로 먹고 입고, 누구나 다 자식을 공부시키며 이웃을 사랑하는 세계"였다. 그가 소망하는 세상에서는 오로지 사랑만 강요되었다. "사랑으로 일하고 사랑으로 자식을 키운다. 사랑으로 비를 내리게 하고, 사랑으로 평형을 이루고, 사랑으로 바람을 불러 작은 미나리아재비 꽃줄기에까지 머물게 한다"(p. 213). 이렇게 사랑을 강요하기 위해 그는 법을 제정해야 한다고 생각했다. 그 점을 아들 영수는 못마땅해했다. 사랑 없는 사람을 처벌하기 위한 법이 제정되어야 한다면 현 세계와 다를 바가 없다는 것이 큰아들의 생각이었다. 그래서 영수는 아버지가 꿈꾼 세상에서 법률 제정이라는 공식을 제거하고 대신 교육을 통해 "누구나 자유로운 이성에 의해 살아갈 수" 있도록 하고 "누구나 고귀한 사랑을 갖도록 한다"(p. 213)는 생각을 했다. 그러나 점점 악화되는 노동 환경과 어처구니없는 노사 협상 과정을 경험하면서 영수는 생각을 바꾸기로 한다. 아버지가 옳았다는 생각을 하면서 비관의 심연으로 내려간다. "모두 잘못을 저지르고 있었다. 예외란 있을 수 없었다. 은강에서는 신도 예외가 아니었다"(p. 234, 이상 「잘못은 신에게도 있다」). 결국 난장이가 꿈꾸었던 사랑의 세계는 이루어지지 않았다. 법의 제정도 불가능했고, 교육을 통해서도 접근하기 어려웠다. 그것이 난장이와 그의 가족들이 작은 몸으로 큰 고통을 감당하며 세계와 불화하며 불안하게 살 수밖에 없었던 이유이다.

작은 난장이가 그렇게 살다가 죽을 수밖에 없었던 비극적 현실 앞에서 작가 조세희는 절망했다. 실어증 환자처럼 고통받았다. 작가 또한 큰 몸이 아니었다. 작은 몸으로 시대의 큰 고통을 감당하려 애썼다. 고통의 현장마다 그 작은 몸이 큰 카메라를 들고 있었다. 거리에서 그는 근원적인 각성과 실천이 이어지기를 소망했다. 「난장이가 쏘아올린 작은 공」에는 노동자로서 각성하고 성장해나가는 영수의 이런 노트 대목이 제시된 바 있다. "햄릿을 읽고 모차르

트의 음악을 들으면서 눈물을 흘리는 (교육받은) 사람들이 이웃집에서 받고 있는 인간적 절망에 대해 눈물짓는 능력은 마비당하고, 또 상실당한 것은 아닐까?/ 세대와 세기가 우리에게는 쓸모도 없이 지나갔다. 세계로부터 고립되었기 때문에 우리는 세계에 무엇 하나 주지 못했고, 가르치지도 못했다. 우리는 인류의 사상에 아무것도 첨가하지 못했고…… 남의 사상으로부터는 오직 기만적인 겉껍질과 쓸모없는 가장자리 장식만을 취했을 뿐이다"(p. 110). 이런 영수의 고뇌를 작가 조세희는 초지일관 붙들고 추구했다. 고통받는 이웃을 위해 진정한 눈물을 흘릴 것, 그 눈물을 통한 각성으로 세계에 가르칠 만한 새로운, 소망스러운 희망의 사상을 제출할 수 있을 것, 그것이 작은 몸으로 쏘아 올리고자 했던 '작은 공'이었다. 그것은 『침묵의 뿌리』에서 한 학교의 교훈으로 제시된 것이기도 한 큰 과제였다. 작은 몸으로 큰 고통을 감당하며, 이 웅숭깊은 교훈 같은 큰 과제를 수행하려 했던 큰 작가 조세희 선생께서 2022년 12월 25일 '반 줌의 재'로 남은 난장이 곁으로 돌아갔다. 선생의 영전에 삼가 큰절 올린다.

> 가난한 자의 벗이 되고,
> 슬퍼하는 자의 새 소망이 되어라.(『침묵의 뿌리』, p. 137)

2.

대립의 초극미,
그 카오스모스
수사학

2. 대립의 초극미, 그 카오스모스 수사학[1]

2.1. '난장이 신화'의 문제성

조세희의 『난장이가 쏘아올린 작은 공』(이하 『난·쏘·공』으로 표기함) 연작이 처음 발표된 것은 1975년 12월이었다. 「칼날」이었고, 이듬해에 「뫼비우스의 띠」「우주 여행」「난장이가 쏘아올린 작은 공」 등이 잇달아 발표되면서, 이른바 '난장이 신화'는 우리 문학사뿐만 아니라 사회사, 정신사에 창천의 성좌처럼 떠오르기 시작했다. 그로부터 반세기 가까운 세월이 흘렀다. 1978년에 초판을 발행한 이 연작소설집이 최인훈의 『광장』과 더불어 100쇄를 넘어섰다는 사

1 이 장은 문학과지성사에서 발간한 『난장이가 쏘아올린 작은 공』 신판 해설로 1997년에 처음 작성되었다. 2000년에 '이성과 힘'에서 발간한 21세기판에도 그대로 수록되었다. 이 책으로 들어오는 과정에서 본문의 현재 시간을 2023년 기준으로 바꾸고 제목도 부분적으로 수정하였다.

실[2]은 우리에게 여러 가지 생각거리를 제공한다. 반세기 동안 줄곧 우리 문학의 현장을 지켜올 수 있었던 문학적 매력의 영속성에 대해 새삼 숙고하게 한다. 난장이 신화 반세기의 문제성과 그 의미를 거듭 되짚어보자는 게 이 글의 주된 목적이다.

잠시 개인적인 이야기로 에둘러가기로 한다. 1975년에 나는 중학교 1학년이었다. 「칼날」에서처럼 변두리 도시 빈민들이 수돗물 때문에 고생한다는 사실을 알기에는 너무도 어린 시골 아이였다. 새마을 운동이 전국적으로 한창 진행되던 그때까지 나의 집은 여전히 깊은 우물물을 길어 먹었다. 이 책이 나오던 1978년에는 고등학교 1학년이었다. 내가 태어난 지역의 도청 소재지로 나가 학교를 다니는 바람에 신애나 난장이네 식구들의 수돗물 고난을 직접 겪게 되었지만, 그럼에도 불구하고 『난장이가 쏘아올린 작은 공』을 대하기에는 내 정신의 나이가 터무니없이 어렸다. 쑥스러운 고백이 되겠지만, 나는 그때까지만 하더라도 실제의 난장이를 본 적도 없었을 뿐만 아니라, 설령 조세희의 '난장이'를 보았다고 하더라도 잘 몰랐을 것이다. 미숙아였던 내가 그 난장이를 접하게 된 것은 대학 1학년 때인 1981

---

2 1996년 4월 100쇄를 넘어섰고, 2023년 10월 현재 324쇄, 1,499,600부를 기록 중이다.

년 봄이었다. '1980년 광주' 이후 마치 공동묘지와도 같은 강요된 어둠의 거리에서 버려진 아이처럼 구겨진 채 난장이의 세계에 빠져들었던 1980년대의 경제학도는 솟구치는 분노 때문에 어쩔 줄 몰라 했다. 작가 조세희가 다룬 난장이 세상이 나를 화나게 했다. 그런 현실에 대해 너무나도 무지했던 나, 나아가 내가 바로 난장이라는 사실을(「칼날」의 신애가 말하고 있는 것처럼) 알지 못했던 나 자신에 대해서는 더 많은 분노가 치밀었다. 피흘림의 내력으로 권력을 잡았던 당시에 위정자들이 세상의 난장이들 앞에 당당하게 내걸었던 '정의 사회 구현'이란 구호를 그대로 용서한다는 것은 말도 안 되었다. 그때까지만 하더라도 나는 막연하게나마 사랑으로 어우러진 공동선의 추구에 기대를 걸었던 사람이었다. 물론 그것은 구체적인 현실 인식 이전의 관념의 수준이었다. 그때까지의 공소했던 나의 관념이 구체적으로 부서져내리는 장면을 나는 조세희의『난장이가 쏘아올린 작은 공』에서 분명하게 목도할 수 있었다. 적어도 그것은 내게 큰 사건이 아닐 수 없었다. 그후 이런저런 이유로 경제학도에서 문학도로 전신한 이후에 나는 다시 읽었고, 그 어줍잖은 독후감을 1990년대 들어 두 차례 발표한 적이 있다. 이제 다시 새로운 독후감을 써야 하는 자리에 서 있다.

이미 말한 대로, 나는 이번 독후감에서는 난장이 신화

반세기의 문제성을 중심으로, 나아가 지금도 여전히 조세희의 『난·쏘·공』을 읽을 필요가 있다면 그 구체적인 이유는 무엇인지를 중심으로, 생각을 나눠보고자 한다. 먼저 조세희의 난장이 신화의 수용사가 우리 시대의 불행과 행운, 질곡과 신생의 역설을 고스란히 증거하고 있다고 나는 생각한다. 이 연작소설에서 작가가 문제삼은 난장이 현실, 그 불행과 질곡의 문제성이 지난 반세기 동안 여전히 유효한 정치경제적 문제틀이었다는 사실은 의미론의 차원에서 이 소설의 '불행한 생명력'을 알려준다. 두루 알고 있다시피 소설 『난·쏘·공』은 난장이로 상징되는 못가진 자와 거인으로 상징되는 가진 자 사이의 대립적 세계관을 바탕으로 하고 있다. 그 대립 속에서 난장이들의 불행과 비극은 비단 경제적인 문제에서 그치는 것이 아니라 사람살이 전면에 걸쳐진 것이었다. 바로 그 사람살이의 전면성에 육박하는 비극의 현실은 그 동안 정도의 차이에도 불구하고 해소되지 않았다. 이 소설들이 쓰이던 유신 치하에 비해 현상적인 차원에서 상대적으로 민주화가 진전되고 노동정의가 진일보한 것은 사실이지만, 그럼에도 불구하고 여전히 난장이의 문제성은 현재진행형으로 남아 있다고 말하지 않을 수 없다. 1980년대 말 1990년대 초에 진행된 세계사적 지각변동에 의해 새로운 이념형의 추구나 대안 체제의 모색이 잠복기에 들어간 느낌이 역력한 것은 사실이지만, 그렇다고 해서 난장이의 문제성이 과소평가될 성질은 결코 아니다. 감히 말하건대 소설 『난·쏘·공』은 산업화가 본격적으로 진행된 이후 이 땅에서 거의 최초로 자유와 더불어 평등의 이념형을 본격적으로 문학화한 작품이다. 많은 사람이 개인의 물질적 이익을 추구하려고 허둥대던 시절에 사랑으로 더불어 잘 살 수 있는 희망과 해방의 조짐을 모색한 문학인 것이다. 그렇다면 소설 『난·쏘·공』이 의미론적 측면에서 오랜 시간 동안 빛바래지 않는 이유는 분명해진 게 아닐까. 한갓 과거 한 시절의 문제 제기적인 작품으로 그치지 않고 계속 읽힌다는 것은, 그런 측면에서 볼 때 우리 시대, 우리 현실의 불행임에 틀림없다. 그 불행이 현실에 대한 문학의 계속적인 길항력이라는 측면에서는 문학의 역설적인 행운이 된다. 아마도 현실을 피상적으로 관찰하지 않고 애써 심연에서의 근원적인 인식 지평에서 현실과 대결하고자 했던 작가의 긴장 어린 노고가 빚어낸 결실일 터이다.

치열한 현실 인식만으로 소설이 되는 게 아니고, 또 그 현실 인식의 내용이 계속 유효하다고 해서 그 소설이 계속 읽힐 수 있는 생명력을 지니는 것은 더욱 아니다. 소비사회의 추세에 따라 문학 작품마저 점차로 패션화되는 경향, 그 생산과 소비, 유통 시간이 점점 짧아지는 추세를 고려할 때 반세기 가까운 세월이란 가히 장중한 무게가 아닐 수 없다. 그것을 일러 현대의 고전이라 부른다 해서 그 누가 선불리 마다할 수 있겠는가. 조세희의 『난·쏘·공』이 현대의 살아있는 고전의 반열에 오를 수 있었던 가장 핵심적인 이유는 무엇보다 그 문학성에 있었을 것이다. 그의 치열한 현실 인식이 도저한 문학적 실험 정신과 어우러져 과연 잘 빚은 항아리 모양으로 생명의 활기를 지피고 있는 형상이다. 짧은 문장의 절묘한 결합으로 창조해낸 아주 새로운 이야기 스타일, 리얼리즘과 반리얼리즘의 접합, 문학의 사회성과 미학성(문학성)의 결합, 현실과 이상의 산업시대 신화적 교감과 긴장 등등의 측면에서 작가는 복합적이면서도 현묘한 카오스모스의 수사학을 구축했다. 그 미학적 성취는 조세희의 문체적 특성이자 조세희 문학의 인상적 브랜드를 형성하기에 이르렀다.

현실성과 문학성이 복합적으로 얽히고 스미고 짜인, 그야말로 포괄적인 의미에서 총체성이란 말을 새롭게 사용한다면, 조세희의 『난·쏘·공』이야말로 가장 총체적인 작품이 아닐까. 고골리 이후 러시아의 많은 작가들이 "우리는 모두 고골리로부터 나왔다"라고 말했다고 한다. 우리 경우도, 여러 후배 작가들이 『난·쏘·공』을 필사하며 소설 문장수업을 했다고 고백한 바 있거니와, 조세희 이후 많은 작가가 조세희의 『난·쏘·공』으로부터 형성되고 빚어진 것이 아닐까. 『난·쏘·공』 반세기의 핵심적인 문제성은 바로 여기로 집약된다고 할 수 있지 않을까?

2.2. 대립적 세계상과 그 초극의 상상력

조세희의 『난·쏘·공』은 대립적 세계관에서 출발하되 그것을 혁파하고 넘어서는 새로운 인식 지평을 모색하고자 한 소설이다. 작가가 그린 난장이의 "키는 백 십 칠 센티미터, 몸무게는 삼십 이 킬로그램이었다"(「은강 노동 가족의 생계비」).[3] 증조부가 노비였던 그는 평생을 신체적 불우와 사회적 편견, 경제적 질곡으로 인해 고통 속에서 살다 죽어간 인물이다. 전체적으로 보아 난장이는 1970년대 한국사회와 경제의 생산과 소비 및 분배구조에서 억압받고 소외받는 계층을 표상하는 전형적 인물에 값한다. 마침내 산업사회의 증후가 본격화되던 당대사회에서 자신의 난처한 경제적 토대와 세계의 타락상으로 인해 철저하게 소외된 삶을 살 수밖에 없었던 존재다. 그가 소유했던 생산

3 조세희, 『난장이가 쏘아올린 작은 공』, 이성과 힘, 2000, p. 196. 앞으로 이 책에서 인용시 그 쪽수만 본문에 직접 적기로 함.

수단의 목록을 보면, 고작해야 "절단기 · 멍키 스패너 · 플러그 렌치 · 드라이버 · 해머 · 수도꼭지 · 펌프 종지굽 · 크고 작은 나사 · T자관 · U자관 · 줄톱들"(「우주 여행」, p. 65)에 불과하다. 이렇듯 열악한 조건으로 인해 그가 평생토록 해 온 일은 "채권 매매 · 칼 갈기 · 고층 건물 유리 닦기 · 펌프 설치 · 수도 고치기"(「난장이가 쏘아올린 작은 공」, p. 95) 등이다. 본격적인 산업화 이전 세대, 즉 반봉건 · 반자본적 이행기 세대의 인물로서, 양극분해 과정에서 전형적으로 하향 전락한 경우에 해당한다. 이런 계급적 조건의 인물을 작가는 '난장이'라는 신체적 취약성에 빗대어 상징적으로 형상화한 것이다. '난장이'의 저편에는 상대적으로 신체가 아닌 다른 측면에서 취약성을 함축하는 '거인'이 놓인다.

조세희가 상징적으로 시도한 바 '난장이/거인'이라는 대립축의 패러다임을 「환경 파괴」 등에 제시된 작가의 주석적 진술을 토대로 일별해 보면 이렇다. 우선 현상적으로 보아 '못가진 자/가진 자'의 대립을 비롯하여, '빈곤/풍요//고통/안락//분노/사랑의 결핍//피착취/착취//어둠/밝음//검정/노랑//추움/따뜻함' 등이 병렬적 관계를 이룬다. 이 현상적 대립항들은 사회경제적 조건 면에서 거인이 (+) 징표를, 난장이가 (−) 징표를 지니고 있음을 보여준다. 물론 이는 타락한 교환가치 측면에서의 징표일 따름이다. 가치 측면에서는 그 징표체계가 역전된다. 난장이는 "사랑으로 일하고 사랑으로 자식을 키"(「잘못은 신에게도 있다」, p. 233)우고 싶어 했다. 반면 난장이의 대안에 자리잡고 있는 거인 자본가의 손자인 경훈은 "사랑으로 얻을 것은 하나도 없"(「내 그물로 오는 가시고기」, p. 303)다고 말한다. 이 화해할 수 없는 거리의 심연, 말 그대로 문제적인 거리가 현상적인 징표를 역전시킨다. 즉 '사랑/사랑의 결핍//도덕적/비도덕적'이라는 대립항으로 난장이가 (+)징표를, 거인이 (−)징표를 가지게 된다. 하고 보니 양자 공히 (−)징표를 함유하고 있다는 점에서 진정성 있는 온전한 사람이 될 수 없는 상황이다.

작가가 보기에 정녕 인간적인 삶은 온전한 삶이다. 그러니 난장이도 거인도 진정성 있는 온전한 삶으로 다가가야 한다. 이 다가가는 과정에 작가는 인간과 사람살이의 희망을 부여한다. 피차 (−)징표를 (+)징표로 바꿔가는 과정이 열린 희망의 길이다. 난장이는 현존을 혁파할만한 구체적인 분노의 정서를 통해서, 거인은 정의로운 분배를 위한 사랑의 정서를 통해서 희망의 길을 채울 수 있다는 것이 작가의 소신이다. 여기서 우리는 조세희 특유의 사랑법과 분노와 사랑이 한자리에서 얽히고설키는 '뫼비우스 환상곡'을 발견하게 된다. 하지만 '뫼비우스의 띠'가 그러하듯, '뫼비우스 환상곡' 역시 현실 세계에서는 이루어지기 어렵다. 뫼비우스의 띠 자체가 존재하지 않기 때문이 아니라, 그 존재태가 예외적 소수의 반례(反例) 형태이기 때문에 그렇다. 여기에 난장이의 증폭된 비극이 있고, 조세희의 고통이 있으며, 우리 모두의 아픔이 망라되어 있다.

그래서일까? 소설에서 난장이는 끝끝내 인간의 대지에서 희망의 길을 찾지 못한다. 「우주 여행」에서 지섭이 말한 대로 지구가 "불순한 세계"(p. 66)이기 때문이었을까. 지상의 현실에 대해 지섭은 매우 비관적이었다.: "지상에서는 시간을 터무니없이 낭비하고, 약속과 맹세는 깨어지고, 기도는 받아들여지지 않는다. 눈물도 보람 없이 흘려야 하고, 마음은 억눌리고 희망도 이루어지지 않는다. 제일 끔찍한 일은 갖고 있는 생각 때문에 고통을 받는 일이다."(「우주 여행」, p. 67). 비관적인 지섭의 결론 또한 거의 절망적이다: "사람들은 사랑이 없는 욕망만 갖고 있습니다. 그래서 단 한 사람도 남을 위해 눈물을 흘릴 줄 모릅니다. 이런 사람들만 사는 땅은 죽은 땅입니다."(「난장이가 쏘아올린 작은 공」, p. 102). 이러한 지섭의 말은, 사랑이 거세된 소유 욕망 때문에 인간과 세상이 죽어간다는 것으로 요약 가능하다. 세상에서 거세당한 사랑의 이데아를 추구하고자 했던 난장이는, 그 때문에 더더욱 불행했다. 이 점 꼽추나 앉은뱅이의 경우도 마찬가지였다. 힘겨운 곤혹스러움의 증폭으로 요약될 '난장이성'은 다음에서 보이는 수저 이미지에서 여실하게 확인할 수 있다.

> 작은 아버지가 아주 큰 수저를 끌어가고 있었다. 푸른 녹이 낀 놋수저를 아버지는 끌고 갔다. 머리 위에서는 해가 불볕을 내렸다. 아버지에게 그 놋수저는 너무 무거웠다. 그래서 불볕 속에서 땀을 흘리며 숨을 몰아 쉬었다. 지친 아버지는 키보다 큰 수저를 놓고 쉬었다. 쉬다가 그 수저 안에 들어가 누웠다. 아버지는 불볕을 받아 뜨거워진 놋수저 안에 누워 잠을 잤다. 나는 수저 끝을 들어 아버지를 흔들었다. 아버지는 눈을 뜨지 않았다. 아버지의 몸은 놋수저 안에서 오므라 들었다. 나는 울면서 아버지의 놋수저를 잡아 흔들었다.(「은강 노동 가족의 생계비」, pp. 196~197)

수저의 상징성은 매우 의미심장하다. 일차적으로 생계 유지를 의미할 그 수저가 삶의 목적으로 치환되어 삶 자체를 유린하는 형상으로 표현되어 있다. 물론 큰아들 영수의 꿈 대목이긴 하지만 매우 끔찍한 비유가 아닐 수 없다. 수저를 끌던 난장이가 수저 안에서 오므라들게 되다니! 수사학으로 볼 수 있는 가장 극단적인 난장이성의 징표라 할만하다. 난장이는 사랑 없는 욕망으로 점철된 거인들의 욕망의 밥숟갈에 의해 삼킴을 당했다. 그가 꿈꾼 사랑의 세계는 어디에도 없었다. 그래서 그는 "벽돌 공장의 굴뚝 위에 올라가 종이 비행기를"(「우주 여행」, p. 67) 날리는 대리 행위를 할 수밖에 없었다. 이계여행(異界旅行)만을 꿈꿀 수밖에 다른 도리가 없었다. 그러나 꿈은 결코 충족되는 게 아니었다. 그래서 난장이는 자신이 사랑의 삶을 희원하던 바로 그 장소(공장 굴뚝)에서 투신자살하고 만다. 그가 쏘아올린 작은 공이 미처 지구의 대기권을 벗어나기도 전이었다. 그가 사회경제적 상징태로서의 난장이가 아니었던들, 사랑 없는 욕망의 밥숟갈에 휘둘리지 않았던들, 그는 결코 그렇게 살다 죽어가지 않았을 것이다.

난장이의 큰아들 영수 역시 마찬가지다. 산업시대의 본격적인 노동자 1세대인 영수는 난장이인 아버지의 생각을 진전시키고자 했다. 아버지는 사랑으로 이루어진 세상을 만들기 위해 법률 제정이라는 불가피성을 감수해야 했던 인물이다. 그러나 법률 제정을 필요로 하는 세상이라면 기존의 세상과 다를 게 없다고 영수는 생각한다. 하여 영수는 "교육의 수단을 이용해 누구나 고귀한 사랑을 갖도록" 하여 "누구나 자유로운 이성에 의해 살아 갈 수"(「잘못은 신에게도 있다」, p. 213) 있도록 하고자 했다.

> 나는 은강에서 일하는 사람들을 머릿속부터 변혁시키고 싶은 욕망을 가졌다. 나는 그들이 살아가는 사람이 갖는 기쁨·평화·공평·행복에 대한 욕망들을 갖기를 바랐다. 나는 그들이 위협을 받아야 할 사람은 자신들이 아니라는 것을 깨닫기를 바랐다.(「잘못은 신에게도 있다」, p. 219)

영수의 변혁 욕망은, 그 꿈과 희망은, 그러나 아버지의 그것이 그러했듯이 현실에서 충족될 수 없었다. 노사 협상이 완패로 끝난 다음, 영수는 신도 잘못을 저지르는 이 세상에서 자신의 생각이 통할 수 없으리라는 사실을 절감하게 된다. 그리고 "난장이네 큰아들로 태어나 [……] 불행하게도 무엇을 선택할 기회를 한 번도 가져 본 적이 없다"(「클라인씨의 병」, p. 254)는 생각에 이른다. 그가 추구하는 진정한 삶의 차원을 현실이 빼앗아갔기 때문이다. 이 슬픔은 곧 분노와 적의로 옮겨간다. 적의의 끝, 분노의 절정에서 영수는 자본가를 살인, 사형당하고 만다. 역시 비극적인 결구로서, 끝내 난장이성을 벗어나지 못한 것이라 할 수 있다.

사정이 한층 심각한 것은 거인 쪽이다. 거인은 지독한 사랑의 결핍 상태에서 더더욱 비도덕적인 삶만 찌우고 있는 판이니, 그 (–)징표의 심각성을 더해갈 뿐이다. 이 점은강 그룹 회장의 손자인 경훈의 시점으로 서술되고 있는

「내 그물로 오는 가시고기」에서 확인할 수 있다. 경훈의 아버지는 말한다.: "우리에겐 지켜야 할 게 많아."(p. 274). 경훈은 노동자들에 대해 "보나마나 나이보다 작은 몸뚱이에 감춘 적의와 오해 때문에 제대로 자라지 못할 아이"(p. 280)라고 생각한다. 또 경훈은 난장이와 그의 큰아들에 대해 생각한다.: "그는 자식들의 작은 잘못도 결코 용서하지 않았을 것이다. 잘 때리고, 벌도 심한 것으로 골라 주었을 것이다. 아이들에게는 그는 잠을 안 자는 독재자였을 것이다. 그의 권력은 사랑·존경·믿음을 모르는 그 자신의 성격적 결함이 사용하게 한 무서운 매와 벌 때문에 바른 것이 못되었을 것이다. 그가 죽었기 때문에 그의 큰아들은 공격목표를 잃었다. 그러나 사회생활을 잘할 수 없게 길들여진 큰아들의 그 불확실한 공격성은 그대로 남아 있다 결국 숙부를 죽였다."(p. 281). 오해이거나 무지라고 하기에는 너무도 어처구니없고 죄 많은 거인 의식이다. 반성을 모르는 이가 저지를 수 있는 최대치의 죄를 저지르고 있는 셈이다. 그러니 경훈의 의식의 끝은 이럴 수밖에 없다.: "사람들의 사랑이 나를 슬프게 했다.": "사랑으로 얻을 수 있는 것은 하나도 없었다."(p. 303). 속절없는 (−) 징표이다. 반성없는 (−) 징표는 다른 쪽의 (+) 징표와 만날 수 없다. 난장이와 그의 아들이 추구하던 사랑의 세계와는 조우할

수 없었던 것이다.[4]

과연 자본가와 노동자, 거인과 난장이는 끝내 만날 수 없는 것이었을까. 끝끝내 화해할 수 없는 것인가. 이 양쪽의 존재들이 넉넉하게 융섭(融攝)할 수 있는 새로운 사람살이의 지평은 결코 없단 말인가. 이 자리를 마련하기 위해 작가 조세희는 무던히도 공들였던 것으로 보인다. 가령 서술 시점을 양쪽으로 나누어 양쪽의 내면 정경을 포착하려 한다든지, 수학 교사·과학자·노동자 교회 목사·신애·지섭·윤호 등 다양한 프리즘의 인물을 형상화하면서 서로 스미고 합쳐지는 융섭의 여지를 마련하고자 한다든지, '뫼비우스의 띠'나 '클라인씨의 병'과 같은 개념을 도입한다든지 하는 방식의 시도가 그러한 것이다. 특히 안과 겉의 구별이 없고, 내부와 외부의 구별이 따로 없다는 '뫼비우스의 띠'와 '클라인씨의 병'의 메타포는 웅숭깊다. "그것은 없다"라는 과학자의 말처럼 현실에서 존재하기 어려운 새로운 차원의 것이기에 더욱 그러하다. 하지만 현실적으로 반례(反例)는 범례(凡例)에 미치지 못하는 법이다. 자본주의의 범속한 현실은 '뫼비우스의 띠'나 '클라인씨의 병'의 메타포를 거부한 채, '그물'과 '가시고기'의 대립적인 축도를

4 글의 구성상 5장 5.2.2항과 5.2.3항 부분과 겹치는 내용이 있음.

강화시켜 나가는 형국이다.

> 내 그물로 오는 살찐 고기들이 그물코에 걸리는 것을 보려고 했다. 한 떼의 고기들이 내 그물을 향해 왔다. 그러나 그것은 살찐 고기들이 아니었다. 앙상한 뼈와 가시에 두 눈과 가슴 지느러미만 단 큰가시고기들이었다. 수백 수천 마리의 큰 가시고기들이 뼈와 가시 소리를 내며 와 내 그물에 걸렸다. 나는 무서웠다. 밖으로 나와 그물을 걷어 올렸다. 큰가시고기들이 수없이 걸려 올라 왔다. 그것들이 그물코에서 빠져 나와 수천 수만 줄기의 인광을 뿜어내며 나에게 뛰어올랐다. 가시가 몸에 닿을 때마다 나의 살갗은 찢어졌다. 그렇게 가리가리 찢기는 아픔 속에서 살려 달라고 외치다 깼다.(「내 그물로 오는 가시고기」, pp. 302~303)

경훈의 꿈 내용이다. 여기서 알 수 있는 것처럼, 그물과 가시고기는 분명히 대립적인 관계에서 벗어날 수 없다. 말 그대로 먹고 먹히는 관계이다. 이 관계는 생존을 위한 투쟁을 불가피하게 만든다. 여기에는 사랑도 반성도 없다. 그러므로 경계는 분명하다. 이렇게 경계가 분명한 상황에서 어찌, 경훈 쪽의 대롱이 난장이 쪽의 구멍으로 들어갈 수 있겠는가. 그러므로 현실에서 "그것은 없다"(「클라인씨의 병」, p. 260)라고 과학자가 잘라 말했던 것 아닐까. 작가 조세희의 사랑법과 희망의 논리가 출발한 첫자리이자 마지막으로 봉착한 끝자리란 바로 여기가 아니겠는가. 수학 교사의 말대로 경계 없는 '뫼비우스의 띠'의 사상에는 많은 진리가 숨어 있는 것이 사실이다. 하지만 진리란 유사 이래 구원한 것이었다. 진리는 멀고 허위는 가까웠다. 조세희의 『난·쏘·공』은, 이렇게, 허위적 현실에 추상적 진리를 부여하고, 추상적 진리로 허위적 현실을 변화시켜 보고자 수직적 초월을 시도했으나, 결국 새로운 출발점에 서게 된 소설이다. 그 새로운 출발점이란 고통 위에 세워진 가파른 자리지만, 그 고통의 시도로 하여 매우 값진 자리임에 틀림없다.[5]

2.3. 뫼비우스 변환과 카오스모스 수사학

작가 조세희는 고통스런 비극의 길 위에서 사랑과 희망의 길을 갈구했다. 그 희망의 길 위에서 다시 비극의 길을 거듭 만날 수밖에 없었던 것은 작가를 포함한 동시대인들 모두의 불행이었다. 그렇지만 비극의 길과 희망의 길이 분리 대립을 일으키는 현실, 둘이 서로 만날 수 없다

---

5 글의 구성상 5장 5.2.2절 부분과 겹치는 내용이 있음.

는 고정 관념을 초극하고자 한 작가의 상상적 의지는 매우 아름답다. 기존의 타락한 현실과 타락한 인식의 틀에 탈을 내고 혼돈을 일으키면서 새로운 사랑의 질서, 희망의 질서를 탐색하고자 한 작가의 미학적 의지는 퍽 소중한 것으로 보인다. 이런 상상적 의지, 미학적 의지와 관련하여 작중 수학 교사는 우리의 각별한 주목에 값하는 인물이다. 이 소설집에서 작가의 현실인식안을 대리하는 가장 가까운 인물로 보이는 수학 교사는 프롤로그격인 「뫼비우스의 띠」와 「에필로그」에 등장한다. 「뫼비우스의 띠」에서 그는 굴뚝 청소부 이야기를 학생들에게 한다. 이 화두는 인식론의 기본틀을 알게 하는 데 대단히 중요한 것이다.

> 질문: "두 아이가 굴뚝 청소를 했다. 한 아이는 얼굴이 새까맣게 되어 내려왔고, 또 한 아이는 그을음을 전혀 묻히지 않은 깨끗한 얼굴로 내려왔다. 제군은 어느 쪽의 아이가 얼굴을 씻을 것이라고 생각하는가?"(「뫼비우스의 띠」, p. 13.)

> 답1 : "얼굴이 더러운 아이는 깨끗한 얼굴의 아이를 보고 자기 얼굴도 깨끗하다고 생각한다. 이와 반대로 깨끗한 얼굴을 한 아이는 상대방의 더러운 얼굴을 보

고 자기도 더럽다고 생각할 것이다."(p. 14.)

답2 : "두 아이는 함께 똑같은 굴뚝을 청소했다. 따라서 한 아이의 얼굴이 깨끗한데 다른 한 아이의 얼굴은 더럽다는 일은 있을 수가 없다."(p. 15.)

수학 교사의 질문에 한 학생은 얼굴이 더러운 아이가 씻을 것이라고 대답했었다. 지극히 현실적이면서도 평면적인 답변이다. 이 대답을 부정하고 그는 답1과 답2를 들려준다. 답2는 탈현실적인 타자성의 철학에 근거한 것이다. 인식 주체와 대상이 스미고 짜이는 가운데 가능한 답변이다. 그러나 답1의 경지는 답2의 상태를 경유해야 비로소 제 모습을 찾을 수 있을 것이라고 생각한 것 같다. 수학 교사 스스로 답1을 부정하고 답2를 말하고 있으니 말이다. 답2는 과학적이고 구조적인 인식의 소산이다. 답2를 진정하게 초극할 수 있을 때 답1의 의미가 올곧게 드러나는 것이라고 한다면, 곧 답1은 탈현실적이고 탈구조주의적인 인식의 결과라 불러도 좋겠다. 현상 그 자체를 체계적이고 구조적으로 인식해야 한다는 답2의 사유체계는 난장이의 현실, 거인의 현실을 적확하게 파악해야 한다는 대립적 세계관과 맞물린다. 앞에서 찾아본 이항대립의 세계가 바로 그것이다. 그런데 그것은 각각 질적 변환이 필요한 상태에 있다는 것도 살펴본 바와 같다. 각각의 질적 변환과 그 대립의 초극은 어떻게 가능할 수 있을 것인가. 이때 답1의 의미가 새삼 소중해진다. 타자성의 철학에 근거한 질적 변환, 다시 말해 타자를 통한 주체와 대상 및 그 상호작용의 재정립이 중요한 관건이 되는 것이다.

이미 살핀 대로 난장이는 거인에게 '분노의 사랑'으로 다가서고, 거인은 난장이에게 '연민의 사랑'으로 다가설 수 있는 새로운 사랑의 가능성의 지평은 바로 이 지점에서 열릴 수 있는 것이다. 이 새로운 사랑의 가능 지평이야말로 초극의 아름다움을 구현한 세계가 아니겠는가. 그런데 이 초극의 미학이나 타자성의 철학은 거리가 분명한 직선적 평면에서는, 다시 말해 과학적인 구조 속에서는 구현되기 곤란하다고 생각한 것으로 보인다. 수학 교사가 뫼비우스의 변환을 의식하고 있는 것은 이런 까닭이다. "안과 겉을 구별할 수 없는" '뫼비우스 곡면' 내지 "내부와 외부를 경계 지을 수 없는 입체, 즉 뫼비우스 입체"를 상상해 보라면서, 수학 교사가 "간단한 뫼비우스의 띠에 많은 진리가 숨어 있"(p. 29)는 것이라고 말할 때, 우리가 아연 긴장하는 것도 실은 그 때문이다. 뫼비우스 변환은 미분기하학에서 모든 것은 방향을 줄 수 있다는 공리에 대한 반례(反例)이고 탈례(脫例)이다. 아마도 이 구부러진 곡면의 탈례가 지닌 부분 운동의 궤적에 새로운 전체 운동의 구조가 실현되어 있지 않을까 고심한 것이 아닐까. 그것은 안팎의 구분이 따로 없는 '클라인씨의 병'의 논리와 더불어 분명 기존의 질서를 탈낸 혼돈의 세계임에 틀림없을 터이지만, 그 혼돈의 곡면, 혼돈의 탈례를 통해 새로운 질서를 변형 생성시킬 수도 있지 않을까 고뇌한 것은 아닐까. 대립적 세계상을 초극하고자 한 작가의 상상적 의지, 그 초극의 지평에서 진정한 사랑의 세상을 꿈꾸었던 미학적 의지, 바로 그런 것들로부터 조세희 나름의 카오스모스의 수사학을 구축할 수 있었던 것이 아닐까. 인식론의 측면에서 카오스모스의 수사학은 다시 형태론의 측면에서 보완 설명될 필요가 있다. 이 연작소설집에서 보이고 있는 아주 독특한 시점 조작 원리라든가, 개성적 문체소, 특별한 형태소와 상징적 해석소 등을 분석하면 이 작가가 의도한 카오스모스의 수사학이 어떻게 구현되어 있는지 구체적으로 드러나게 될 것이나, 이는 3장에서 다루기로 한다. 다만 그 분석을 통해 우리는 작가 조세희가 리얼리티에서 출발하되 리얼리티를 거부하고 새로운 리얼리티를 끊임없이 추구한 작가라는 것, 엄정한 리얼리즘 정신에서 출발하되 그것을 초극하는 탈리얼리즘 형식으로 그 정신을 담는 데 성공한 몇 안 되는 작가 중의 한 사람이라는 것, 현실과 환상, 구체와 추상을 넘나들며 서로 스미고 짜이게 하는 소설 형식의 비의를 체현하고 있는 작가라는 것 등을 거듭 확인할 수 있게 될 것이라는 점은 미리 앞질러 말할 수도 있겠다.[6]

조세희의 『난장이…』는 확실히 그 자체로서 하나의 '뫼비우스의 띠'같은 소설이요, '뫼비우스 환상곡'이다. 대단히 비극적인 우리 시대의 소외된 신화이자, 동시에 소외 초극 의지의 신화이다. 현실주의적 전망이 닫혀있던 시대, 아니 전망은 차치하고라도 현실 인식마저 미망에 휘둘려야 했던 시절, 작가 조세희는 이처럼 양가적이고 역설적인 난장이 신화를 창조했던 것이다. 그의 탈현실주의적이고 탈구조주의적인 현실 인식과 전망 추구는 1970년대 한국 작가가 감당할 수 있는 거의 최대치의 고행의 결과가 아닐까 짐작한다. 신에게도 잘못이 있는 험한 세상에서, 그 특유의 사랑법에 기대어 희망의 길을 놓치지 않으려 한 작가가 바로 조세희, 그다. '거인'과 '난장이'의 대립적 경계를 해체한 초극의 지평에서 진정한 인간의 모습, 정녕 인간다운 삶의 공간을 꿈꾼 조세희의 소설이야말로, 문학의 위의와 영광을 증거하는 것이 아닐 수 없다. 요컨대 조세희

---

6 조세희의 『난장이가 쏘아올린 작은 공』의 리얼리티 문제와 수사학적 효과에 대해서는 졸저, 『텍스트의 수사학』(서강대학교출판부, 2005)의 제3부 제3장 '리얼리티 효과와 카오스모스의 수사학'에서 자세하게 다룬 바 있음.

의 『난장이가 쏘아올린 작은 공』은 1970년대 우리네 인문주의와 심미적 이성의 한 절정을 보여준 대표적 사례라고 할 수 있다. 진정한 문학만이 발할 수 있는 광휘를 지난 반세기 동안 변함없이 유지해왔고, 앞으로도 오랫동안 그럴 수 있을 것이라 생각한다.

3.

불안한 '유리병정'의 리얼리티 효과

3. 불안한 '유리병정'의 리얼리티 효과[1]

3.1. '리얼리즘의 확대와 심화'

조세희의 『난장이가 쏘아올린 작은 공』은 현대문학사에서 여러모로 기념비적인 텍스트이다. 본격적인 산업화 1세대 노동자 의식을 내세워 평등의 이념형을 본격적으로 제출했다는 점, 정치 경제적 현실과 사랑의 윤리 사이의 융섭(融攝)과 회통을 추구했다는 점 등의 의미론적 측면에서만 그런 것이 아니다. 그런 의미들을 형상화하는 텍스트의 스타일이 매우 독특했다. 이야기 스타일의 특별한 수사학적 성격이 독자들로 하여금 더욱 심원한 인식의 지평을 알게 했다. 말하자면 새로운 문제의식과 산문정신이

---

1 이 장은 졸저, 『텍스트의 수사학』(서강대학교출판부, 2005)의 제3부 3장과 권성우 엮음, 『침묵과 사랑』(이성과 힘, 2008)에 실린 「불안한 '유리병정'의 리얼리티 효과」를 통합해 수정한 것이다.

새로운 스타일을 낳았고, 또 새로운 소설 스타일이 새로운 문제의식을 심화한 경우에 속한다. 일찍이 1930년대에 비평가 최재서가 이상의 소설을 두고 '리얼리즘의 심화와 확대'라고 명명한 적이 있는데, 우리도 조세희의 『난장이가 쏘아올린 작은 공』을 앞에 두고 그와 비슷한 생각을 하게 된다. 실제로이 소설이 리얼리즘적 경향과 반리얼리즘적 경향을 함께 지니고 있다는 점은 자주 논의된 바 있다.[2] 그

---

2 많은 기존 논의에서 그런 지적들을 찾을 수 있다. 가령 이재선은 "'뫼비우스의 띠', '클라인씨의 병'과 같은 지식체계까지 의도적으로 인유하고 있는 조세희의 『난장이…』의 세계는 리얼리즘Realism과 대응-사실주의Counter-Realism가 교호하는 세계이다. 즉 현실의 상황적 조건을 제시함에 있어서는 리얼리즘을 채택하고 있지만, 그로부터의 열림과 초월을 제시함에 있어서는 환상적이거나 그로테스크한 상징 장치에 의한 카운터 리얼리즘에 근거하고 있는 것이다."(이재선, 『현대한국소설사 1945~1990』, 민음사, 1991, p. 300)라고 지적했고, 권영민은 "1970년대 리얼리즘 문학의 가장 큰 성과의 하나로 손꼽히는 이 작품은 현실에 대한 비판적 인식, 반리얼리즘적인 독특한 단문형의 문체 및 서술자와 서술상황을 바꾸어 기술하는 시점의 이동 등의 연작의 형식과 조화를 이루고 있다."(권영민, 『한국현대문학사 1945~1990』, 민음사, 1993, p. 315)고 진단했다. 또 김병익은 "조세희는 극히 현실적이고 당면적인 사회 문제들을 단절과 대립적 세계관 위에 자명성·단순성·환상성의 기법이란 동화적 공간으로 용해시킴으로써 화해 불가능의 세계라는 모습으로 조형화하면서 실현될 수 없는 꿈과 상상으로 그 절망감을 승화 또는 심화시키고 있다. 우리는 꿈과 상상의 이룰 수 없는 아름다움 때문에 현실의 어려움과 아픔을 더욱 격렬하게 느낄 수 있다. 조세희의 동화적 발상과 비사실적인

런가 하면 '낭만적 사랑의 철학'과 추상화 경향에 대한 비판적 지적도 없지 않았다.[3] 그 어느 쪽의 입장이든 『난장이가 쏘아올린 작은 공』의 문제성, 다시 말해 '리얼리즘의 심화와 확대' 경향과 관련된다.

이 글에서는 기존의 비평적 진단을 반성적으로 인식하면서, 1970년대의 현실, 작가의 현실 및 텍스트의 실상 등을 두루 고려하면서, 『난장이가 쏘아올린 작은 공』에 나타난 불안의 상상력과 독특한 스타일을 체계적으로 재성찰해 보고자 한다. 그 과정에서 우리는 이 소설에 나타나는

문체는 그래서 사실 세계의 억압된 불행을 보다 사실적으로 드러내 보여주며 사회적 실감을 주관적 공감으로 실체화·내면화시키면서 초월적 승화를 유도하는 것이다."(김병익, 「대립적 세계관과 미학」, 『난장이가 쏘아올린 작은 공』, 문학과지성사, 1978/1997, p. 288)라고 평가했으며, 양애경은 "조세희의 서술방식, 즉 문체는 우화적이고 시적인 형태를 취하고 있으며 사건을 다루는 방식도 허구적 상상력을 마음껏 발휘하여, 사회문제를 작품화했음에도 동화적이라는 감을 주는데, 이러한 내용은 연결되는 하나의 인과론적 플롯보다는 일종의 변주에 담기는 것이 더 효과적일 수 있다."(양애경, 「조세희의 『난장이가 쏘아올린 작은 공』 분석」, 『한국언어문학』 33집, 1994. 12, p. 344)고 말했다.

3 "구체성의 부족을 보완하기 위해 환상을 동원하였고, 윤리적 이분법을 더욱 선명한 것으로 부각시키기 위해 낭만적 사랑의 철학을 내세웠다. 모두가 추상의 범주에 속하는 것들이니, 이처럼 추상화의 정도가 커지면 커질수록 소설적 탐구성은 약화된다."(김윤식·정호웅, 『한국소설사』, 문학동네, 2000, pp. 438~439)

탈현실 혹은 반리얼리즘적 상상력이야말로 가장 현실적이고 리얼리즘적인 관찰과 인식에서 비롯되었을 뿐만 아니라 결국 그것을 지향하는 산문적 수고의 결과라는 점을 거듭 확인하게 될 것이다. 그리고 이 소설의 의미론과 스타일이 얽히고설키면서 빚어지는 범상치 않은 리얼리티 효과reality effect를 통해 『난장이가 쏘아올린 작은 공』의 문학사적 진면목을 재삼 주목하게 될 것으로 생각한다.

대립적 세계관으로 현실을 인식하되, 탈대립적 세계관으로 소망스런 지향 의식을 드러내는 복합성의 미학과 스타일은, 이 연작이 씌어진 1970년대 당시의 현실과 매우 긴밀한 관계를 갖는다. 작가 조세희는 "무슨 일이 있어도 '파괴를 견디고' 따뜻한 사랑과 고통받는 피의 이야기로 살아 독자들에게 전달되지 않으면 안 된다는 생각"으로 "'칼'의 시간에 작은 '펜'으로 작은 노트에 글"[4]을 썼다고 말한

4 "나는 지금도 박정희·김종필 등 이 땅 쿠데타의 문을 활짝 연 내란 제일세대 군인들이 무력으로 집권해 피말리는 억압 독재를 계속하지 않았다면 『난장이가 쏘아올린 작은 공』은 태어나지 않았을 것이라고 생각하고 있다. 물론 자기가 태어나 자란 땅의 암흑 현실 때문에 글을 쓰게 되는 경우는 우리 이전에도 많았다. 무엇보다 이민족이 아닌 동족에 의해 고통받는 제삼세계 쪽 문학이 어두운 세계의 똑같은 경험인 독재와 고문·착취·억압의 이야기로 가득 차고 그 뛰어난 성과물에 관한 소문의 일부를 우리가 이미 접할 수 있었는데도, 그때 나는 남의 경험에서 배운 것이 하나도 없는 사람처럼 힘이 들었다. 처음부터 탄

다. 그러기에 독자의 입장에서도 '칼'의 현실에 대응한 '펜'의 수사학적 전략에 관심을 둘 필요가 있다. 작가가 고통과 불안 속에서 처절하게 맞씨름했던 당시와는 전혀 다른 분위기에서 사는 독자의 입장에서 쉽게 판단하기 어려운 측면이 있는 것이다.[5] 이에 이러한 불안의 시대에 작가가 형상화한 불안의 상상력의 특성을 간략히 살피고, 작가의 현실 인식 원리와 스타일의 특성을 이 연작에서 보이는 독

압 기구에 의해 내가 낼 책이 판금이 되어도 좋다는 생각을 했다면 나의 작업은 쉬웠을 수도 있다. 하루 자고 나면 누가 잡혀갔고, 먼저 잡혀간 누구는 징벌 독방에서 죽어가는 지경이고, 노동자들이 또 짐승처럼 맞고 끌려가는, 다시 말해 인간의 기본권이 말살된 '칼'의 시간에 작은 '펜'으로 작은 노트에 글을 써나가며, 이 작품들이 하나하나 작은 덩어리에 불과하지만 무슨 일이 있어도 '파괴를 견디고' 따뜻한 사랑과 고통받는 피의 이야기로 살아 독자들에게 전달되지 않으면 안 된다는 생각을 나는 했었다."(조세희, 「작가의 말: 파괴와 거짓 희망, 모멸의 시대」, 『난장이가 쏘아올린 작은 공』, 이성과 힘, 2000, pp. 9~10.)

5 최근 한국문학계에서 이른바 '검열'에 대한 논의가 다시 활기를 띄고 있다. 대개는 일제 강점기의 검열을 문제를 우선 다루고 있지만, 실제로는 1980년대까지 '검열'은 지속적인 현실이었고 문제였다. 필자는 1980년대 초반, 그 엄혹했던 군부 독재 시절에 대학을 다녔다. 당시 대학신문을 만들면서 직접 검열의 문제를 체험했다. 감히 말하건대 검열에 삭제되어 내 기사가 독자들에 전달되지 않아도 좋다고 생각하면 쓰기 쉬웠을 것이다. 문제는 독자들과 소통하는 일이었다. 그러려면 가까스로 검열대를 통과해야 했다. 그렇게 통과하고 나면 치열하지 못하다는 비판이나 비난도 적지 않았다. 그런 나의 체험이 '칼'의 시간에 작은 '펜'으로 썼다는 작가 조세희의 입장에 대해 십분 공감하게 한다.

특한 시점 조작 원리라든가, 개성적 문체소, 특별한 형태소와 상징적 해석소 등을 중심으로 살피고자 한다. 이런 것들이야말로 다소 추상적이고 환상적으로 보이는 국면들에서도 리얼리티 효과를 산출하면서 '리얼리즘의 확대와 심화'에 기여하는 요소들일 터이기 때문이다.

3.2. 불안한 시대, 불안한 '유리병정'의 꿈꾸는 정신

여기 '난장이'가 있다. 작가 조세희가 공들여 형상화한 '난장이'는 산업사회의 증후(症候)가 본격화되던 당시에 자신의 경제적 토대와 세계의 타락상으로 인해 철저하게 소외된 삶을 살수밖에 없었던 인물이다. 그 같은 사회경제적 조건을 작가가 '난장이'라는 신체적 왜소성에 빗대어 상징적으로 형상화한 것이다. '난장이'는 "사랑으로 일하고 사랑으로 자식을 키"[6]우는 그런 세상을 꿈꾸었다. 그러나 경제적 취약자로서 그가 꿈꾼 사랑의 세계는 현실 그 어

---

6 조세희, 「잘못은 신에게도 있다」, 『난장이가 쏘아올린 작은 공』, 이성과 힘, p. 213. 『난장이가 쏘아올린 작은 공』 연작 12편은 1975년에서 1978년까지 여러 문예지에 연재되었고, 1978년에 문학과지성사에서 단행본으로 출간되었다. 그러다가 2000년에 출판사 '이성과 힘'으로 옮겨 재출간되었다. 여기서는 이 '이성과 힘' 판본을 대상으로 삼았다. 이하 인용은 본문의 직접 그 쪽수만을 표기하기로 한다.

디에도 없었다. 그래서 그는 "벽돌 공장 굴뚝 위에 올라가 종이 비행기"(「우주 여행」, p. 67)를 날리는 대리 행위를 할 수밖에 없었다. 달나라로의 이계(異界)여행만을 꿈꿀 수밖에 별다른 도리가 없었다. 그러다 '난장이'는 자신이 사랑의 삶을 희원하던 바로 그 장소(공장 굴뚝)에서 투신 자살하고 만다. 이 연작에서 '난장이'는 신체적 경제적 조건에 대한 객관적 생태와 그가 꿈꾼 사랑의 세상에 대한 소망 등의 이야기와 관련하여 등장하기 때문에 불안의 심리가 극화되지는 않는다. 다만 잠재되어 있을 따름이다. 그의 무의식에는 '난장이'로 잘못 태어났다는 환상소가 뒤얽혀 있을 뿐 아니라 비현실적인 이계여행을 꿈꾼다는 것 자체가 불안한 현실로부터의 탈출 욕망에 다름 아니다. 또한 '난장이'라는 신체적 취약성에다가 현실에서 "쓰러지고 깨어져 피를 흘"리지 않을 수 없는 모습으로 그려지는 그는 불안한 시대의 불안한 존재의 전형이라고 말해도 과언이 아닐 것이다.

그의 아내나 자녀들은 신체적으로 '난장이'는 아니지만, '난장이'보다 더한 불안의 심리를 보인다. 아내는 남편의 처지[7]와 경제적 질곡 때문에 불안과 고통을 겪을 뿐만

---

7 실의에 빠진 '난장이'의 최후 장면이 그려지는 「난장이가 쏘아올린 작은 공」에는 특히 남편의 행방 때문에 불안해하는 아내의

아니라 아이들이 노동운동에 참여하는 것 때문에 불안해한다.[8] 불안해하면서도 그것을 방해할 수 없다는 판단[9] 아래 심정적으로 지원한다. 산업시대의 본격적인 노동자 1세대인 '난장이'의 큰아들 영수는 "나는 아버지에게 물려받은 사랑 때문에 괴로워했다. 우리는 사랑이 없는 세계에서 살았다."(「잘못은 신에게도 있다」, p. 220)고 생각하는 인물이다. 사랑 없는 세계에서 사랑 때문에 괴로웠고, 사랑을 추구해야 한다는 것 때문에 불안했던 터이다. 그는 교육을 통해 사랑을 구현했으면 하는 진전된 생각을 가져보기도 했지만 현실에서 이루지 못한다. 노사 협상이 완패로 끝난 다음, 영수는 신도 잘못을 저지르는 이 세상에서는 자기 소망을 실현할 수 없으리라는 사실을 절감

모습이 잘 그려져 있다. 가령 다음 부분을 보자.
"아버지가 어딜 가셨을까?"
어머니의 목소리가 불안해졌다.
"얘들아, 아버지를 찾아봐라."(「난장이가 쏘아올린 작은 공」, p. 101.)
"떠나다니? 어디로?"
"달나라로!"
"얘들아!"
어머니의 불안한 음성이 높아졌다.(p. 103.)

8 "어머니는 나 때문에 불안해했다."(「클라인씨의 병」, p. 237).

9 "어머니는 불안했으나 더 이상 나를 잡아둘 수 없다는 판단을 내렸다."(「잘못은 신에게도 있다」, p. 222.).

한다. “난장이네 큰아들로 태어나 불행하게도 무엇을 선택할 기회를 한 번도 가져본 적이 없다”(「클라인씨의 병」, p. 254)는 생각에 이르러, 그의 불안은 분노와 적의로 전이된다. 적의와 분노의 절정에서 그는 자본가를 살인하여 사형 당하고 만다.

불안하기는 자본가 계급 쪽도 마찬가지다. 「잘못은 신에게도 있다」에 제시된 노사 협상 장면에서 명료하다. “지금은 너무 불공평합니다. 공평해야 산업 평화가 이루어집니다.”라는 노동자1의 발언에 “집어치워!”, “왜 이래요?”, “재가 뭘 압니까?”(p. 230) 등등으로 신경질적으로 대응하는 사용자들의 반응을 비롯해 여러 곳에서 확인된다. 그들이 느끼는 불안 심리는 작중 은강그룹 회장의 손자인 경훈의 시점으로 서술되고 있는 「내 그물로 오는 가시고기」에서 더욱 분명하다. 경훈의 아버지는 “우리에겐 지켜야 할 게 많아”(p. 274)라고 말하는가 하면, 경훈은 노동자들에 대해 “나이보다 작은 몸뚱이에 감춘 적의와 오해 때문에 제대로 자라지 못할”(p. 280) 것이라고 생각한다. 또 ‘난장이’와 그의 큰아들의 성격적 결함을 지적하기도 한다. 제로섬게임 수준만을 생각할 때 공평한 분배를 요구하는 노동자들의 주장은 자본가들을 불안케 하는 충분한 요인이 된다. 경훈이 악몽에 시달리는 것도 그 때문이다.

> 내 그물로 오는 살찐 고기들이 그물코에 걸리는 것을 보려고 했다. 한 떼의 고기들이 내 그물을 향해 왔다. 그러나 그것은 살찐 고기들이 아니었다. 앙상한 뼈와 가시에 두 눈과 가슴 지느러미만 단 큰 가시고기들이었다. 수백 수천 마리의 큰 가시고기들이 뼈와 가시 소리를 내며 와 내 그물에 걸렸다. 나는 무서웠다. 밖으로 나와 그물을 걷어 올렸다. 큰 가시고기들이 수없이 걸려 올라 왔다. 그것들이 그물코에서 빠져 나와 수천 수만 줄기의 인광을 뿜어내며 나에게 뛰어올랐다. 가시가 몸에 닿을 때마다 나의 살갗은 찢어졌다. 그렇게 가리가리 찢기는 아픔 속에서 살려 달라고 외치다 깼다.(pp. 302~303.)

그물과 가시고기는 모순 관계이다. 여기서 경훈은 자기 그물로 가시고기들을 잡으려고 하지만, 그 그물을 빠져 나온 가시고기들이 자기 살갗을 찢어버린다. 두말할 필요도 없이 그물이나 그것을 친 쪽은 자본가이고, 가시고기는 노동자 쪽이다. 경훈의 꿈은 노동자들과 대립/모순 관계에 있는 자본가의 상징적 악몽이며, 불안 심리의 도상적 장면화다.

중간 계층으로 제시되는 신애네도 불안하긴 마찬가지다. 「칼날」에서 신애는 "단출한 식구들이 꾸려가는 생활에 불안은 왜 이렇게 많을까?"(p. 33)라고 탄식한다. 또 아들의 장래를 생각하며 더한 불안에 빠진다. 아들이 학교에서 옳은 교육을 받지 못한다고 판단하기 때문이다. 직장에 다니는 신애의 남편 역시 희망은 날아갔고 불안과 피로에 젖어 있는 인물로 제시된다. 그는 좋은 책을 쓰고 싶었으나 단 한 줄도 쓰지 못했다. "그는 저 자신과 자신의 생활에 싫증을 느끼고 있다. 그는 자기의 시대에, 그리고 사회에 불안을 가지고 있다."(p. 34). 그의 불안 증후는 스스로 자신을 "실어증 환자"(pp. 34~35)로 생각하는 것으로 나타난다.

"바람이 센 날은 모두 불안에 떨 것이다. 그들이 편안한 잠을 청하기엔 벽돌 공장의 굴뚝이 너무 높다. …중략… 난장이에게 이 세상은 안전한 곳이 못 된다."(p. 54)라고 한 부분에서 알 수 있듯이, 난장이네는 물론 "저희들도 난장이랍니다. 서로 몰라서 그렇지, 우리는 한편이에요."(p. 57)라고 말하는 신애네도 세상에서 불안에 떤다. 경우는 다르지만 바람을 일으키는 자본가쪽 그러니까 경훈네도 불안에 시달린다. 그 불안의 대상과 원인이 다를 뿐이다. 한쪽은 공평한 분배 요구가 받아들여지지 않기에 불안하고, 다른 한쪽은 그것을 거부하느라 불안하다. 키에르케고르에 따르면 불안은 순진한 정신 내지 '꿈꾸는 정신'이 갖는 심적 상태이다. 여기서 꿈꾸는 정신이란 자신과 타자 사이에 존재하는 '차이'를 없애고자 하는 정신이다.[10] 그렇다면 '난장이'네나 신애네는 예의 꿈꾸는 정신 때문에 불안하다고 할 수 있다. 반면 경훈네는 차이를 무화하고자 하는 '난장이'네의 꿈꾸는 정신 때문에 불안해한다. 이분법적으로 보자면 순진한 정신과 타락한 정신이 역설적이게도 공히 불안을 낳는다. 이런 대립 상황과 불안한 현실을 치유하기 위해 작가는 사랑이나 교육의 이념을 제시해 보기도 하고, 뫼비우스의 띠나 클라인씨의 병과 같은 비유를 동원하기도 한다. 그것의 현실성 여부를 떠나 분배 정의 혹은 평등의 지평을 꿈꾸는 정치적 무의식을 드러낸 기제로 보인다. 이는 전적으로 순진한 정신, 꿈꾸는 정신의 소산이다. 그러니까 『난장이가 쏘아올린 작은 공』에서 인물들은 원초적 불안에다가 신체적 특성 및 사회 경제적 현실, 계급적 현실에서 발원되는 다각적인 불안을 겪는다고 말할 수 있다. 한 마디로 불안의 시대의 인물군상들이라고 하겠다. 그것은 또한 작가 조세희의 순진한, 꿈꾸는 정신의 소산이기도 하다.

---

10 쇠렌 키에르케고르, 임규정 옮김, 『불안의 개념』, 한길사, 1999, pp. 159~160 참조.

3.3. '유리병정'의 시선과 응시

라캉에 따르면 가족 서사에서 나쁘게 태어났다는 환상 원리는 초자아의 위협과 목소리로부터 비롯된다.[11] 그런데 난장이네는 환상이 아니라 실제로 나쁘게 태어났다. 난장이의 큰 아들 영수가 공장에서 발견한 노비 문서에는 "婢 金伊德의 한 소생 奴 今同 庚寅生, 奴 今同의 양처 소생 奴 金今伊 丁卯生, 奴 今同의 양처 소생 奴 德水 己巳生, 奴 今同의 양처 소생 奴 存世 辛未生, 奴 今同의 양처 소생 奴 永石 癸酉生, 奴 金今伊의 양처 소생 奴 鐵壽 丙戌生, 奴 金今伊의 양처 소생 奴 今山 戊子生."(「난장이가 쏘아올린 작은 공」, p. 87.)과 같이 노비의 계보가 끝없이 나열되고 있는데, 이는 비인간적이고 불합리한 사회적 구속이나 억압이 신분 질서가 무너지고 노비 제도가 폐지된 지 오래인 당대의 아버지에게까지 노동자 계급이라는 이름으로 대체되어 여전히 세습되고 있다는 점을 환유한다. 부모에서 자식으로 대대로 이어지는 노비의 계보는 실제로 나쁘게 태어난, 그래서 그 악조건의 굴레에서 결코 벗어나지 못하게 하는 현실의 증후를 폭넓게 환기한다. 영수는 노비

---

11 Robert Harari, *Lacan's Seminar on "Anxiety": An Introduction*, New York; Other Press, 2001, p. 256.

문서를 통해 아버지의 조상들과, 어머니의 조상들이 겪었던 고난과 가난의 궤적을 선명하게 그리며 "나는 어머니의 어머니, 어머니의 할머니, 할머니의 어머니, 그 어머니의 할머니들이 최하층의 천인으로서 무슨 일을 해왔는지 알고 있었다. 어머니라고 달라진 것은 없었다. 마음 편할 날 없고, 몸으로 치러야 하는 노역은 같았다. 우리의 조상은 세습하여 신역을 바쳤다. 우리의 조상은 상속·매매·기증·공출의 대상이었다."(p. 87.)고 생각한다. 어머니는 영수에게 "너희들은 엄마를 잘못 두어 이 고생이다. 아버지하고는 상관이 없다."고 말했지만, 영수는 이미 "아버지도 씨종의 자식"(p. 87.)이었음을 잘 알고 있다.[12] 사회 경제적 현실이라는 초자아의 위험에 포획된 '난장이'는 확실히 '유리병정' 같은 존재이다. 『난장이가 쏘아올린 작은 공』의 후속편인 「난장이 마을의 유리병정」에서 딸 영희는 아버지가 '유리병정'이었다고 은유한다.

> 그렇지만 행복동에서 우리를 지키기 위해 싸운 병사가 아버지였다는 생각 오빠는 안 들어? 아버지는 작고 투명한 유리병정이었어. 누구나 아버지 속을 환히 들여다 볼

12 이런 맥락을 더 심화하고 확대하여 쓴 장편이 바로 『하얀 저고리』이다.

> 수 있었지. 약한 아버지는 무엇 하나 숨길 수도 없었어. 하루하루의 싸움에서 유리병정은 후퇴만 했어. 어느 날, 더 이상 후퇴해 디딜 땅이 없다는 걸 작고 투명한 유리병정은 알았어. 유리병정은 쓰러지고 깨어져 피를 흘렸어. 그렇게 작고 그렇게 투명한 몸 어디에 그것이 있었을까. 큰오빠도 아버지와 같은 유리병정이었어. 난 알아.[13]

'난장이'와 그의 큰아들 영수를 '유리병정'으로 비유한 것은 여러 생각거리를 제공한다. 영희는 "작고 투명한 유리병정"이라고 했다. "무엇 하나 숨길 수도 없"다고 했다. 그러니까 이 유리병정은 작고, 약하고, 투명하고, 숨길 수 없고, 깨어져 피 흘리기 쉬운 존재이다. 필경 그 반대쪽에는 크고, 강하고, 불투명하고, 숨길 수 있고, 파괴하고 피 흘리게 하는 거인이 자리할 터이다. 이 거인이란 대타자의 억압적 응시를 피할 수 없는 '난장이'의 시선은 무력하기만 하고, 시선과 응시의 상호 교환은 평화롭게 이루어질 수 없게 된다. 대립의 축도가 지나치게 완강하기 때문이다. 이와 같은 시선과 응시의 불균등 교환이 또한 '난장이'네를 불안하게 한다. 무엇보다도 대타자/거인의 억압적 응시에 속절없는 사정이 근원적 불안감에 빠지게 한다. 만약 「은

13 조세희, 「난장이 마을의 유리병정」, 『시간 여행』, 문학과지성사, 1983, p. 130.

강 노동 가족의 생계비」에 제시된 바 '난장이'들만이 모여 사는 릴리푸트읍에서라면 그렇지 않았을 것이다. 차이가 차별이 되지 않는 세계에서라면, 시선과 응시가 자유롭고 허심탄회하게 교호될 수 있는 세계에서라면, '난장이'도 그토록 불안해하지 않아도 좋았을 것이다. 그러나 거인과의 차별이 너무나도 큰 세계에서 '난장이'는 불안하고 불행할 수밖에 없었다. 그러니까, 리쾨르에 기대어 말하자면, 이 연작에서 '난장이'나 '유리병정'의 은유는 산업사회 초기 노동자 계급의 현실과 생태의 본질을 상상력을 통해 통찰하고 그에 따라 세계를 재구성해낸 뛰어난 비유에 속한다. 물론 이런 대립적 세계관에 근거한 '난장이'나 유리병정의 은유 및 세습 노비적 삶의 계보학은 어느 정도 과장법이나 추상법의 논리에 바탕을 둔 것이기도 하다. 그러나 그것은 현실을 명확하게 인식하기 위한 방법적 스타일에 속한다. 1980년대에 시인 박노해는 『노동의 새벽』에서 화해와 해방을 위한 분별과 대결 의지를 강조한 바 있다. 조세희는 그보다 훨씬 앞서 대립적인 세계관에 기초하되 인식의 깊이를 더하면서 소망적 세계에 대한 동경을 통해 진정한 삶의 가능태를 모색하고자 했던 것이다.

이에 『난장이가 쏘아올린 작은 공』에서 인식의 문제는 매우 중요하게 부각될 수밖에 없다. 실제로 이 소설에서 시각동사는 매우 빈번하게 사용된다. 소설의 어느 장면을 보더라도, "그는 친구의 얼굴만 보았다."(밑줄 강조는 필자에 의한 것임. 「뫼비우스의 띠」, p. 25.), "꼽추는 앞으로 다가가 앉은뱅이의 얼굴을 들여다보았다."(「뫼비우스의 띠」, p. 26.), "난장이는 입을 다문 채 신애를 쳐다보았다."(「칼날」, p. 51.), "몸을 반쯤 일으킨 난장이가 보고 있었다." (「칼날」, p. 56.), "목사는 오목 렌즈를 통해 아이들을 보았다."(「은강 노동 가족의 생계비」, p. 204.), "영호와 나는 영희의 변신을 말없이 지켜보았다."(「은강 노동 가족의 생계비」, p. 204.) 같은 문장들처럼 '보다' 계열을 시각동사가 자주 눈에 띈다. 보는 행위를 통해 대타자의 응시에 포획된 주체의 시선을 재정비하고, 주체와 대상을 공히 심도 있게 인식하려는 전략이다. 또 대상이나 현실을, 그 불안스런 현실의 고통과 상처를 내면화하기 위한 담론 전략이다. 이와 같은 성실하고 진지한 시선과 인식의 노력이 반복되는 과정에서 새로운 시각이 열릴 수 있다.

이와 관련하여 「클라인씨의 병」에 나오는 장님의 예화는 의미심장하다. 영수는 장님들이 세상을 보기 위해서는 '눈'을 가져야 한다고 생각한다. 그런데 어머니는 "세상을 보는 눈을 따로 있다"(「클라인씨의 병」, p.235.)고 말한다. 어머니는 한쪽 눈만으로도 세상을 잘 보는 노인을 알고 있었다. "노인은 주물 공장에서 일하다 한쪽 눈을 잃었다. 그는 삼십 년 동안 한쪽 눈으로만 세상을 보아왔다. 그는 장님 나라의 애꾸눈 왕과는 다르다. 장님 나라의 애꾸눈 왕은 제가 언제나 제일 잘 본다는 확신을 갖는다. 그러나 애꾸눈 왕이 볼 수 있는 세계는 반쪽 세계에 지나지 않는다. 그가 자신의 눈만 믿고 방향을 바꾸어보지 않는다면 다른 반쪽 세계에 대해서는 끝내 알 수 없다."(「클라인씨의 병」, p. 236.). 그러니까 나머지 반쪽 세계까지 포함하여 세계의 전면을 보기/인식하기 위해서는 '방향'을 바꾸어야 한다는 것이다. 이 시선과 의식의 방향 바꾸기는 「뫼비우스의 띠」에서 굴뚝 청소부 이야기나 뫼비우스의 띠의 은유, 그리고 「클라인씨의 병」에서 클라인씨의 병의 은유로 낯설게 전경화된다. 요컨대 거인이라는 대타자의 폭력적 응시에 포박된 '난장이'의 시선은 불안에 처할 수밖에 없는데, 이런 상황에서 '난장이'나 '유리병정'의 은유는 그 험악한 대립의 축도를 예각적으로 드러낸다. 그런데 작가는 여기서 그치지 않고 '뫼비우스의 띠'나 '클라인씨의 병'의 은유를 통해 대립을 넘어서 화해와 해방의 지평을 소망적으로 바라보고자 한다. 그럼에도 그 소망이 당대로서는 가망 없는 희망에 가까운 것이어서, '난장이'와 그의 큰 아들 영수의 죽음을 통해, 즉 현실적인 패배를 통해, 비극적 현실의 인지를 더욱 강화하고자 한 작가의 담론 전략을 우리는 여실히 확인할 수 있다.

3.4. 창의 은유와 몰핑[14]

---

14 주지하다시피 컴퓨터는 여러 창(window)을 통해 몇 개의 프로그램을 동시에 작동시킨다. 마찬가지로 문학 텍스트도 흔히 복수의 플롯 선으로 전개될 수 있다. 같은 시간에 다른 공간에서 벌어지는 수많은 시퀀스들을 복합적으로 결합하는 방식, 혹은 여러 가지로 갈라지고 융합되는 다양한 이야기 줄기들의 직조 방식은 우리의 관심에 값한다. 창의 은유는 담화가 어떻게 동시적 과정의 길을 유지하는가, 교차하는 운명의 뒤엉킨 매듭을 어떻게 풀어 가는가, 인물의 공간적 이동을 어떻게 처리하는가, 장면의 이동과 전환을 어떻게 처리하는가, 하는 등의 서사 전략을 해명하는데 많은 시사점을 제공한다.(Marie-Laure Ryan, "Cyberage Narratology: Computers, Metaphor, and Narrative", D. Herman ed., *Narratoligies: New Perspectives on Narrative Analysis*, Ohio State UP., 1997, p. 126.) 한편 몰핑(morphing)은 시각적 변형 효과로 알려진 컴퓨터 그래픽 용어다. 한 이미지를 다른 이미지로 바꾸는 기술, 몇 개의 프레임을 통해 처음의 이미지를 점차적으로 바꾸는 몰핑은 특히 환상 서사의 수사적 효과를 밝히는 데 유효한 기제로 논의된다. 시각 영역의 개념을 언어 서사에서 사용할 때 자연히 은유적 치환이 뒤따르게 마련이다. 라이언은 그 네 가지 형태로 ① 시각적인 형상과 연관된 점진적 변형, ② 정신적 혹은 존재론적 특성과 연관된 점진적 변형, ③ 개체들의 상징적 변형, ④ 서술 양식과 서술자의 정체성과 연관된 순수하게 기법적인 성격의 변형 등을 거론한 바 있다. 서사이론이나 텍스트의 수사학에서 특히 마지막 ④가 주목된다. 이는 다시 ㉠ 피서술자의 변형, ㉡ 서술자의 저자로의 변형 내지 반대의 경우, ㉢ 인물에서 개체화되지 않은 3인칭 서술자로의 서술자의 변형 등 셋으로 나누어진다(같은 책, pp. 131~134 참조). 3.4

『난장이가 쏘아올린 작은 공』에서는 복수의 창들이 교호되고 다양한 몰핑 작용이 역동적으로 일어나면서 독특한 리얼리티 효과를 환기한다. 먼저 창의 은유를 보자. 이 연작은 단선적인 이야기 줄기로 진행되지 않고, 여러 개의 창들이 동시다발적으로 움직이며 상호텍스트적 긴장감 속에서 담화가 진행된다. 프롤로그격인 「뫼비우스의 띠」와 「에필로그」에는 공히 수학 교사가 등장한다. 수학 교사가 수학 시간에 들어와 강의를 한 다음 교실을 나가는 액자 외부 창 이야기 안에, 앉은뱅이와 꼽추의 이야기가 내부 창 이야기로 펼쳐진다는 점도 같다. 이 두 편 사이에 「칼날」에서 「내 그물로 오는 가시고기」에 이르기까지 10편의 '난장이' 이야기들이 다양한 창으로 전개된다.[15] 전체적

절의 논의는 졸저 『텍스트의 수사학』(서강대학교출판부, 2005)의 일부(pp. 253~259)를 부분적으로 보완한 것임을 밝힌다.

15 김승희 시인과의 대담에서 작가 조세희는 "수학선생은 연극의 막을 열고 닫는 무대감독과 같은 느낌을 주고 난장이 연작이 전체적으로 연극 같은 느낌을" 준다는 김승희의 언급에 동의하며 이렇게 부연했다. "난장이 연작을 연극적 구성으로 볼 수도 있겠죠. 극단에서 연극으로 각색해서 곧 무대에 올리게 됩니다. 수학선생이 「뫼비우스의 띠」에서 연극의 막을 올리고 「에필로그」에서 한 연극의 막을 내리는 역할을 하고 있는 건 사실이지요. 그가 난장이 세계의 문을 열었다가 문을 닫고 나가는 거지요. 「에필로그」에서 그가 '혹성으로 이주여행을 떠난다'고 하잖아요. 그것은 이 세상을 기권하고 다른 혹성으로 도피한다는 것인데, 앞으로 내가 외계(外界)를 그리든 유토피아를 그리든 다시 이 사람

으로 보면 그 '난장이'의 이야기들은 「뫼비우스의 띠」와 「에필로그」의 내부 창 이야기 그러니까 앉은뱅이와 꼽추의 이야기와 의미론적으로 등가이다. 그러니까 수학 교사의 이야기를 큰 창틀로 한 내부 창 이야기는 앉은뱅이와 꼽추, 그리고 '난장이'의 이야기다. 그 역시 불안한 존재인 수학 교사가 이 땅의 현실에서 실패를 승인하고 우주 여행을 떠나고자 하는 것도 내부 창 이야기의 인물들, 그러니까 앉은뱅이와 꼽추와 '난장이'의 실패와 관련된다. 「뫼비우스의 띠」에서 철거민인 앉은뱅이와 꼽추는 자신들의 입주권을 헐값으로 사 간 거간꾼에게 복수한 다음 불안 속에서도 새로운 삶을 찾아 나선다. 수학 교사는 '뫼비우스의 띠'의 가능성을 강의한다. 그렇지만 「에필로그」에 이르면 이 지상에서 더 이상 정처를 찾지 못한 불안한 앉은뱅이와 꼽추의 형상이 등장하고, 그들에 의해 '난장이'의 죽음의 비극성이 재차 확인된다. 게다가 꼽추는 고속도로에서 차에 치어 죽는다. 예비고사에서 수학 성적이 좋지 않다는 이유

은 등장할 겁니다. 한 연극의 막이 내린 것뿐이니까."(조세희·김승희 대담, 「조세희 문학의 인간적 탐구」, 조세희, 『난장이 마을의 유리병정』, 동서문화사, 1979, pp. 391~392). 이처럼 연극의 막을 열고 닫는 무대감독 같은 역할도 흥미롭지만, 필자는 창의 은유를 중심으로 창 '틀'의 이야기와 창 '내부'의 이야기'들' 사이의 역동적 관계를 긴밀하게 고려하여 그 서사 구조를 파악하자는 입장이다.

로 수학 과목을 뺏기고 윤리 과목을 맡도록 되어 더욱 불안해진 수학 교사는 학생들에게 "제군이 아직 모르는 작은 혹성으로 우주 여행으로 떠나기로 했다"(「에필로그」, p. 317)며, "서쪽 하늘이 환해지며 불꽃이 하늘로 치솟으면 내가 우주인과 함께 혹성으로 떠난 것으로 믿어달라."(p. 318)고 말한다. 그래서인지 비슷한 패턴의 결미 부분은 반복 속의 변화를 보인다.

> 다른 인사말은 서로 생략하기로 하자.
> 차렷!
> 반장이 벌떡 일어서며 소리쳤다.
> 경례!
> 교사는 상체를 굽혀 답례하고 교단에서 내려왔다. 그는 교실에서 나갔다.
> 겨울 해는 이미 기울어 교실 안이 어두워왔다.(「뫼비우스의 띠」, pp. 29~30)

> 다른 인사말은 서로 생략하기로 하자.
> 차렷!
> 반장이 벌떡 일어서며 소리쳤다.
> 경례!
> 교사는 상체를 굽혀 답례하고 교단에서 내려왔다. 그는 교실에서 나갔다. 나가는 그의 걸음걸이가 이상했다. 외계

인의 걸음걸이가 바로 저럴 것이라고 학생들은 생각했다.

겨울 해는 이미 기울어 교실 안이 어두워왔다.(「에필로그」, p. 318)

동일한 담화들이 반복되다가 밑줄 부분만 추가되었다. 추가된 부분은 교실을 나가는 수학 교사의 걸음걸이가 외계인 같다는 학생들의 관찰이다. 물론 같은 창의 이러한 변화는 내부의 창 이야기들과 관련된다. 수학 교사가 강조하는 바 정신의 자유를 억압하는 제반 요소들 때문에 내부 창들에서 '난장이'와 그의 가족들 및 앉은뱅이와 꼽추는 불안하고 고통스런 삶을 살고 그중 몇은 죽어갔다. 그러니까 내부 창들의 이야기들은 교사의 걸음걸이가 왜 외계인처럼 이상해질 수밖에 없었는가, 혹은 왜 교사는 지구를 떠나 우주 여행을 결심할 수밖에 없었는가 하는 것에 대한 논리적 이유대기의 수사학이다.

10개의 창 이야기들은 다양한 시점과 초점화 전략에 의해 구성되어 있다.「난장이가 쏘아올린 작은 공」에는 '난장이'의 자식들인 영수, 영호, 영희가 차례로 1인칭 초점 인물로 등장한다.「은강 노동 가족의 생계비」,「잘못은 신에게도 있다」,「클라인씨의 병」에는 영수가 1인칭 초점 인물로 등장하여 이야기를 이끈다. 그런가 하면「내 그물로 오는 가시고기」는 은강 그룹의 손자인 경훈의 1인칭 시점으로 구성된 텍스트이며, 「우주 여행」, 「궤도 회전」, 「기계 도시」는 역시 은강 그룹과 관련이 있는 율사의 아들인 윤호가 초점화된다. 네 편이 '난장이' 쪽의 시선에 의한 것이고, 다른 네 편은 반대쪽의 시선에 의한 것이다. 나머지 두 편인 「칼날」과 「육교 위에서」는 신애를 초점 인물로 한 3인칭 시점이다. 신애는 중산층 인물이다. 그러니까 계층적으로는 '난장이'네와 경훈네의 중간에 위치하지만, 그래서 양쪽의 사정을 비교적 객관적으로 관찰할 수 있는 위치에 있지만, 그녀 역시 '난장이'에게 "저희들도 '난장이'랍니다. 서로 몰라서 그렇지, 우리는 한편이에요."(「칼날」, p. 57)라고 말하면서 결국 '난장이'쪽이 된다. 아울러 거인쪽의 문제아인 윤호가 지섭에게 동조되는 경향을 보이고 있다는 점을 감안하면, 윤호가 초점 인물로 등장하는 세 편 역시 거인쪽의 구체적인 문제를 들추어내고 부각시키는 역할을 한다고 볼 수 있다. 결국 경훈의 시점으로 서술되는 「내 그물로 오는 가시고기」만이 거인쪽의 입장을 대변하는 형국이다. 이러한 시점 전략은 작가가 대립적 현실을 드러내되, 자신의 지향 의식을 분명히 하기 위한 서사 전략으로 보인다. 양방향 혹은 여러 방향에서 접근하되, 자신이 추구하는 문학적 정의를 분명히 하고자 했던 것이다. 요컨대 대립되는 창들을 병치하면서도 그 창들의 이미지들을 수렴하는 심층의 창을 구안했는데, 그것은 결국 수학 교사의 창이라고 할 수 있다. 그러므로 『난장이가 쏘아올린 작은 공』에서 보이는 창의 은유는 대립적 세계관에 입각해 현실을 파악하고 그 부정성을 초극하고자 하지만, 현실적으로 실패하고 만다는 비극성을 독특한 스타일로 환기하는 셈이다.

폭력적인 검열 문제로 인해 선명하게 투쟁의 보고서를 작성할 수 없었던 시기였기에, 또 그것이 가져올 미학적 훼손을 우려했던 작가였기에, 조세희는 혼돈의 수사학을 구성한다. 내용면에서는 '뫼비우스의 띠'나 '클라인씨의 병'과 같은 인식 기제를 동원한 것이 그 대표적인 예다. 형태론적인 면에서 볼 때 시점의 몰핑이나 장면의 몰핑이, 그리고 현실에서 환상으로 환상에서 현실로의 담화적 몰핑 등을 주목할 수 있다. 시점의 몰핑은 창의 은유와 관련해서 이미 설명했거니와, 장면의 몰핑을 포함한 담화적 몰핑도 이 연작의 리얼리티 효과를 입증하는 중요한 기제다. 가령 「잘못은 신에게도 있다」에서 노사협상 장면의 극적 제시 부분을 보기로 하자.

> 노동자 1 : "옷핀에 관한 이야기는 생산부장님이 더 잘 아실 테니까 직접 듣고 싶습니다."

사용자 4 : "난 금시초문이라니까."

사용자 3 : "다시 말씀해주십시오."

사용자 4 : "네 그러죠. 옷핀이 도대체 어쨌다는 건지 전 모르겠습니다."

사용자 2 : "옷핀?"

어머니 : 옷핀을 잊지 말, 영희야.

영희 : 왜, 엄마.

어머니 : 옷이 뜯어지면 이 옷핀으로 꿰매야 돼.

노동자 3 : "그 옷핀이 저희 노동자들을 울리고 있어요."

영희 : 아빠보고 난장이라는 아인 이걸로 찔러버려야지.

어머니 : 그러면 안 돼. 피가 나.

영희 : 찔러버릴 거야.

노동자 3 : "밤일을 할 때 일어나는 일입니다. 누구나 새벽 두세시가 되면 졸음을 못 이겨 깜빡 조는 수가 있습니다. 반장이 옷핀으로 팔을 찔렀습니다."

사용자 4 : "말도 안 되는 소립니다."

노동자 4 : "저희는 벌레가 아네요"(「잘못은 신에게도 있다」, pp. 224~225.)

인용한 부분에서 큰따옴표가 있는 부분은 서사적 현재에 진행되는 노사협상 내용이다. 큰따옴표가 없는 부분은 과거에 있었던 어머니와 영희는 대화다. 이를 큰따옴표라는 표지만을 가지고 같은 서사 공간에 제시한다. 물론 '옷핀'이라는 소재의 공통성을 기반으로 한 시간적 몰핑이다. 옷핀은 어머니에게는 정숙의 표지요, 영희에게는 '난장이' 아버지를 놀리는 아이들을 향한 복수의 도구이며, 작업반장에게는 가혹한 노동 수탈의 도구가 된다. 이런 의미론적 스펙트럼을 시간의 몰핑을 통한 서사적 크로노토프의 재구축을 통해 효과적으로 드러내고 있다. 아주 경제적인 리얼리티 효과를 보고 있는 장면이 아닐 수 없다.

의사소통의 수사학적 축에서 볼 때 인물이 서술자에게로, 혹은 서술자가 인물에게로 몰핑되면서 리얼리티 효과를 드러내는 부분도 많이 보인다. 예컨대 "어머니는 불안했으나 더 이상 나를 잡아둘 수 없다는 판단을 내렸다."(「잘못은 신에게도 있다」, p. 222) 같은 경우는 서술자가 인물에로 몰핑되는 사례다. 뫼비우스의 띠나 클라인씨의 병은 공간적 몰핑을 통해 인식론적 충격을 주면서 리얼리티 효과를 환기하는 대표적인 예가 된다. 그것은 또한 현실과 환상의 중첩이 가능함을, 그것을 통해서만이 비극적 현실을 초극할 수 있는 지혜를 얻을 수 있다는 점을 시사하기도 한다.

3.5. 불안의 초극을 위하여

조세희의 『난장이가 쏘아올린 작은 공』은 불안한 시대의 불안한 인간 상황을 초극하기 위한 도저한 탐구의 서사이다. 인간다운 삶의 지평이 아득하고 억압과 폭력이 불안의 풍경을 자극하던 시대와, 작가는 진실하게 대결하고자 했다. 작가가 마주한 현실은, 인간이 줄곧 소중하여 여겼던 가치들, 이를테면 자유와 평등, 평화, 지속가능한 안전과 발전 등이 소망과는 달리 뒷걸음질 치면서, 반대로 정치적 억압과 경제적 불평등, 갈등, 환경 파괴로 인한 원자적 불연속성의 증대 등으로 인해 보편적 불안이 만연할 뿐만 아니라 특히 '난장이'로 표상되는 노동자 계급에게는 그 불안이 더욱 가중될 수밖에 없는 그런 현실이었다.

그런 상황에서 각 계급의 인물군상들이 보이는 불안의 풍경을 실감 있게 점묘하고 그 문제성을 작가는 다각적으로 형상화하고자 했다. 이를 위해 작가는 우선 현실을 엄정하게 인식해야 한다고 생각한 것 같다. '유리병정'과도 같았던 '난장이'의 시선과 그를 둘러싼 '거인'이란 대타자의 응시 사이의 문제적 역학을 예리하게 성찰하면서, 새로운 인식의 눈으로 소망스런 지향 의식을 가늠해 보려 했다. 바로 '뫼비우스의 띠'나 '클라인씨의 병' 같은 은유가 그 예들이다. 그리고 다양한 창의 은유나 몰핑 기법을 통해 형식적으로도 격렬한 해체와 새로운 통합의 가능성을 모색하고자 했다. 그러나 결국 작가는 현실에서 '난장이'의 패배를 보여주는 것으로, 독자들로 하여금 비극적 불안 현실을 극적이면서도 구체적으로 인지할 수 있도록 서사 경로를 고안했다. 여기에 다른 요인들까지 더해져『난장이가 쏘아올린 작은 공』은 의미심장한 리얼리티 효과를 산출한다.

나는 이런 요소들에 주목하여 예전에 작가 조세희야말로 "리얼리티에서 출발하되 리얼리티를 거부하고 새로운 리얼리티를 끊임없이 추구하는 작가", "엄정한 리얼리즘 정신에서 출발하되 그것을 초극하는 탈리얼리즘 형식으로 그 정신을 담는 데 성공한 작가", "현실과 환상, 구체와 추상을 넘나들며 서로 스미고 짜이게 하는 소설 형식의 비의를 체현하고 있는 작가"[16]라고 언급한 바 있다. 그 생각을 조금 더 보완하고 구체적으로 논증하기 위해 거듭 읽은 결과가 이 장인 셈이다. 군말 한마디를 붙이는 것으로 이 장을 마치고자 한다.

앞에서 살핀 것처럼『난장이가 쏘아올린 작은 공』은 창이 많은 소설이다. 각 연작 내부와 외부에 그리고 연작들

---

16 졸고,「대립의 초극미, 그 카오스모스의 시학」, 조세희,『난장이가 쏘아올린 작은 공』(신판), 문학과지성사, 1997, p. 308.

사이에 여러 창이 있었다. 그 결과 이 소설은 한 없이 열린 소설이 되었다. 그렇다는 것은 이 소설에서 다룬 인물들의 불안이 한없이 계속될 수밖에 없다는 사정과 관련되기도 한다. 또 그것을 이야기하는 서술자나 작가의 불안 의식과도 연계된다. 불안을 초극하고자 했으되, 현실에서 초극하기 어려웠기에 분열적인 듯 더듬거리며 계속 '난장이' 이야기를 해야 하지 않았을까. 이 소설이 연작 형식으로 된 것도 그와 상관될 듯 하며, 한 권의 단행본으로 끝을 냈으면서도 끝내지 못하고 이후에도 계속 이야기하는 것도 그 때문일 터이다. 실제로 작가 조세희는 『난장이가 쏘아올린 작은 공』이 출간된 1978년 이후에도 「난장이 마을의 유리병정」, 「시간 여행」, 『침묵의 뿌리』, 『하얀 저고리』 등에서 단속적(斷續的)으로 그리고 직간접적으로 '난장이' 이야기를 변형 생성한다. 그러면서도 끊임없이 자신이 해야 할 진실한 말을 다하지 못한 것에 대해 불안해하고 죄책감을 느낀다. 이렇게 작가 조세희에게 있어서 시대와 인간의 불안은 문학적 명제에 값하는 것이었다. 그 운명적 명제와 진실하게 대결하면서 불안을 초극하려 했다는 것, 바로 이 지점에 조세희 문학의 진정성과 위대성이 자리한다.

4.

탈구성적 서사와 탈구성적 소통

―『난장이가 쏘아올린 작은 공』 수용 양상

4. 탈구성적 서사와 탈구성적 소통
—『난장이가 쏘아올린 작은 공』 수용 양상[1]

4.1. 『난장이가 쏘아올린 작은 공』과 한국 현대문학사

『난장이가 쏘아 올린 작은 공』 연작은 1975년 12월부터 3년여에 걸쳐 여러 문예지에 발표되었고,[2] 1978년에 문학과지성사에서 단행본으로 출간되었다. 출간 직후부터 독자들의 뜨거운 사랑을 받기 시작하여, 1996년에 100쇄를, 2005년에 200쇄를 넘어섰다. 출간 29년 만인 2007년 9월 100만 부(228쇄)를, 그리고 출간 39년 만인 2017년 4월 300쇄(누적 137만 부)를 돌파하는 스테디셀러로 문학사적, 사회사적 사건이 되었다. 출간 30주년 기념문집을 편집한 비

---

1 이 장은 『문학과사회』 2017년 봄호에 발표되었다가 평론집 『애도의 심연』(문학과지성사, 2018)에 수록된 것을 수정한 것이다.

2 『난장이가 쏘아올린 작은 공』 연작의 발표 지면과 시기에 대해서는 이 책의 1장 각주 5번(p. 30)을 참조 바람.

평가 권성우는 대학 이 학년 때인 1983년 이래 모두 일곱 차례 이 작품을 읽었는데 "그때마다 새로운 느낌과 신선한 감동을 받았다"며, 거듭 읽으면서 "이전에 읽을 때는 충분히 감지하지 못했던 새로운 미학적 전율을 느꼈으며 독특한 소설미학을 인식할 수 있었다"[3]고 고백한 바 있다. 출간 30년 후의 이런 찬사는 이제 많은 이들의 공감을 얻게 되었다.

그러나 출간 직후의 수용 상황은 꼭 그런 것만은 아니었다. 본격적인 산업화가 진행되면서 노동자 1세대들의 역경과 그로부터의 해방을 위한 간절한 염원을 담은 소설임에도 불구하고, 특히 리얼리즘 계열의 수용자들에게 아주 불편한 소설로 받아들여졌다. 이런 수용 양상은 작가 조세희에게도 퍽 불편한 것이었음에 틀림없다. 그런 불편한 기류들은 훗날 이런 소설사적 평가로 이어지기도 했다. "구체성의 부족을 보완하기 위해 환상을 동원하였고, 윤리적 이분법을 더욱 선명한 것으로 부각시키기 위해 낭만적 사랑의 철학을 내세웠다. 모두가 추상의 범주에 속하는 것들이니, 이처럼 추상화의 정도가 커지면 커질수록 소

3 권성우, 「삼십 년의 사랑과 침묵에 대한 열 가지 주석」, 권성우 엮음, 『침묵과 사랑: 『난·쏘·공』 30주년 기념문집』, 이성과 힘, 2008, p. 17.

설적 탐구성은 약화된다."[4] 이런 불편함의 연원과 맥락을 현실, 작가, 독자, 텍스트 등 여러 층위에서 헤아리면서, 한국 현대문학사의 어떤 장면을 반성적으로 성찰하기 위해 이 글을 쓴다. 주로 발표 당시나 작품집 출간 직후의 반응을 중심으로 논의하겠다.

4.2. 탈구성적 서사기법과 그 미학적 효과

발표순으로 치자면 두 번째 소설인 「뫼비우스의 띠」가 『세대』 1976년 2월호에 발표된 후 『문학과지성』 여름호에 재수록되면서 이 연작의 일부에 대한 첫 번째 독서 반응이 나왔다. 소설가 홍성원은 "간결하고 스피디한 문장과 더불어" 이 작품은 "자칫하면 우리가 빠지기 쉬운 허위와 함정에 대해 경고"하는 "산뜻한 작품"으로 평했다. 끊임없이 선택과 결단을 강요하는 현실에서 "독단을 경계하고, 선택을 주저하고, 긍정을 유보하고 찬성을 재고"하는 것이 지성인데, 조세희는 그 지성의 미로에서 "〈내부와 외부를 경계지을 수 없〉고 〈무한하고 끝이 없〉이 바쁘게 돌아가는 현대에서, 당장 〈무슨 해결이 날〉 것을 기대하고 선뜻 행

4 김윤식·정호웅, 『한국소설사』, 문학동네, 2000, pp. 438~439.

동을 작심하는 사람들에게" "조심스런 음성으로 침착하게" "경고와 충고"를 주고 있다고 지적했다.[5] 현상학적 판단중지를 떠올리게 하는 조심스러운 성찰의 소설로 받아들였다.

이후 이 소설집의 발행인이자 해설자이기도 했던 비평가 김병익은 가장 적극적으로 『난장이가 쏘아올린 작은 공』의 문학성을 고평했다. 여기서 다루어지는 소외된 도시 빈민 노동자들의 문제는 당대의 급박한 당면 과제이고, "생존에 필요한 최소 수준에도 미달하는 저임금, 그들의 열악한 작업 환경, 사용자들로부터 강요되는 근로 조건, 제 구실을 못 다하는 노동조합에의 탄압, 폭력으로 저항할 수밖에 없는 그들의 궁핍한 심리 상태 그리고 가진 자들의 위선과 사치, 그들의 교묘한 억압 방법 등 이 소설집에 묘사되고 있는 산업화 사회의 부정적인 제 증상들은 우리의 안이한 삶에 대한 치열한 반성을 환기시키기에 충분한 것"[6]이라면서, 사회적 실감과 감정적 호소력, 정서적 울림 등이 세계관과 방법론의 밀접한 관련 속에서 긴

---

5 홍성원, 「시멘트 정글과 지성의 미로」, 『문학과지성』, 1976년 여름호, 문학과지성사, 1976, p. 422.

6 김병익, 「대립적 세계관과 미학」, 『문학과지성』 1978년 겨울호, 문학과지성사, 1978, p. 1231.

밀하게 스미고 짜여 있다고 했다. 특히 "방법적인 상관관계를 통해 집단적 실감과 주관적 정서간의 변증법을 구성하고 있는데 그것이 개인과 사회, 사실주의와 반사실주의, 혹은 형식과 내용을 대립시키면서 복합시키는 효과"[7]를 거두고 있음을 주목했다. 또 당면한 지극히 현실적인 문제들을 "단절과 대립적 세계관 위에 자명성(自明性)·단순성(單純性)·환상성(幻想性)의 기법이란 동화적 공간으로 용해시킴으로써 화해 불가능의 세계"를 형상화했는데, 그 "실현될 수 없는 아름다움 때문에 현실의 어두움과 아픔을 더욱 격렬하게 느낄 수 있"으며, "동화적 발상과 비사실적인 문체"도 "사실 세계의 억압된 불행을 보다 사실적으로 드러내 보여주며 사실적 실감을 주관적 공감으로 실체화·내면화시키면서 초월적 승화를 유도"하고 있다고 보았다.[8] 작가 조세희가 어느 공개된 토론장에서 언급했다는 "기법의 자유로움을 통해 정신의 자유로움을 드러내 주고 싶다."[9]는 말을 원용하면서, "기법과 정신에서의 낭만주의적 성격과 주제의 사실주의적 관점이란 것은 어쩌면 기이한 인상을 줄지도 모"르지만, 편협한 문예사조의 명제나 규율

---

7 앞의 글, p. 1233.

8 앞의 글, p. 1239.

9 김병익, 앞의 글, p. 1239에서 재인용함.

에 얽매이지 않고 자유로운 시선으로 넉넉하게 상상력의 경지를 성찰한다면 "『난장이』의 그 주제와 방법, 정신과 태도의 대립은 창작품이 지닌 현실성과 문학성, 시대성과 영원성의 대립을 드러냄으로써 그것을 지양시켜 주는 효과"를 얻게 될 것이며, 그러기에 "순수와 참여의 대립된 견해를 극복시키는 하나의 범례로 보아도 좋을 것"임을 강조했다.[10]

말하자면 텍스트의 탈구성적 서사 효과를 강조한 셈인데, 김치수와 오생근 역시 탈구성적 서사 기법과 그 미학적 효과를 주목했다. 김치수는 대립적 구도를 드러낸 것은 1970년대 소설의 특징인데 그중 조세희의 『난장이가 쏘아 올린 작은 공』은 "빈곤의 상대적 구조"를 시점의 변화, 대조법과 반복법을 통해 드러내면서 진정한 초월의 가능성을 탐문하고자 한 점에서 그 독창성을 찾을 수 있다고 논의했다.[11] 오생근은 "달나라와 우주 여행이라는 무한한 상상력의 희망을 통해서, 그리고 대담한 생략으로 절제된 문장들의 긴장을 통해서" 억압받는 자들의 절망적 상황을 보여주는데, 그럴 때 조세희가 "그들의 희망과 좌절을 새로운 기법으로 표현"한 것이 인상적이라고 했다. 동화적

10 앞의 글, p. 1240.

11 김치수, 「산업사회에 있어서 소설의 변화」, 『문학과지성』 1979년 가을호, pp. 901~909.

아름다움과 결부되는 그러한 아름다움은 "현실을 미화시키는 상투적인 아름다움이 아니라 현실의 모순과 진실을 깊이 있게 드러냄으로써 얻어지는 아름다움"이며 "힘을 내포"한 아름다움이다. 그런 서사 기법과 효과에 의해서 현실의 "절망은 아름다운 희망으로 승화되고 읽는 사람으로 하여금 용기를 일깨운다"는 것이다.[12] 송재영은 저항 의지와 적극 행동을 보이는 새로운 인물형의 창안에 주목했다. "근래 한국소설에서도 볼 수 없었던 사회계층간의 경제적 모순과 그 갈등, 근로자의 임금문제와 이에 대한 신랄한 고발, 그리고 보다 이상적인 균등한 사회적 개조를 위한 강력한 저항과 의지가 예리하게 드러나고 있"는 이 소설에서 그려낸 적극적인 행동의 인간형은 이전 리얼리즘 계통 소설에서 찾기 힘들다고 했다.[13] 뿐더러 "주관적인 감정을 억제하고 대상을 순수하게 조명하기 위한 매우 절제된 문체"로 "사실적 묘사와 입체적 감각을 묘사하는 데 적절히 성공"[14]하고 있다고 평했다.

김우창은 『난장이가 쏘아올린 작은 공』이 "도덕과 생존

---

12 오생근, 「진실한 절망의 힘」, 『창작과비평』 1978년 가을호, 창작과비평사, 1978, pp. 361~362.

13 송재영, 「삶과 현장과 그 언어」, 『세계의 문학』, 1978년 가을호, 민음사, 1978, p. 162.

14 앞의 글, p. 163.

그리고 문학이 산업 시대에 있어서 어떻게 서로 관련되는가에 대하여 좋은 범례를 제공"[15]한다고 강조했다. "현실참여 계열의 소설"로서 분노와 교훈 효과를 노리고 있지만 "반드시 높은 도덕적인 어조를 띠고 있지 않"으면서 "서정시적인 문체"로 "평화와 행복에 대한 비전"을 암시한다는 것이다. 그 결과 통속적인 도덕주의를 탈피하고 "삶에 있어서의 도덕과 생존의 일치를 보여주는" 문제적인 "도덕의 동력학의 차원"에 이르렀기에, "선험적 도덕주의가 가질 수 있는 독선이나 위선의 위험을 피하면서도 독자의 도덕적 감성에 강력하게 호소"[16]할 수 있게 되었다고 했다.

정과리의 1979년 신춘문예 등단작 「고통의 개념화」는 『난장이가 쏘아올린 작은 공』의 이야기 층위와 서술 층위를 함께 고려하면서 본격적으로 분석한 글이다. 세계에 대한 작가의 태도를 드러내는 서술 행위를 종합적으로 검토한 그는 "구체적 현실을 리얼하게 드러내지 않고 개념화 작업을" 거치는 조세희 소설은 "지식인을 위한 것"이었다고 논의한다. "작품의 추상화된 세계는 지식인에게 보다 충격적으로 전달되기란 심상한 일이다. 현실의 추상화와 병행

15 김우창, 「산업 시대의 문학」, 『문학과지성』 1979년 가을호, 문학과지성사, 1979, p. 840.

16 앞의 글, p. 842.

하여 그는 스타카토식 단문을 사용한다. 단문들 사이에는 많은 구체적인 현실이 생략되어 있다. 생략된 현실은 독자에게 사고의 여지를 남겨둔다. 사고의 여백 속에 독자는 작품과 자신의 현실과 꿈의 뼈저린 단절을 체험하게 된다. 이러한 구성이 지식인에게 보다 유리함은 두말할 나위도 없다. 다시 말하면 조세희의 소설은 무지한 지식인에게 질문거리를 제공하는 노동자소설이기도 하다."[17] 서술의 여백을 통해 독자가 실현하는 탈구성적 텍스트 효과를 주목한 점이 인상적이다. 이처럼 『난장이가 쏘아올린 작은 공』에 대한 긍정적 수용은 대체로 『창작과비평』 계열이 아닌 쪽에서 이루어졌다. 단지 이 소설집에 문학과지성사에서 출간되었기 때문만은 아니었을 터이다. 당겨 말하자면 탈구성적 서사 전략과 스타일에 대한 모종의 불편함이 리얼리즘 계열의 비평가들에게 적잖이 자리잡고 있었던 것으로 보인다.

4.3. 비리얼리즘적인 문체에 대한 리얼리즘의 불만

그렇다는 것은 『창작과비평』에 참여하는 비평가 중에

---

17 정과리, 「고통의 개념화」, 『문학, 존재의 변증법』, 문학과지성사, 1985, pp. 211~212.(첫 발표지면은 『신동아』 1979년 2월호였음.)

서 매우 드물게 이 작품에 대한 독자 반응을 보인 염무웅의 글에서 어느 정도 가늠해 볼 수 있다. 그는 우선 "노동자의 현실을 자신의 절실한 체험으로 장악하고 있지는 못한" 듯하다고 했다. "과거와 현재의 복합 내지 중첩, 환상적 분위기의 조성, 시점(視點)의 빈번한 이동 등 마치 서구의 실험소설을 연상케 하는 복잡한 테크닉"에 대한 불편함도 지적했다. 그런 "복잡한 테크닉"이 구사되는 것은 "표현의 대상과 주체가 체험적 동질성을 충분히 확보하지 못한 데서 오는 하나의 필연적 현상"이라는 것이다. 그러면서도 종종 그런 기법이 "현실의 모순과 기괴함을 극적으로 표현하는 충격효과"를 보이기도 한다는 평가를 했다.[18] 체험의 질과 형상화의 관련성, 주제와 기법의 측면에서 토론의 여지를 남기는 대목이다. 다만 염무웅은 연작 중 「잘못은 신에게도 있다」에 대해서는 긍정적으로 평가한다. "우리 노동현실의 심장부를 통렬하게 해부"하고 "이 시대 노동현실의 기본적 문제점들을 핵심적으로 거론하고 있어 우리 소설문학이 이 시대의 가장 중심적 쟁점에 육박하는 단계까지 성장했음을 보여주는 감명깊은 성과"인데, 그 이유는 "문제의식의 방향에 있어서 예리할뿐더러 신선

---

18 염무웅, 「도시-산업화시대의 문학」, 『민중시대의 문학』, 창작과비평사, 1979, pp. 343~344.

하고 서정적인 아름다움마저 빚어내고 있다는 점에서 우리 시대 문학의 한 수준을 대표"[19]한다는 것이다. 『난장이 마을의 유리병정』의 해설을 쓰면서 염무웅은 조금 더 열린 수용 자세를 보인다. "진정한 문학작품은 인간을 자유롭게 하고 그의 마음을 열어서 진실을 받아들이게 하며 인간의 내재적인 가능성을 확충시키는 작용을 하는 법"[20]이라 전제하고, "조세희의 문학은 기본적인 모순을 중심으로 얽힌 복잡한 사회적인 관련을 제시하는 데에서뿐만 아니라 그것의 역사적인 원근법을 구사하는 데에서도 매우 예리하다."[21]고 했다. 그러면서 조세희의 소설을 리얼리즘 범주로 받아들인다. "조세희의 작품에는 이처럼 환상적이며 거의 동화적이라 할 만한 장면들이 자주 나온다. 현세에 실재하지 않는 세계에 대한 간절한 그리움이 사실적인 묘사로 나타나기 어렵다는 것은 명백하다. 그러나 조세희 작품의 환상은 이 시대의 사회 원리에 대한 강렬한 비판적인 함축으로 쓰여지고 있다는 점에서 리얼리즘의 범주에 든다. 그리고 그 꿈의 역사적인 현실화를 앞당기는 싸움

---

19 앞의 글, p. 345.

20 염무웅, 「난장이 세상의 문학」, 조세희, 『난장이 마을의 유리병정』, 동서문화사, 1979, p. 353.

21 앞의 글, p. 361.

에 문학이 참여하고 있는 동안 리얼리즘은 그 원숙한 경지로 발전되고야 말 것이다."[22]

해설을 쓰면서 자신의 최초의 입장을 일부 수정하긴 했지만 처음에 염무웅이 이 소설집에 대해 불편해했던 점, 그리고 이 그룹의 비평가/독자들이 불편해했던 까닭과 관련해 출간 30주년 기념 문집에 실린 비평가 김명인의 글은 매우 시사적이다. "소설을 많이 읽는 사람들, 문학에 대해 할 말이 많은 사람들, 문학은 모름지기 세상을 바꾸는 일에 쓰여야 한다고 생각하던 사람들"은 "문학은 쉬워야 한다고" "익숙한 말로 쓰여야 한다"고 생각했는데, 이 책이 그렇지 않았다고 말한다. "이 책은 어려운 말로 쓰이지는 않았지만 익숙한 말로 쓰이지도 않았다. 난장이 가족은 이 책을 읽을 수 없다는 것이 그들의 생각이었다. 그것은 미묘한 문제였다. 난장이 가족은 쉽고 익숙한 글만 읽을 수 있을까, 혹은 읽어야 할까. 하지만 당시엔 그게 가장 힘이 있는 생각이었다." 또 "말뿐만 아니라 생각도 문제였다"는 것이다. "사람들의 생각에 의하면 난장이 가족은 승리해야 했다. 그들은 누구의 힘도 빌리지 않고 자기들의 힘으로 싸워서 세상을 바꿀 운명을 타고났고, 그것은 법칙

---

22 앞의 글, p. 363.

이자 섭리에 가까웠다. '난장이들'을 다룬 모든 문학은 이 섭리를 알아차리지 않으면 실패하게 되어 있다는 게 그 시절의 생각이었다. 이 섭리가 어떻게 이루어지는가를 보여주는 게 좋은 문학이었던 것이다. 그러나 이 책도 글쓴이의 생각도 그와는 다른 것으로 간주되었다. 릴리푸트읍이라든가 뫼비우스의 띠라든가 클라인씨의 병이라든가 하는 우화적 장치들이 그런 착각을 일으켰다. 또 사랑에 대한 거듭된 강조가 그런 인상을 더 부추겼다. 사람들은 그런 알 듯 모를 듯한 불투명한 비유들을 거추장스러워 했다. 나도 마찬가지였다. 특히 사랑 타령을 싫어했다."[23] 이처럼 말과 생각 모두에서 불편하고 거추장스러웠던 작품이었지만 30년 후 김명인은 그 불편함을 넘어서 새로운 해석의 지평에 이르렀음을 밝힌다.

> 사람들은 『난·쏘·공』을 두고 노동자계급의 이야기를 가장 노동자계급적이지 않은 방식으로 이야기했다고 말한다. 하지만 노동자계급의 이야기를 노동자계급적 방식으로 쓰면 쓴 사람은 노동자인가. 쓴 사람이 있을 자리는 어디인가. 부끄러움이 설 자리는 어디인가. 글쓴이의 이 '비

---

23 김명인, 「부끄러움의 서사, 『난소공』」, 권성우 엮음, 『침묵과 사랑: 『난·쏘·공』 30주년 기념문집』, 이성과 힘, 2008, p. 41.

산문적이고 비리얼리즘적인' 문체는 바로 부끄러워하는 자의 표현방식이다. 리얼리즘적 산문이 지닌 이중성, 완강한 객관주의적 독선성과 그 상투성은 부끄러움의 감각과는 거리가 멀다. 그렇다고 그의 문체가 애매모호하고 우유부단한 것은 아니었다. 글쓴이의 문장은 상투적 개념어를 가급적 배제하여 낯설어진 문장이지만 동시에 거두절미하고 간명한 단문이기도 했다. 그는 그 어떤 진리를 굳게 믿었지만 그것을 고민과 염치도 없이 상투적인 방식으로 자명한 것처럼 말하고 싶지 않았다. 그리고 그 비상투적 문장 속에서, 단문과 단문 사이의 강제된 휴지부에서 독자들이 산문적 이차원성을 넘는 시적 삼차원성을 찾아낼 수 있기를 기대했고 그 기대는 상당히 이루어졌다. 그래서 『난·쏘·공』은 노동계급의 서사이면서 동시에 그것을 넘어서는 모든 난장이들의 해방을 위한 서사로 발돋움할 수 있었다."[24]

30년이라는 시간 거리를 두고 보인 김명인의 성찰은 한국문단의 전개 과정은 물론 한국문학사에서 문학성이나 문학의 수용 문제와 관련하여 많은 생각거리를 제공한다. 결국 '문학이란 무엇인가'라는 근본 질문에 이르게 되는 문제일 터인데, 변죽을 울려 중심에 이를 수 있기를 소망하면서 몇몇 국면들을 성찰해 보기로 하자.

---

24 앞의 글, p. 49.

4.4. 리얼리티, 미메시스와 세미오시스, 독자, 정치적 맥락과 검열

첫째, 가장 불편한 리얼리티 문제부터 시작해 보자. 조세희의 『난장이가 쏘아올린 작은 공』은 대립적 세계관에서 비롯되었으되 그것을 해체하고 넘어서 새로운 인식 지평을 탈구축하고자 기획된 새로운 탈구성적 텍스트였다. 그러기에 거기서 현실 내지 리얼리티는 하나의 층위가 아니라 여러 복합적인 층위에서 소용돌이친다. 추상적 대위법으로 부정적이고 허위적인 현실 인식을 모색한 인식론적 리얼리티가 있고, 대립의 초극을 위한 카오스모스를 탈구성적으로 서사화한 지향의식의 리얼리티가 있으며, 복합적인 창의 은유와 몰핑 기법을 활용한 형태론적 리얼리티가 있다.[25] 결코 한가롭게 '사랑 타령'을 한 소설이 아니고, 그야말로 열린 리얼리티 의식과 간절한 지향 의식을 가지고 쓴 소설인데, 저마다 닫힌 리얼리티 감각으로 수용하면 불편할 수밖에 없다. 닫힌 리얼리티 감각은 어쩌면 백미러를 보고 운전하는 것과 비슷할지도 모른다. 새로운 리얼리티는 늘 앞쪽에서 탈주한다. 열린 리얼리티 효과는 역동적

---

25 이에 대한 자세한 논의는 졸저, 『텍스트의 수사학』, 서강대학교 출판부, 2005, pp. 242~259 참조 바람.

이고 복합적이다. 난장이 가족의 실패라는 이야기는 그 성공을 소망하는 이들의 여망을 배반하는 것이 아니라 역설적으로 그 비극을 극화함으로써 그 소망을 더욱 강화하게 하는 미학적 성취를 이룬다. 그리고 그 미학적 효과는 현실 의지와 행동으로 심화될 수 있는 에너지를 지닌 것이다.

둘째, 체험과 상상력, 그리고 재현의 상관관계 문제다. 재현의 대상으로서 체험은 언제나 중요한 것이지만, 생체험이 곧 재현으로 이어지는 것은 아니다. 생생한 체험이 오히려 상상력을 위축시킬 수 있으며, 상상력이 체험을 질적으로 고양시킬 수도 있다. 염무웅이 언급한 인간의 내재적 가능성은 체험을 넘어서 시대정신으로 확산하는 상상력의 고양 과정에서 더욱 빛을 발할 수 있다. 표현 주체와 대상의 동질성이 빚어낸 좋은 사례도 많지만, 이질성을 통해 역설적으로 탁월한 문학성을 실현한 사례도 세계문학사에서는 얼마든지 많다. 환상이나 동화적 발상을 통해 사람들은 꿈꾸기 어려운 처지에서도 꿈꿀 수 있는 상상과 희망의 지렛대를 마련할 수도 있다. 또 노동자들의 현실을 다룬 문학이 꼭 노동 현실을 그대로 재현하는 데서 머물 수 없음을 입증할 논거는 얼마든지 많다. 노동 현장에서 어느 정도 일하거나 겪으면 그 체험이 충분한 것일까. 또 노동 현실의 이야기를 꼭 전형적으로 재현한다고 해서 정당한 문학성을 보증받을 수 있는 것인지에 대해서도 생각해야 한다. 노동자들의 이야기, 노동 계급의 비극성을 재현하고 환기하는 서사 전략은 여럿으로 열려 있다. 또 노동자들의 이야기가 전형적인 노동문학에 그치지 않고 그것을 넘어서 새로운 문학으로 확산 심화된다면 더 좋은 일 아닐까. 김명인이 언급한 것처럼 "노동계급의 서사이면서 동시에 그것을 넘어서는 모든 난장이들의 해방을 위한 서사로 발돋움"하면 말이다. 무릇 좋은 작가들은 언제나 이전과는 다른 방식으로 이야기하고자 혼신의 노력을 다하는 법이다. 그러므로 체험의 동질성으로 문제를 좁히는 것은 문학의 가능성, 문학 소통의 가능성은 물론 인간의 가능성, 세계의 가능성을 제한하는 결과를 낳을 뿐이다.

셋째, 독자의 문제, 더 좁혀 특정 계급의 문식성 문제나 수용의 취향 문제다. 난장이 가족은 그리고 그들이 속한 계급은 그들에게 익숙한 제한적인 말만 사용하는가. 그들만의 친숙한 언어로 말하고 듣고 읽고 쓰는 것일까. 언어의 이질혼성성 문제와 적격성 문제는 그리 단순하지 않다. 그들에게 익숙한 말로 일상적으로 체험하는 사태를 재현하면 그들은 그것을 마냥 선호할 것인가. 다른 측면에서 생각해 보면 노동 현장의 구체적인 사실들을 아주 실감 있게 재현한 이야기는 노동자들을 위한 소설일 수도 있지만,

그런 현실을 모르는 다른 계급을 위한 소설일 수도 있지 않을까. 같은 맥락에서 현실을 다소 추상화하고 비극적 상황을 관념적으로 서술한 이야기도 지식인을 위한 소설일 수도 있지만, 그 다름과 익숙하지 않음을 욕망하는 노동자들을 위한 소설일 수도 있지 않을까. 그러니까 독자의 취향이나 가독성 문제, 문식성 문제도 그리 쉽게 재단할 사안이 아니라는 말이다. 어떤 계급의 자유로운 가능성을 특정 사조나 이론을 참조하여 제한하려는 경향은 언제나 조심스러워야 할 터이다. 그러므로 이 작품에 대한 추상성이나 관념성에 대한 기존 평가는 재고되어야 마땅하다. 독자의 가능성은 언제나 열려 있고, 탈구성적 소통의 양상들은 매우 탄력적이고 역동적이기 때문이다.

넷째, 『난장이가 쏘아올린 작은 공』이 발표될 무렵의 정치사회적 맥락과 관련한 검열의 문제이다. 대립적 세계관으로 현실을 인식하되, 탈대립적 세계관으로 소망스런 지향 의식을 드러내는 복합성의 미학과 스타일은, 이 연작이 씌어진 1970년대 당시의 현실과 매우 긴밀한 관련을 갖는다. “사람이 태어나서 누구나 한번 피 마르게 아파서 소리 지르는 때가 있는데, 그 진실한 절규를 모은 게 역사요, 그 자신이 너무 아파서 지른 간절하고 피맺힌 절규가 『난·쏘·공』이었다”고, 그러기에 “무슨 일이 있어도 ‘파괴를 견디고’

따뜻한 사랑과 고통받는 피의 이야기로 살아 독자들에게 전달되지 않으면 안 된다는 생각"으로 "'칼'의 시간에 작은 '펜'으로 작은 노트에 글"[26]을 썼다고, 작가 조세희는 말한 바 있다. 이미 앞의 3.1절에서 논의한 바와 마찬가지로, 그런 맥락에서 독자의 입장에서도 '칼'의 현실에 대응한 '펜'의 수사학적 전략에 관심을 둘 필요가 있다. 언론의 자유가 제한적이었고 공안 당국의 검열이 자심했던 그 시절에 작가가 고통과 불안 속에서 어떻게 하든 검열을 넘어 소통하려 했던 작가의 처지와 상황을 고려해야 한다는 것이다. 이 연작에서 보이는 독특한 시점 조작 원리라든가, 개성적 문체소, 특별한 형태소와 상징적 해석소 등은 상당 부분 그런 정치 현실과 관련하여 새롭게 해명될 수 있다. 역설적인 말이지만 어쩌면 결과적으로 그런 정치 현실이 매우 전위적이고 미학적인 노동 소설을 낳게 했는지도 모른다. 엄혹한 정치 현실을 곱씹으며 새로운 리얼리티 효과를 산출하면서 '리얼리즘의 확대와 심화'에 기여하는 작품을 낳게 했으니 말이다.

요컨대 조세희의 『난장이가 쏘아올린 작은 공』은 탈구성적 서사의 새로운 지평을 열었고, 그 탄력적 특성에 걸

26 조세희, 「작가의 말: 파괴와 거짓 희망, 모멸의 시대」, 『난장이가 쏘아올린 작은 공』, 이성과 힘, 2000, p. 10.

맞은 탈구성적 소통 양상을 보였으며, 앞으로도 그런 소통은 더욱 다양하게 이어질 수 있는 문학사적인 작품이다. 결국 김병익의 예상처럼 "순수와 참여의 대립된 견해를 극복시키는 하나의 범례"로 자리잡게 되기까지, 그 소통의 전개 과정은 창작과 담론 양면에서 한국문학 장의 진화에도 크게 기여했다.

5.

복합 시선,
심미적 이성,
뫼비우스 환상곡

5. 복합 시선, 심미적 이성, 뫼비우스 환상곡[1]

5.1. 별을 보고 길을 찾으려 했던 난장이를 위하여

별이 빛나는 창공을 보고, 갈 수가 있고 또 가야만 하는
길의 지도를 읽을 수 있던 시대는 얼마나 행복했던가?
그리고 별빛이 그 길을 훤히 밝혀 주던 시대는
얼마나 행복했던가?[2]

---

1 이 장은 졸고 「분노와 사랑의 뫼비우스 환상곡, 혹은 분배의 경제시학」(『작가세계』, 1990년 겨울호/ 졸저, 『욕망의 시학』, 문학과지성사, 1993)과 「복합 시선, 그 심미적 이성의 열린 가능성」(조세희, 『풀밭에서』 해설, 청아출판사, 1994/ 졸저, 『상처와 상징』, 민음사, 1994), 졸고, 「섭생의 정치경제와 생태 윤리」(『문학과환경』 9, 2010)를 통합하여 다시 개고(改稿)한 글임을 밝힌다.

2 게오르그 루카치, 『소설의 이론』, 반성완 옮김, 심설당, 1985, p. 29.

그처럼 행복했던 시대가 있었을까? 별의 지도로 갈 길을 갈 수 있던 그런 황금시대가 있었을까? 막연한 동경인가, 향수인가? 혹은 열망인가? 이 물음은 그 직접적인 해답을 구하기 위함에 그 목적을 두고 있지 않다. 정작 문제는 별을 보고 길을 찾을 수 없는 시대, 창공의 별이 환한 지도가 되지 못하는 시대를 사는 우리가 어떻게 길을 갈 수 있는가, 하는 데 있다. 서사시적인 세계가 사라진 지 이미 오래인 지금, 우리는 누구나 자기 나름의 상징적인 별의 지도를 그릴 수밖에 없는 처지에 놓여 있는 게 아닌가. 그러므로 현상도 의미도, 구체도 추상도 오직 상징적인 별의 지도를 통해서만 운위될 수 있는 법이다. 그 지도 위에서만 영혼이 입증될 수 있을 터이므로.

별을 보고 길을 찾고자 했던 '난장이'가 있었다. 그 난장이에게 지상의 도로 표지판은 별 의미가 없었다. 아니, 지상의 도로 표지판은, 오히려, 그를 위한 길을 안내하지 않았기에, 그에게 의미가 없었는지 모른다. 어쨌거나 그는 창공의 별을 보고 길을 찾으려 했다. 그런 그는 행복했을까? 그는 '낙원구 행복동'에 살았다. 그러나 낙원구 행복동이라는 지상의 명칭은 그에게 어울리지 않았다. 어울릴 수 없었다. 아이러니 이상이었다. 그 아이러니에서 벗어나기 위해 그는 벽돌 공장의 굴뚝 위에 올라가 종이 비행기를 날리기도 했다. 별의 지도를 찾기 위해서였다. 별을 보고 길을 열기 위해서였다. 하지만 별은 이미 빛을 잃은 지 오래였다. 그래서 난장이에게 길을 열어줄 수 없었다. 난장이의 간절한 열망을 받아들일 수 없었다. 그래서 그가 찾던 별의 지도는 그처럼 상징적으로 일그러질 수밖에 없었다. 끝내 난장이는 별을 찾지 못했다. '공장 지대의 어두운 밤하늘'에는 별이 뜰 수 없었다. 난장이는 길을 잃었다.

왜 그럴 수밖에 없었을까? 작가 조세희의 질문은 여기에서 출발한다. 그리고는 잃어버린 별의 지도, 잃어버린 난장이의 열망을 찾아나선다. 난장이를 위한 별의 지도를 그리기를 시작한다. 별을 보고 길을 찾고자 했던 난장이를 위하여, 그 난장이의 영혼을 입증하기 위하여 작가 조세희는 별없는 캄캄한 밤길을 고통처럼 나선다. 이 여행에서 조세희는 분노와 사랑의 뫼비우스 환상곡을 듣게 된다. 『난장이가 쏘아올린 작은 공』을 보게 된다. 그것은 1970년대 문학사에 빛나는 상징적인 별을 발견하는 순간이었다.

5.2. 분노와 사랑의 뫼비우스 환상곡

사랑으로 일하고 사랑으로 자식을 키운다.
사랑으로 비를 내리게 하고, 사랑으로 평형을 이루고,
사랑으로 바람을 불러 작은 미나리아재비꽃줄기에까지

머물게 한다.(「잘못은 신에게도 있다」)[3]

사랑으로 얻을 것은 하나도 없었다.
(「내 그물로 오는 가시고기」)[4]

5.2.1. 사랑으로 희망을 희구했던 난장이의 존재론

난장이는 "사랑으로 일하고 사랑으로 자식을 키"(「잘못은 신에게도 있다」, p. 233)우고 싶어 했다. 그러나 난장이의 대안에 있는 거인 자본가의 손자인 경훈은 "사랑으로 얻을 것은 하나도 없다"고 생각한다. 화해할 수 없는 거리다. 너무나 멀고도 깊다. 말 그대로 문제적인 거리이다. 이 같은 싸움의 거리, 분노의 거리에서 조세희는 사랑의 형식을 찾아 나간다. 그가 찾아 나선 별은 곧 사랑의 형식으로 새겨져 있는 것에 가깝다. 그렇다. 그는 소설을 통해 분노와 사랑이 대립하는 세계에서 사랑의 진정정을 초월적으로 모색하고자 했다. 이때 그 사랑의 형식이란 소설에서 '뫼비우스의 띠'나 '클라인씨의 병'과 같은 구성적 상징으로 이루어진다. 이 상징체계 안에서 보면 분노와 사랑이란 개념, 혹은 의미영역은 일상적으로 자동화된 인식경계를

---

3 조세희, 『난장이가 쏘아올린 작은 공』, 이성과 힘, 2000, p. 213.
4 앞의 책, p. 303.

이미 넘어선 것이 된다. 안과 겉의 구분이 없이 서로 삼투된 '뫼비우스의 띠'의 세계로 초월적인 진입을 할 수 있을 때, 즉 인식의 각성을 통해 탈자동화된 세계로의 상상적인 여행에 동참할 수 있을 때, 우리는 비로소 조세희의 사랑법과 마주하게 될 터이다.[5] 예의 뫼비우스의 띠를 따라가면 분노에서 사랑을 만나고, 사랑에서 또한 분노를 접하게 된다. 반대에서 반대를 유추해 내고, 반대와 반대를 통합시킨다는 것은 일견 말장난 같은 소리로 들릴 수도 있다. 그러나 그것은 말장난이 아니라 말싸움이다. 인간 인식의 도전적인 싸움의 형식이다.

적어도 조세희는 이런 말싸움을 치열하게 보여준 1970년대의 문제적인 작가이다. 흔히 우리가 '난장이 신화'라 불러 왔거니와, 그 조세희식 신화 창조는 분명히 이런 치열한 말싸움의 결과 이외에 다른것이 아니다. 그렇다면 조세희가 치열하게 말싸움의 대상으로 삼았던 '난장이'는 누구였던가?

---

5 「난장이가 쏘아올린 작은 공」 연작을 집필하고 출간할 당시 작가는 '사랑'에의 기대가 매우 곡진했던 것으로 보인다. "나는 '사랑'에 걸고 있습니다. 나의 기본은 사랑이에요. 조세희는 사랑이 우리를 구원하리라고 믿는 그런 단순한 사람이에요. 윤리적인 그런 기본적 믿음에 나는 희망을 걸고 있지요."(조세희·김승희 대담, 「조세희 문학의 인간적 탐구」, 조세희, 『난장이 마을의 유리병정』, 동서문화사, 1979, p. 398.)

내 주인공의 키는 1백17센티미터, 몸무게는 32킬로그램이다. 그의 이름은 김불이이다. 노비였던 증조부가 남긴 이름으로 바로 읽자면 '금뿌리'가 된다.

난장이네 식구들이 둘러앉는 밥상을 그리자면 검정을 써야 할 것이다. 노랑을 쓸 수가 없다. 노랑은 행복을 나타내고, 검정은 고통과 통할 것 같다. 나의 주인공도 갈색으로 칠해서는 안 된다. 갈색은 나에게 강한 인상을 준다. 난장이네 식구들이 대하는 밥상에 '풍요'는 없고, 소리가 있다면 가냘픈 음악, 또는 기침 소리뿐이다. [……]

난장이네 식탁에는 보리를 섞은 밥, 시래기를 넣어 끓인 된장국, 새우젓, 양념이 덜 된 짠 김치가 오른다. 세 아이가 공장에 나가 일하는데도 나아진 기미가 별로 보이지 않는다. 저임금 때문이다. 난장이의 아들딸이 한 시간에 1백원을 벌 때 일본의 근로자는 6백98원, 서독의 근로자는 8백56원, 미국의 근로자는 1천43원, 노르웨이의 근로자는 1천87원을 번다.(「환경파괴」)[6]

작가 스스로의 주석적 진술이거니와, 전체적으로 보아 난장이는 1970년대 한국 사회와 경제의 생산과 소비 및 분배구조에서 억압받고 소외된 계층을 표상하는 전형적 인물에 값한다. 마침내 산업사회의 증후(症候)가 본격화되

---

6 앞의 책, pp. 210~211.

던 당시에 자신의 경제적 토대와 세계의 타락상으로 인해 철저하게 소외된 삶을 살 수밖에 없었던 인물이다. 그가 소유했던 생산수단의 목록을 보면, 고작해야 "절단기 · 멍키 스패너 · 플러그 렌치 · 드라이버 · 해머 · 수도꼭지 · 펌프 종지굽 · 크고 작은 나사 · T자관 · U자관 · 줄톱들"(「우주 여행」, p. 65)에 불과하다. 이렇듯 열악한 조건으로 인해 그가 평생토록 해온 일은 "채권 매매 · 칼 갈기 · 고층 건물 유리 닦기 · 펌프 설치 · 수도 고치기"(「난장이가 쏘아올린 작은 공」, p. 95) 등이다. 본격적인 산업화 이전 세대, 즉 반(半)봉건 · 반(半)자본적 이행기 세대의 인물로서, 양극분해 과정에서 전형적으로 하향화된 경우에 속한다. 이런 계급적 조건의 인물을 작가는 '난장이'라는 신체적 취약성에 빗대어 상징적으로 형상화한 것이다. 그러니까 '난장이'의 저편에는 상대적으로 어려움을 내포하는 '거인'이 놓이게 된다. 조세희가 상징적으로 시도한 바 '난장이/거인'이라는 대립축의 패러다임을 일별해 보면 이렇다. 우선 현상적으로 보아 '못가진 자/가진 자'의 대립을 비롯하여, '빈곤/풍요//고통/안락//분노/사랑의 결핍//피착취/착취//어둠/밝음//검정/노랑//추움/따뜻함' 등이 병렬적 관계를 이룬다. 이 현상적 대립항들은 사회경제적 여건 면에서 거인이 (+) 징표를, 난장이가 (−) 징표를 지니고 있음을 보여준다.

물론 이는 타락한 교환가치 측면에서의 징표일 따름이다. 가치 측면에서는 그 징표체계가 역전된다. 즉 '도덕적/비도덕적'이라는 대립항으로 난장이가 (+)징표를, 거인이 (–)징표를 가지게 된다. 결과적으로 양자 공히 (–)징표를 함유하고 있다는 점에서 온전한 삶의 진정성에 도달하기 어려운 상황이다.

작가가 보기에 인간적인 삶은 진정성 있는 온전한 삶이다. 그러니 난장이도 거인도 그리로 다가가야 한다. 이 다가가는 과정에 작가는 인간의 희망을 부여한다. 피차 (–)징표를 (+)징표로 바꿔가는 과정이 희망의 길이다. 난장이는 현존을 혁파할 만한 구체적인 분노의 정서를 통해서, 거인은 정의로운 분배를 위한 사랑의 정서를 통해서 희망의 길을 채울 수 있다는 것이 작가의 소신이다. 여기서 우리는 조세희 특유의 사랑법과 분노와 사랑이 한자리에서 얽히고설키는 '뫼비우스 환상곡'을 발견하게 된다. 하지만 '뫼비우스의 띠'가 그러하듯, '뫼비우스 환상곡' 역시 현실세계에서는 이루어지기 어렵다. 여기에 난장이의 증폭된 비극이 있고, 조세희의 고통이 있으며, 우리 모두의 아픔이 망라되어 있는 것이다.

5.2.2. 작은 몸, 큰 수저: 섭생의 생태 윤리

조세희의 『난장이가 쏘아올린 작은 공』은 본격적으로 산업화가 진행되던 1970년대 노동자 가족의 비극적 삶을 그리면서, 먹고 사는 문제를 해결하기 위한 사랑의 실천 윤리를 강조한 연작 소설이다. 앞에서도 언급했던 것처럼, 작가가 그린 난장이의 "키는 백십칠 센티미터, 몸무게는 삼십 이 킬로그램이었다"(「은강 노동 가족의 생계비」). 증조부가 노비였던 그는 평생을 신체적 불우와 사회적 편견, 경제적 질곡으로 인해 고통 속에서 살다 죽어간 인물이다. 무엇보다 난장이와 그의 가족에게는 먹고사는 문제가 최우선으로 급한 과제였다. 일용할 섭생으로 인해 난장이가 얼마나 고통스러웠던가는 다음의 꿈 장면에서 일목요연하게 표상된다.

> 작은 아버지가 아주 큰 수저를 끌어가고 있었다. 푸른 녹이 낀 놋수저를 아버지는 끌고 갔다. 머리 위에서는 해가 불볕을 내렸다. 아버지에게 그 놋수저는 너무 무거웠다. 그래서 불볕 속에서 땀을 흘리며 숨을 몰아쉬었다. 지친 아버지는 키보다 큰 수저를 놓고 쉬었다. 쉬다가 그 수저 안에 들어가 누웠다. 아버지는 불볕을 받아 뜨거워진 놋수저 안에 누워 잠을 잤다. 나는 수저 끝을 들어 아버

> 지를 흔들었다. 아버지는 눈을 뜨지 않았다. 아버지의 몸은 놋수저 안에서 오므라들었다. 나는 울면서 아버지의 놋수저를 잡아 흔들었다.(「은강 노동 가족의 생계비」, pp. 196~197)

여기서 수저의 상징성은 매우 의미심장하다. 일차적으로 생계유지를 의미할 그 수저가 삶의 목적으로 치환되어 삶 자체를 유린하는 형상으로 표현되어 있다. 물론 큰 아들 영수의 꿈 대목이긴 하지만 매우 끔찍한 비유가 아닐 수 없다. 수저를 끌던 난쟁이가 수저 안에서 오므라드는 형상은 난장이의 곤혹스럽고 어려운 삶을 표상하는 적절한 비유이다. 난장이는 사랑 없는 욕망으로 점철된 대타자인 자본가의 욕망의 밥숟갈에 의해 삼킴을 당했다.[7] 그가 꿈꾼 사랑의 세계는 어디에도 없었다. 만약 자본가와 노동자가 가혹하게 대립하는 그런 상황에서 살지 않았더라면, 난장이도 그렇게 살다가 죽어가지 않았을 것이다.

결국 수저에 삼켜진 난장이 가족의 식탁은 종종 고통스런 검정색으로 표현된다. 앞의 5.2.1항에서도 인용했던 것처럼, 그들의 "밥상에 풍요는 없고, 소리가 있다면 가냘픈

---

7 "움푹해라 내 욕망은/밥숟갈을 닮았다"(「밥숟갈을 닮았다」)라고 묘사한 이는 시인 최승호였다. 난장이의 수저는 물론 욕망의 그것만은 아니었다. 그러나 세상의 무수한 욕망의 밥숟갈이 그를 삼켜버리고 말았다. 난장이는 삼킴을 당했다.

음악 또는 기침 소리뿐"이다. "난장이네 식탁에는 보리를 섞은 밥, 시래기를 넣어 끓인 된장국, 새우젓, 양념이 덜된 짠 김치가 오른다."[8] 이렇게 거친 식사만이 허용되었던 그들이지만, 난장이네 가족도 딱 두 번 특별한 식사를 한다. 그 장면을 보기로 하자.

> ⓐ 부엌에서 고기국 끓는 냄새가 났다. 고기 굽는 냄새도 났다. 어머니가 상을 내려 행주질을 했다. 동사무소 앞에 사람들이 서 있었다. 쇠망치를 든 사람들이었다. 그들이 헐어 버린 집들 공터를 가로질러 우리 집을 향해 오고 있었다. 내가 대문을 잠갔다. 어머니가 밥상을 차렸다. 형이 상을 들어다 마루에 놓았다 형은 나를 걱정했다. 괜한 걱정이었다. 그들이 쇠망치로 머리를 내리친다고 해도 나는 가만히 있었을 것이다. 아버지가 먼저 수저를 들었다. 그 옆자리에서 지섭이 수저를 들었다. 어머니는 마루 끝에 앉아 국을 마셨다. 형과 나는 밥을 국에 말았다. 대문을 두드리는 소리가 들렸다. 우리는 꼼짝도 하지 않고 식사를 했다. 영희가 이 시간에 어디서 어떤 식탁을 대하고 있을지 우리는 알 수 없었다. 우리의 밥상에 우리 선조들 대부터 묶어 흘려보낸 시간들이 올라앉았다. 그것을 잡아 칼날로 눌렀다면 피와 눈물, 그리고 힘없는 웃음소리와 밭은

---

8 조세희, 『난장이 마을의 유리병정』, 동서문화사, 1979, p. 211.

기침 소리가 그 마디마디에 흘러 떨어졌을 것이다. 대문을 두드리던 사람들이 집을 싸고돌았다. 그들이 우리의 시멘트 담을 쳐부수었다. 먼저 구멍이 뚫리더니 담은 내려앉았다. 먼지가 올랐다. 어머니가 우리들 쪽으로 돌아앉았다. 우리는 말없이 식사를 계속했다. 아버지가 구운 쇠고기를 형과 나의 밥그릇에 넣어 주었다.(「난장이가 쏘아올린 작은 공」, pp. 122~123)

ⓑ 그를 위해 어머니는 시장을 보아 왔다. 쇠고기를 사다 국을 끓이고 조금은 구었다. 영희가 부엌 아궁이에 껍질나무의 불등걸을 화덕으로 옮긴 다음 고기를 구었다. 은강에 온 뒤 처음으로 우리는 풍성한 밥상을 대하고 앉았다. 밥에도 보리를 섞지 않았다. 그 정황이 행복동 집에서의 마지막 날과 비슷했다. 지섭이 밥을 국에 말았고 어머니는 군 쇠고기를 손님의 밥그릇에 넣어 주었다. 냄새를 풍기는 게 겁이 나 조금 구었다고 어머니는 말했다. 어머니가 고기를 굽는 동안 더러운 동네의 꼬마들은 놀다가 서서 냄새를 맡았다. 지섭이 고기를 집어 영호의 밥그릇으로 옮겼다. 영호의 손이 그것을 막았다가 놓았다. 좁은 마루에 앉아 있던 영희가 부엌으로 가 숭늉을 떠 왔다. 그 얼굴이 푸석했다. 계속 조업 공장에 나가는 아이들이 모두 그렇듯이 영희도 일하고 잠자는 시간이 매우 달랐다. 아버지가 그렇게 사랑한 막내가 숭늉 그릇을 들고 서 있

고, 나는 그 애 얼굴 뒤로 펼쳐진 공장 지대의 어두운 밤 하늘을 보았다. (「클라인씨의 병」, pp. 247~248)

ⓐ는 난장이 가족이 살던 옛집이 철거되는 날 마지막 점심 식사를 하는 장면이고, ⓑ는 은강으로 이사 간 후 지섭이 찾아왔을 때 손님을 대접하기 위해 육식을 하는 장면이다. 이 두 밥상 이외에 난쟁이 가족들에게 육식은, 전적으로 경제적 이유로, 허락되지 않았다. ⓐ에서 아버지는 구운 쇠고기를 자식들에게 넘겨준다. 자식들에게 구운 고기를 제공할 기회가 거의 없었던 아버지의 순정한 부정을 느끼게 하는 대목이다. ⓑ에서도 어머니가 구운 고기를 손님(지섭)의 밥그릇에 건네주고, 지섭은 다시 그것을 영호에게 양보한다. 모두 특별한 구운 고기를 놓고 나보다는 남을 위하는 배려와 양보의 윤리를 실천하는 경우들이다. 게다가 어머니는 이웃들을 위해 냄새를 덜 피우려고 조금만 구웠다고 했다. 구운 고기를 먹고 싶어 하는 하층민들의 애환을 나누어 지닌 어머니의 사려 깊은 진심이며 생태학적 양심의 발로라고 할 수 있다.

난장이 가족에게 구운 고기는 아주 특별한 식사에 속한다. 예로부터 구운 고기는 주로 "권력, 특권, 찬양과 관련"[9]이 있었고, "강인함, 용맹, 남자다움과 관련"[10]이 있었다고 한다. 중세 유럽에서 황소나 여타 동물들의 구운 고기는 주로 전사나 봉건 귀족들이 먹을 수 있었고, 농부나 소작인 등은 구운 고기에 비해 절약형인 삶은 고기가 표준이었다는 것이다. 그만큼 계급의 차이를 특화하는 사례 중의 하나가 구운 고기라고 할 수 있다. 그러기에 대부분의 문화에서 주일 만찬이나, 축제일, 축연, 결혼식과 같은 특별한 행사에서 구운 고기가 제공되었다는 것이 일반적인 보고이다. 그러니까 난장이 가족의 식사에서 구운 고기는 예외적인 특별한 식사임에는 분명한데, 그 어느 구석에서도 특권이나 권력의 이미지는 찾아볼 수 없다. 그보다는 배려와 양보, 공감과 같은 생태학적 양심을 환기하는 식사 장면을 연출하는 것이다. 그런 난장이 가족의 생태학적 양심과는 대조적으로 정치경제적 현실의 질곡은 매우 가혹하다. ⓐ에서 난장이 가족의 특별한 식사가 채 끝나기도 전에 철거 작업이 시작되는 것이 그런 현실의 가혹함을 생생하게 증거한다. 한쪽에서의 특별한 예외적인 식사와 다른 한쪽에서의 철거 작업의 대조가, 그리고 생태학적 양심과 정치

---

9 제레미 리프킨, 신현승 옮김, 『육식의 종말』, 시공사, 2002, p. 284.

10 앞의 책, p. 285.

경제적 불평등의 심화 사이의 대조가, 이 소설을 출발점인 대립적 세계관의 구체적 형상화라도 말해도 좋다.

이와 같은 대조와 대립을 해소하기 위해 작가는 "사랑이 없는 욕망"에 반성을 촉구한다. 인류의 오래된 생태학적 무의식과 양심을 지니고 있던 순진한 난장이와 그 가족들이 평생 소망했던 것도 바로 사랑으로 이루어진 세계였다. 사랑이 거세된 소유 욕망에 대한 반성적 촉구를 통해 사랑과 나눔의 생태 윤리를 강조하고자 한 소설이 바로 조세희의 『난장이가 쏘아올린 작은 공』이다. 그래야만 인간이 수저에 삼켜짐 없이 수저를 이용해 행복한 식사를 하며 살 수 있을 것이라는 생각을 작가는 견지하고 있었던 것이다.

5.2.3. 끝내 사랑의 세계를 만날 수 없었던 난장이의 절망

실제로 난장이는 끝내 인간의 대지에서 희망의 길을 찾지 못했다. 「우주 여행」에서 지섭이 말한대로 지구가 "불순한 세계"(p. 66)이기 때문이었을까. 『일만 년 후의 세계』라는 책에 의거하여 지섭은 말했었다.: "지상에서는 시간을 터무니없이 낭비하고, 약속과 맹세는 깨어지고, 기도는 받아들여지지 않는다. 눈물도 보람 없이 흘려야 하고, 마음은 억눌리고 희망도 이루어지지 않는다. 제일 끔찍한 일은 갖고 있는 생각 때문에 고통을 받는 일이다."(「우주 여행」, p. 67). 지섭은 또 결론적으로 말했었다.: "사람들은 사랑이 없는 욕망만 갖고 있습니다. 그래서 단 한 사람도 남을 위해 눈물을 흘릴 줄 모릅니다. 이런 사람들만 사는 땅은 죽은 땅입니다."(「난장이가 쏘아올린 작은 공」, p. 102).

이러한 지섭의 말은 요약컨대, 사랑이 거세된 소유 욕망 탓에 인간과 세상이 죽어간다는 것이다. 세상에서 거세당한 사랑의 이데아를 추구하고자 했던 난장이는, 그 때문에 더더욱 불행했다. 이 점 꼽추나 앉은뱅이의 경우도 마찬가지다. 곤혹스럽고 어려운 난장이 처지에서도 끝내 사랑의 세상을 꿈꾸었지만, 그가 꿈꾼 사랑의 세계는 어디에도 없었다. 그래서 그는 "벽돌 공장의 굴뚝 위에 올라가 종이 비행기를"(「우주 여행」, p. 67) 날리는 대리 행위를 할 수밖에 없었을 것으로 추정된다. 「우주 여행」에서 윤호는 그렇게 종이 비행기를 날리는 난장이의 꿈과 창밑에 와서 유리문을 두드리는 우주인의 꿈을 꾸는 것으로 얘기된다. 그의 꿈에 우주인과 난장이가 병렬적으로 현상화된 것은 서로 방향이 다른 이계여행(異界旅行)의 어떤 가능성을 생각하게 한다. 사실 난장이는 현실에서 꿈꾼 것을 이룰 수 있는 가능성의 기제를 확보하기 매우 어려웠기에 이계여행만을 꿈꿀 수밖에 다른 도리가 없었다. 그러나 꿈은 결코 충족되는 게 아니었다. 그래서 난장이는 자신이 사랑의 삶을 희원하던 바로 그 장소(공장 굴뚝)에서 투신자살하고야 만다. 그가 쏘아올린 작은 공이 미처 지구의 대기권을 벗어나기도 전이었다. 비극적인 결구이다.

난장이의 큰아들 역시 마찬가지다. 산업시대의 본격적인 노동자 1세대인 영수는 난장이인 아버지의 생각을 진전시키고자 했다. 아버지는 사랑으로 이루어진 세상을 만들기 위해 법률 제정이라는 불가피성을 감수해야 했던 인물이다. 그러나 법률 제정을 필요로 하는 세상이라면 기존의 세상과 다를 게 없다고 영수는 생각한다. 하여 영수는 "교육의 수단을 이용해 누구나 고귀한 사랑을 갖도록" 하여 "누구나 자유로운 이성에 의해 살아갈 수"(「잘못은 신에게도 있다」, p. 213) 있도록 하고자 했다.

> 나는 은강에서 일하는 사람들을 머릿속부터 변혁시키고 싶은 욕망을 가졌다. 나는 그들이 살아가는 사람이 갖는 기쁨·평화·공평·행복에 대한 욕망들을 갖기를 바랐다. 나는 그들이 위협을 받아야 할 사람은 자신들이 아니라는 것을 깨닫기를 바랐다.(「잘못은 신에게도 있다」, p. 219)

영수의 변혁 욕망은, 그 꿈과 희망은, 그러나 아버지의 그것이 그러했듯이 현실에서 충족될 수 없었다. 노사 협상이 완패로 끝난 다음, 영수는 신도 잘못을 저지르고 있는 이 세상에서 자신의 생각이 통할 수 없으리라는 사실을 절감하게 된다. 그리고 "난장이네 큰아들로 태어나 [……] 불행하게도 무엇을 선택할 기회를 한 번도 가져 본 적이 없다"(「클라인씨의 병」, p. 254)는 생각에 이르게 된다. 현실이 그들이 추구하는 진정한 삶의 차원을 빼앗아갔기 때문이다. 이 슬픔은 곧 분노와 적의로 옮겨간다. 적의의 끝, 분노의 절정에서 영수는 자본가를 살인, 사형당하고 만다. 역시 비극적인 결구로서, 끝내 난장이성을 벗어나지 못한 것이라 할 수 있다.

사정이 한층 심각한 것은 거인 쪽이다. 거인은 지독한 사랑의 결핍 상태에서 더더욱 비도덕적인 살만 찌우고 있는 판이니, 그 (-)징표의 심각성을 더해갈 뿐이다. 이 점은강 그룹 회장의 손자인 경훈의 시점으로 서술되고 있는 「내 그물로 오는 가시고기」에서 확인할 수 있다. 경훈의 아버지는 말한다.: "우리에겐 지켜야 할 게 많아."(p. 274). 경훈은 노동자들에 대해 "보나마나 나이보다 작은 몸뚱이에 감춘 적의와 오해 때문에 제대로 자라지 못할 아이"(p. 280)라고 생각한다. 또 경훈은 난장이와 그의 큰아들에 대해 생각한다.: "그는 자식들의 작은 잘못도 결코 용서하지 않았을 것이다. 잘 때리고, 벌도 심한 것으로 골라 주었을 것이다. 아이들에게는 그는 잠을 안 자는 독재자였을 것이다. 그의 권력은 사랑·존경·믿음을 모르는 그 자신의 성격적 결함이 사용하게 한 무서운 매와 벌 때문에 바른 것이 못되었을 것이다. 그가 죽었기 때문에 그의 큰아들은 공격목표를 잃었다. 그러나 사회생활을 잘할 수 없게 길들여진 큰아들의 그 불확실한 공격성은 그대로 남아 있다 결국 숙부를 죽였다."(p. 281). 오해이거나 무지라고 하기에는 너무도 어처구니없고 죄 많은 거인 의식이다. 반성을 모르는 이가 저지를 수 있는 최대치의 죄를 저지르고 있는 셈이다. 그러니 경훈의 의식의 끝은 이럴 수밖에 없다.: "사람들의 사랑이 나를 슬프게 했다.": "사랑으로 얻을 수 있는 것은 하나도 없었다." (p. 303). 속절없는 (−) 징표이다. 반성없는 (−) 징표는 다른 쪽의 (+) 징표와 만날 수 없다. 난장이와 그의 아들이 추구하던 사랑의 세계와는 조우할 수 없었던 것이다.[11]

5.2.4. 소외된 신화와 뫼비우스 환상곡

자본가와 노동자, 거인과 난장이는 끝내 만날 수 없는 것일까? 끝끝내 화해할 수 없는 것인가? 이 양쪽의 존재

---

11 글의 구성상 2장 2.2절 부분과 겹치는 내용이 있음.

들이 만날 수 있는 별의 지도는 결코 없단 말인가. 이 지도를 그리기 위해 작가 조세희는 무던히도 공들였던 것으로 보인다. 가령 서술 시점을 양쪽에서 나누어 양쪽의 내면풍경을 포착하려 한다든지, '뫼비우스의 띠'나 '클라인씨의 병'과 같은 개념을 도입한다든지 하는 방식의 시도가 그러한 것이다.

> 끝으로 내부와 외부가 따로 없는 입체는 없는지 생각해 보자. 내부와 외부를 경계지을 수 없는 입체, 즉 뫼비우스 입체를 상상해 보라. 우주는 무한하고 끝이 없어 내부와 외부를 구분할 수 없을 것 같다. 간단한 뫼비우스의 띠에 많은 진리가 숨어 있는 것이다.(「뫼비우스의 띠」, p. 29)

> 말이 병이지, 내부가 있어 공간이 밀폐되는, 그런 보통의 병이 아니었다. 대롱벽에 구멍을 뚫어 한쪽 끝을 그 구멍에 넣어 만든 이상한 병이었다. [……] "안팍을 구분할 수 없어요. 그리고, 닫혀 있는 공간이란 말도 알겠어요." [……] 그림 ③을 들고 "그럼 이것은 뭡니까?" 내가 물었는데 그는 간단히 "그것은 없다"라고 잘라 말했다.(「클라인씨의 병」, pp. 258~260)

안과 겉의 구별이 없고, 내부와 외부의 구별이 따로 없다는 '뫼비우스의 띠'와 '클라인씨의 병'의 메타포는 웅숭깊다. "그것은 없다"라는 과학자의 말처럼 현실에서 존재할 수 없는 새로운 차원의 것이기에 더욱 그러하다. 그것은 상징적 별의 지도에나 나올 법한 우주적 상상력의 결과이기 때문이다. 그러나 신성한 우주적 상상력을 억압하는 세속적 상상력에 의하면 그것은 한갓 허구에 불과할 따름이다. 즉 세속적 상상력 혹은 현실은 '뫼비우스의 띠'나 '클라인씨의 병'의 메타포를 거부한 채, '그물'과 '가시고기'의 대립적인 축도를 강화한다.

> 내 그물로 오는 살찐 고기들이 그물코에 걸리는 것을 보려고 했다. 한 떼의 고기들이 내 그물을 향해 왔다. 그러나 그것은 살찐 고기들이 아니었다. 앙상한 뼈와 가시에 두 눈과 가슴 지느러미만 단 큰가시고기들이었다. 수백 수천 마리의 큰 가시고기들이 뼈와 가시 소리를 내며와 내 그물에 걸렸다. 나는 무서웠다. 밖으로 나와 그물을 걷어 올렸다. 큰가시고기들이 수없이 걸려 올라 왔다. 그것들이 그물코에서 빠져나와 수천 수만 줄기의 인광을 뿜어내며 나에게 뛰어올랐다. 가시가 몸에 닿을 때마다 나의 살갗은 찢어졌다. 그렇게 가리가리 찢기는 아픔 속에서 살려 달라고 외치다 깼다.(「내 그물로 오는 가시고기」, pp. 302~303)

2장에서도 주목했던 경훈의 꿈 내용이다. 여기서 알 수 있는 것처럼, 그물과 가시고기는 분명히 대립적인 관계에서 벗어날 수 없다. 말 그대로 먹고 먹히는 관계이다. 이 관계는 생존을 위한 투쟁을 불가피하게 만든다. 여기에는 사랑도 반성도 없다. 그러므로 경계는 분명하다. 이렇게 경계가 분명한 상황에서 어찌, 경훈 쪽의 대롱이 난장이 쪽의 구멍으로 들어갈 수 있겠는가. 그러므로 현실에서 "그것은 없다"(「클라인씨의 병」, p. 260)라고 과학자가 잘라 말했던 것 아닐까. 작가 조세희의 사랑법과 희망의 논리가 출발한 첫자리이자 마지막으로 부딪힌 끝자리란 바로 여기가 아니겠는가. 수학 교사의 말대로 경계 없는 '뫼비우스의 띠'의 사상에는 많은 진리가 숨어 있는 것이 사실이다. 하지만 진리란 유사 이래 구원한 것이었다. 진리는 멀고 허위는 가까웠다. 조세희의 『난장이가 쏘아올린 작은 공』은, 이렇게, 허위적 현실에 추상적 진리를 부여하고, 추상적 진리로 허위적 현실을 변화시켜 보고자 수직적 초월을 시도했으나, 결국 새로운 출발점에 서게 된 소설이다. 그 새로운 출발점이란 고통 위에 세워진 각진 자리지만, 그 고통의 시도로 하여 매우 값진 자리임에 틀림없다.[12]

12 글의 구성상 2장 2.2절 부분과 겹치는 내용이 있음.

요컨대 희망의 길을 따라가다 비극의 길을 만나고, 비극의 길 위에서 또한 희망의 길을 만나게 하는 조세희의 『난장이가 쏘아올린 작은 공』은 확실히 그 자체로서 하나의 '뫼비우스의 띠'같은 소설이요, '뫼비우스 환상곡'이다. 대단히 비극적인 우리 시대의 소외된 신화이다. 난장이 신화의 비극성은, 거듭 말하거니와, 타락한 세계와 자아 사이의 확연한 단절과 거리를 인식함에도 불구하고 이를 거부하려는 몸부림에서 비롯하는 것이다. 현실주의적 전망이 닫혀 있는 시대에 신화적 전망을 찾아 고통받는 것은 확실히 저주받아 지상에 유폐된 시적 영혼의 운명이 아닐 수 없다. 조세희와 『난장이가 쏘아올린 작은 공』의 진가와 한계는 고스란히 그 운명 안에 담겨 있었다. 운명은 그 운명의 굴레에서 쉽사리 놓여날 수 없다는 점에서 정녕 운명적이고 비극적이다. 그럼에도 불구하고 조세희는 그 특유의 사랑법에 기대어 희망의 길을 놓치지 않으려 한 작가에 속한다. 신에게도 잘못이 있는 험한 세상에서, 그래도 그는 인간의 사랑을 꿈꾸었다.

5.3 '난장이들'의 시선, 혹은 사회병리적 증후(症候) 찾기

사람들의 욕망이 바른 가치를 파괴하고,
그 파괴의 결과는 나중에 사람들을 괴롭힌다.
[……]

'풍요한 낙원의 건설'이라는 명제가 아주 단순하게
언제까지나 받아들여질 수는 없다.
혼탁한 대신 풍요한 낙원의 이름으로 가난하지만
깨끗한 낙원을 더 이상 파괴해서는 안될 것이기 때문이다.
(「환경 파괴」)[13]

5.3.1. 대립적 세계 인식과 교사의 사상

『난장이가 쏘아올린 작은 공』을 하나의 완결된 형식으로 끝마쳤음에도 불구하고, 조세희는 한동안 난장이 이야기에서 벗어나지 못한다. 난장이 이야기에서 벗어나고 싶은 욕망과 계속되는 난장이성의 현실 속에서 더 이야기해야 할 것 같은 반대 욕망의 틈 속에서 작가는 몸부림쳤을 것이다. 이미 김병익이 적절하게 지적한 바 있듯이,[14] 그 몸부림은 아마 사랑과 희망을 위한 전향적인 기투였을 터이

---

13 조세희, 『난장이 마을의 유리병정』, pp. 209, 217.

14 『시간 여행』 해설에서 김병익은 이렇게 조세희의 생각을 짐작한다.: "그는 i) 난장이 이야기로부터 해방되고 싶어한다. ii) 그러나 그 『난장이』 연작에는 여전히, 충분히 말하지 못한, 아니 조금밖에 말하지 못한 아쉬움이 있다. iii) 거듭 확인하지만, 그것은 사랑과 희망을 위해 씌어진 것이다. 그리고 iv) 난장이 이야기는 내가 말을 마쳤다 하더라도 여전히 현존하고 있다는 것을 무의식적인 표현을 통해 암시하고 있는 것이다."(김병익, 「역사에의 분노, 혹은 각성의 눈물」, 조세희, 『시간 여행』, 문학과지성사, 1983, p. 255.)

다. 난장이를 그 자신의 소망처럼 달나라로 우주 여행을 시킬 수 없었던 작가, 절망의 끝에서 비극적 죽음으로 마무리한 작가는 허구에서의 이야기 구성임에도 불구하고 엄청난 죄의식을 느낀다. 게다가 엄정한 현실의 사정은 난장이 한 사람의 죽음으로 끝날 일이 아닌 것 같아 더욱 괴로워한다. 그렇다고 난장이와 더불어 추구하고 싶었던 사랑과 희망에 대한 기대마저 저버릴 수는 없는 것이어서 더욱 고통은 깊기만 했다. 그러나 적절한 이야기의 전망과 형식을 찾기는 어려웠다. 그런 곤혹과 고통 속에서 숨 고르며 암중모색하던 시기의 작품이 역작 중편 「시간 여행」 이전까지의 짤막한 단편들이다. 이것들은 대체로 난장이 일가의 후일담이나, 환경 공해 문제, 가진 자와 못가진 자 사이의 대립문제, 혹은 작가 자신의 고백적인 에피소드 등을 짧은 호흡에 실은 것들이다. 나름의 형식실험에도 불구하고, 이 단편들은『난·쏘·공』에 비해 서사적 밀도나 긴장은 떨어진다는 것이 중평이다. 그러나 이 단편들은 비록 조세희의 주인공이었던 난장이는 죽었지만, 현실의 무수한 난장이들이 더욱 억압받고 있으며, 그 난장이들의 건강한 시선에 의하면 세계는 대단히 불건강하다는 사실을 '뫼비우스 환상곡'에 담고자 했다는 점을 주목케 한다.

현실 속에 무수히 널려있는 난장이들의 시선은 기본

적으로 대립적 세계관에 입각해 있다. 연작 소설집 『난장이가 쏘아올린 작은 공』에서의 대립적 세계관을 그대로 이어받고 있다. 난장이와 거인으로 상징되는 못가진 자와 가진 자의 이원적 대립양상이 여실히 나타나고 있는 바, 이는 다음 작품인 「시간 여행」에서는 역사적 지평에서, 『침묵의 뿌리』에서는 세계경제적 역학의 지평 위에서 거듭 반복되는 것이기도 하다. 이와 관련하여 「난장이 마을의 유리병정」, 「우리는 모두 몰랐다」, 「503호 남자의 희망공장」, 「모두 네 잎 토끼풀」, 「솜씨좋은 도둑」, 「환경 파괴」 등을 주목해 볼 필요가 있다.

일반적으로 사회경제적 토대에서의 대립적 상황은 매순간 싸움의 형식으로 전개되게 마련이다. 난장이는 이 경우 현격한 (−)징표의 담지자였으므로 싸움의 여건은 늘상 조악하기 짝이 없었다. 그런 까닭에 난장이는 '쓰러지고 깨어져 피를 흘'리지 않을 수 없었던 터이다. 이 점 그의 딸인 영희의 발화에서 잘 나타난다.

> 그렇지만 행복동에서 우리를 지키기 위해 싸운 병사가 아버지였다는 생각 오빠는 안 들어? 아버지는 작고 투명한 유리병정이었어. 누구나 아버지 속을 환히 들여다 볼 수 있었지. 약한 아버지는 무엇 하나 숨길 수도 없었어.

> 하루하루의 싸움에서 유리병정은 후퇴만 했어.어느 날, 더 이상 후퇴해 디딜 땅이 없다는 걸 작고 투명한 유리병정은 알았어. 유리병정은 쓰러지고 깨어져 피를 흘렸어. 그렇게 작고 그렇게 투명한 몸 어디에 그것이 있었을까. 큰오빠도 아버지와 같은 유리병정이었어. 난 알아.(「난장이 마을의 유리병정」)[15]

난장이를 유리병정으로 비유한 것부터 복합적인 생각거리를 제공한다. 작가는 '작고 투명한 유리병정'이란 표현을 쓰고 있는데, 이 안에 그의 대립적 세계관이 잘 드러나 있다. 우선 '작고'는 신체적 취약성을 1차적으로 지시하면서, 2차적으로는 사회경제적 여건 면에서의 취약성과 그 (—)징표를 환기시켜 주고 있다. '투명한'은 중의적이다. 영희의 말대로 '무엇 하나 숨길 수도 없'는 약점인 동시에 도덕적 순결성 혹은 도덕적으로 건강한 (+)징표를 암시하는 것이기도 하다. 그러나 현실적으로 타락한 세계와의 싸움은 윤리와 도덕의 싸움이 아니다. 힘의 싸움일 뿐이다. 그러니 '약(弱)/강(强)', '숨길 수 없음/ 숨길 수 있음', '후퇴/전진', '쓰러짐/ 일어섬', '깨어짐/파괴함', '피 흘림/ 피 흘리게 함'의 대립 속에서라면 유리병정의 패배는 자명한 것이 된

15 조세희, 『난장이 마을의 유리병정』, p. 97.

다. 패배는 여기서 그치지 않고 대물림된다. 패배의 질적 변별성에도 불구하고 역시 패배이기는 마찬가지다. 그래서 영희는 뜨거운 목울음으로 말한다. "큰오빠도 아버지와 같은 유리병정이었어."

이 패배에서 작가는 자신이 견지하고자 하는 '사랑과 희망'의 결여를 확인하고 가슴 아파한다. 이런 비애의 정조는 조세희의 짤막한 단편에서 기본적 기분이다. 뭇 난장이들, 뭇 유리병정들의 패배가 계속해서 진행되고 있기 때문이다. 은강 방직 여공들의 단식농성과 그로 인한 해고 정황을 그리고 있는 「우리는 모두 몰랐다」에서 다음과 같은 부분은 대립적 세계상황 속에서 난장이들의 속절없는 패배를 아이러니컬하게 보여준다.

> 은강 방직은 괴물이다.
> 우리는 모두 바쁘다.
> 은강 방직은 통뼈다.
> 우리는 모두 몰랐다.(「우리는 모두 몰랐다」)[16]

은강 방직은 괴물이고 통뼈인 '거인'이다. 이에 맞서는 '난장이'인 '우리는 모두' 바쁘고, 모른다. 난장이로부터 정

16 조세희, 『시간 여행』, p. 107.

상인으로 거듭나기 위한 진통으로 동료 난장이들이 괴물이고 통뼈인 거인에 대항하여 단식 농성을 하고 있는데도 나머지 난장이들이 바쁘고, 몰랐다는 것은 무엇을 의미하는가? 더욱이 "안다는 것도 모른다는 것과 똑같이 의미가 없었다. 결국 우리는 다 몰랐다"(p. 107)는 것은 또 무엇일 터인가? 그만큼 난장이성의 열악한 조건을 충분히 반증해 주는 예가 아니겠는가? 때문에 그 패배가 철저하게 비극적이지 않을 수 없는 것이다. 이런 사랑과 희망의 훼손 상황에서 작가의 우수는 한층 더 깊어만 간다. 이런 심정을 토로한 단편이 「연극」이다. 여기서 '나'는 분열된 이중 자아로 나타난다. 현상추수적 자아와 도덕적 양심을 지향하는 자아간의 대화가 극적 형식으로 진행된다. 사랑이고 희망인 난장이의 죽음을 놓고 두 자아는 대립한다. 두번째 자아가 말한다.: "내가 사랑과 희망을 죽였어![……]내가 난장이를 죽이고, 난장이의 큰아들까지 죽였어! 내가 그렇게 썼어!" 첫번째 자아가 그렇지 않다고 말한다.: "난장이는 처음부터 죽어 있었어! 그를 죽인 건 내가 아냐. 죽어 있었기 때문에 죽은 것으로 썼어."(「연극」, p. 137). 있는 것(싸움과 좌절)과 있어야할 것(사랑과 희망) 사이의 간극에서 고뇌하는 작가의 내면풍경을 여실히 확인할 수 있는 부분이다. 그 고뇌의 끝에 가면 "나는 보이지 않는다."(p. 139).

자아가 철저하게 분열되고 상실되는 것은 사랑과 희망에 대한 전망을 동시대에서 확보할 수 없기 때문이다. 그러니까 결국 조세희는 현실을 대립적인 세계관으로 인식하되, 대립하는 양자를 사랑으로 보듬어 화해와 일치로 이르는 희망의 전망을 추구하고자 했으나, 바로 이 지점에서 가장 큰 딜레마에 봉착하게 된 것이다. 난장이도 거인도 조세희가 꿈꾸는 뫼비우스 환상곡을 함께 연주할 아무런 활을 준비하지 못한 상태이기에 그러하다. 난장이의 죽음은 뫼비우스 환상곡에 결정적인 파열음으로 작용하는 사건에 다름아니었다.

작가의 대립적 세계관 못지않게 주목되는 것은 텍스트에 구현된 교사의 사상이다. 이는 필경 대립적 세계인식을 통어하는 작가의 심층 인식일 것으로 보인다. 즉 현실의 난장이와 거인들에게 각각의 (–)징표를 극복하게 하여 정상인으로 혹은 참인간다움으로 거듭나게 하는 사랑과 희망의 지렛대로 교사를 설정하고 있다는 소리이다. 『난장이가 쏘아올린 작은 공』의 프롤로그 격인 「뫼비우스의 띠」와 「에필로그」에 등장하는 수학 교사의 기능을 생각해 보면 이 점을 쉽사리 알아차릴 수 있을 것이다. 현실적으로 안과 겉으로 명백히 분리된 두 면을 하나로 만나게 하는 뫼비우스의 띠를 강의하는 것이나, 비인간적 제도교육에 강하게 반발하면서 우주 여행을 떠나겠다고 말하는 교사는 확실히 환상적이지만 조세희식 희망의 지렛대의 결정판에 값하는 인물이다. 이 교사는 뒤에 「나무 한 그루 서 있거라」에 다시 등장한다. 대학 입학고사에서 수학 성적이 나빴다는 이유로 학교에서 쫓겨나다시피 한 그는 이제 환상적 자유인이 되어 본격적으로 우주 여행을 준비한다. 그는 우주의 "어린 왕자를 사랑하는 장미의 힘과 장미를 탐내는 악마의 힘" 간의 역학관계를 계산하면서 여전히 사랑을 강조한다.

> 장미가 모르는 사이에 별은 점령했지만 그들은 질 싸움을 시작했다. 사랑은 약탈로 되는 것이 아니다. 얼마 안 있어 어린 왕자는 소혹성 612호로 가 악마를 내쫓고 우는 장미를 달래 주게 될 것이다.(「나무 한 그루 서 있거라」)[17]

거듭 말하지만 교사의 사상은 곧 작가의 심층 인식을 반영한다고 할 수 있다. 이미 「잘못은 신에게도 있다」에서 작가는 영수의 생각을 빌어 "교육의 수단을 이용해 누구나 고귀한 사랑을 갖도록 한다"고 진술했거니와, 이는 「환경 파괴」에서도 분명하게 나타난다. 유태인의 성전 『위대

---

17 앞의 책, p. 54.

한 연구』에서 "진정으로 도시를 지키는 사람은 교사"라는 부분을 인용하면서, "교사의 희망"이 보장돼야 "우리 아이들이 현실을 바로 읽고 쓰게 될 것"[18]이라는 점을 강조하고 있다. 이런 측면에서 볼 때 「시간 여행」에서 신애가 아이들

---

18 조세희, 『난장이 마을의 유리병정』, pp. 208~209. 『난장이가 쏘아올린 작은 공』에서 '사랑'을 제일의 가치로 내세운 아버지와 달리 큰아들 영수는 '교육'을 매우 중시했다. 사랑과 희망, 교육은 작가 조세희의 핵심어에 속한다. 교육을 중시하는 것은 사랑이 구현될 미래의 희망이 교육을 통해 열릴 수 있다고 생각했기 때문이다. 「희망의 근거」에서 조세희는 "독일에서 가장 추악한 역사로 기억되는 나치 시대를 살았던" 베르톨트 브레히트의 「후손들에게」를 인용한다. "나의 시대에는 길들이 모두 늪으로 가게 되어 있었다. 언어는 살육자에게 나를 드러나게 하였다. 나는 거의 아무것도 할 수 없었다. 그러나 지배자들은 내가 없어야 더욱 편안하게 살았고, 그러기를 나도 바랐다. 이 세상에서 나에게 주어진 나의 시간은 그렇게 흘러갔다. [……] 우리가 잠겨 버린 밀물로부터 떠올라오게 될 너희들은 우리의 허약함을 이야기할 때 너희들이 겪지 않은 이 암울한 시대를 생각해다오. 신발보다도 더 자주 나라를 바꾸면서 불의만 있고 분노가 없을 때는 절망하면서 계급의 전쟁을 뚫고 우리는 살아오지 않았느냐"(조세희, 「희망의 근거」, 『당대비평』 2호, 삼인, 1997.12, p. 11). 브레히트의 시절보다 동시대가 암울함과 고통이 적지 않음을 헤아리면서 그는 그럼에도 희망을 포기할 수 없음을 말한다. 무엇보다 미래 세대인 아이들을 위해 포기할 수 없다는 것이다. 사진 화보와 함께 쓴 에세이인 「두 도시의 파업과 저항—서울·파리 '95~'97 노동자 투쟁」(『당대비평』 3호, 1998.3.)에서 "우리는 머잖아 사라질 세대이다. 미래는 아이들의 것이다. 노동자 투쟁 현장에도 물론 아버지를 따라 나온 아이들이 있었다. 그 아이들은 싸움의 처음과 끝을 다 보았다."라고 보고한 것도 그런 까닭일 것이다.

에게 들려주고 있는 눈물의 이야기는 일종의 교사의 강론이며, 『침묵의 뿌리』는 그 전체가 교사의 강론으로 읽힐 수 있다. 특히 『침묵의 뿌리』 끝부분에서 "'황야의 예언자' 역할까지 어려움 무릅쓰고 맡아"[19] 하는 야학 교사 이야기를 하고 있는 것은 예사롭게 넘길 일이 결코 아니다. 이 교사의 역할과 사상이야말로 사랑을 실천하고 희망을 잃지 않게 하는 핵심축이기 때문이다.

5.3.2. 공해의 환경 생태학

1970년대에 노동 문제, 도시빈민 문제, 주거 문제와 함께 조세희가 골몰했던 주요 테마의 하나로 우리는 환경 공해 문제를 주목할 수 있다. 거인들의 폭압에 의한 인간적 희생 형태가 난장이로 표상된다면, 그 사회적 희생 형태로서 표상되는 것이 바로 공해 문제이다. 산업화의 직접적인 부정적 표출양식이 공해라고 할 때, 그 일차적인 이유는 거인들이 자신들의 부가적인 이윤 확보를 위해 공해 예방을 위한 사회적 비용을 충분히 지불하지 않는 데 있다고 할 수 있다. 이는 더 이상 설명을 필요로 하지 않는 영역일 터이다. 낙동강 하구언 공사 이후의 오염상태를 파헤친 소

---

19 조세희, 『침묵의 뿌리』, 열화당, 1985, p. 137.

설인 김원일의 「도요새에 관한 명상」과 함께 조세희의 「기계 도시」를 비롯한 『난·쏘·공』 연작은 물론 「죽어가는 강」이나 「환경 파괴」 등의 짧은 단편에서도 공해 문제에 대한 발본적 인식이 뚜렷하다. 「기계 도시」의 한 부분을 보기로 하자.

> 수없이 솟은 굴뚝에서 시커먼 연기가 오르고, 공장 안에는 기계들이 돌아간다. 노동자들이 그곳에서 일한다. 죽은 난장이의 아들딸도 그곳에서 일하고 있다. 그곳 공기 속에는 유독 가스와 매연, 그리고 분진이 섞여 있다. 모든 공장이 제품 생산량에 비례하는 흑갈색, 황갈색의 폐수, 폐유를 하천으로 토해낸다. [……] 공장 주변의 생물체는 서서히 죽어가고 있다.
>
> [……] 아이들을 안고 병원으로 달려가던 어른들도 악취 때문에 제대로 숨을 쉴 수 없었다. 눈이 아프고, 목이 따가왔다. 견딜 수 없는 사람들이거리로 뛰어나왔다. [……] 수많은 공장, 그 공장을 움직이는 경영인들, 그리고 그 경영인들을 움직일 수 있는 사람들은 서울에 있었다. 그들은 공장 기계를 돌리기 위해 물리적인 힘만을 사용하고, 그 힘의 일부로 은강의 공해도를 측정, 발표했다.(「기계 도시」, pp. 185~187)

다소 길게 느껴지는 위의 인용문에서 우리는 공해에 대한 작가의 정치경제학적 인식을 뚜렷하게 확인할 수 있다. 즉 공해를 조장하는 것은 거인들의 무정부적 욕망과 반성 없고 사랑 없는 행태 때문인데, 그로 인한 일차적이고 직접적인 피해는 고스란히 난장이들의 몫이 된다는 인식을 드러낸다. 이로 인해 인간적으로나 사회적으로나 난장이 성은 개선되기보다는 오히려 개악되고 있다는 사회비평적 인식의 단면을 읽어낼 수 있다. 이런 인식을 바탕으로 쓰여진 단편들이 「오늘 쓰러진 네모」, 「죽어가는 강」 등이다. 또한 『침묵의 뿌리』에서 을숙도를 다룬 부분도 이런 인식의 연장이라 할 수 있겠다.[20]

5.3.3. 뫼비우스 환상곡의 파열음

조세희의 난장이는 '죽은 땅'에서 고난받다가 죽어간 희생양, 혹은 대속자(代贖者)의 상징이기도 하다. 이미 거론했던 바대로, 난장이의 대자적 사고 형성에 영향을 미쳤던 지섭이 말했었다.: "사람들은 사랑이 없는 욕망만 갖고 있습니다. 그래서 단 한 사람도 남을 위해 눈물을 흘릴 줄 모릅니다. 이런 사람들만 사는 땅은 죽은 땅입니다"(「난장

---

20 공해의 환경 생태 문제에 대해서는 7장 '생태적 애도와 환경 정의' 부분에서 더 자세하게 다룰 예정임.

이가 쏘아올린 작은 공」, p. 102). 확실히 난장이는 이러한 '죽은 땅'이 만들어낸 나약하지만 사랑을 지닌 낭만적 영웅에 값하는 인물이다. 이 약한 낭만적 영웅이 '죽은 땅'을 '산 땅'으로 전화시키기 위해 한 행위는 크게 두 가지이다. 살아서는 벽돌 공장 높은 굴뚝 꼭대기에서 하늘을 향해 '종이 비행기'를 날렸으며, 죽어서는 역시 굴뚝 꼭대기에서 '작은 공'을 쏘아올리는 것이 바로 그 두 가지다. '종이 비행이'나 '쇠공'은 '죽은 땅'에서 '산 땅'으로의 강한 엑소더스에의 의지의 표상이며, 분리의 계기이고, 정념의 화신이며, 실천적 무기이기도 하다. 무엇보다 이는 난장이성에서 탈출하기 위한 기원의 형식에 다름아니다. 이 '종이 비행기'나 '쇠공'이 날아가고자 하는 지향 세상은 바로 사랑으로 지배되는 '산 땅'이며, 그것은 우선 분배의 시적 정의가 이뤄져야 가능한 그런 세상이다.

> 아버지는 사랑에 기대를 걸었었다. 아버지가 꿈꾼 세상은 모두에게 할 일을 주고, 일한 대가로 먹고 입고, 누구나 다 자식을 공부시키며 이웃을 사랑하는 세계였다. 그 세계의 지배계층은 호화로운 생활을 하지 않을 것이라고 아버지는 말했다. 인간이 갖는 고통에 대해 그들도 알 권리가 있기 때문이라는 것이었다. 그곳에서는 아무도 호화로운 생활을 하려고 하지 않을 것이다. 지나친 부의축적

을 사랑의 상실로 공인하고 사랑을 갖지 않은 사람네 집에 내리는 햇빛을 가려 버리고, 바람도 막아 버리고, 전기줄도 잘라 버리고, 수도선도 끊어 버린다. 그런 집 뜰에서는 꽃나무가 자라지 못한다. 날아 들어갈 벌도 없다. 나비도 없다. 아버지가 꿈꾼 세상에서 강요되는 것은 사랑이다. 사랑으로 일하고 사랑으로 자식을 키운다. 사랑으로 비를 내리게 하고, 사랑으로 평형을 이루고, 사랑으로 바람을 불러 작은 미나리아재비 꽃줄기에까지 머물게 한다.(「잘못은 신에게도 있다」, p. 213.)

"사랑으로 일하고 사랑으로 자식을 키우고" 싶었던 난장이, 그래서 열심히 종이 비행기를 날렸고 심지어 쇠공마저 쏘아올렸던 난장이의 희망은 결국 날개를 달지 못한다. 자신의 사랑과 희망을 알아주지 않고 받아주지 않는 세상, 그 죄많은 세상을 위해 그가 현실적으로 할 수 있는 일이라곤 아무것도 없었다. 물론 자기 자신이나 가족을 위해 할 수 있는 현실적인 그 어떤 힘도 상실한 처지였다. 그 마지막 운명의 고독한 순간에 난장이는 자신이 믿던 사랑과 운명을 주관하는 신의 제단에 자기를 바침으로써 두 세계를 통합시키는 대속자로 거듭난다. 이 순간 '뫼비우스 환상곡'은 처연한 떨림으로 울려 퍼진다. 분명 난장이의 죽음은 단순히 억압받고 소외받던 한 기층 민중의 사실적인 죽음일 수는 없다. 그의 죽음은 이제 명백히 대립하는 두 세계를 하나로 통일시키고자 했던 의지의 소산이기에, 곧 분노와 사랑의 뫼비우스 환상곡을 극적으로 고양시켜 주는 일대 사건으로 받아들여져야 하리라. 그는 죽으면서 비록 자신의 육신은 굴뚝 아래로 추락하지만, 자신이 쏘아놓은 영혼의 '작은 공'만큼은 드높게 비상하여 마침내 달나라 천문대까지 솟아오를 수 있기를 희망했는지 모른다. 그 작은 공이 사랑의 빛으로 작용하기를 간절히 소망했는지도 모른다. 그러나 아직 그 공은 '죽은 땅'의 구심력을 벗어나지 못한 상태에 있다. '죽은 땅'과 '산 땅'의 인력 간의 싸움은 여전히 '죽은 땅'의 승리로 결과될 뿐이다. 그러니 '산 땅'을 향해 쏘아올린 공이 여전히 '죽은 땅'의 주위만 맴돌 수밖에. 막 솟아오르려다 추락하는 난장이의 작은 공의 운명은 참으로 기구하게 대물림된다. 난장이의 큰아들 영수의 처형이 이를 명확히 환기한다. 뿐만 아니라 수많은 난장이들이 그 운명의 질곡 속에서 허덕이고 있음을 『난장이가 쏘아올린 작은 공』 이후 단편들의 후일담은 극명하게 보여준다.[21]

---

21 이러한 문제의식을 작가 조세희는 평생을 두고 긴장감 있게 견지한 것으로 보인다. 1997년 9월 창간된 『당대비평』에 편집인으로 참여하면서 쓴 창간사를 비롯한 일련의 산문들에는 그 절박한 의식이 뚜렷하게 피력되어 있다. 「무산된 꿈, 희망의 복원」

5.3.4. 애도와 희망

조세희는 자기 문학의 주인공인 난장이의 죽음을 거듭 애도하면서 절망에 빠지기도 하고 고통스러운 절규를 보이기도 한다. 그럼에도 난장이와 함께 추구했던 사랑과 희망을 끝내 포기할 수 없기에 더욱 곤혹스러운 모색을 계속하지 않으면 안 되었다. 그런 측면에서 「모독」이 펼쳐 보이는 상상력이 주목된다. 연작소설 『난장이가 쏘아올린 작은 공』에서 난장이의 딸 영희가 초점인물로 등장한다. 난장이와 그의 큰아들이 죽은 다음 난장이 가족과 그들과 함께 일하던 공장 동료들은 뿔뿔이 흩어진 상태이다. 영희는 해수욕장 방갈로가 딸린 횟집에서 쓸쓸히 일하면서 '아무도 나를 위해 울지 마라'는 노래를 듣는다. 거기서 영희는 옛 동료들이 제작한 소식지를 받아 읽는다. 옛 동료들의 사연은 제각각이지만, 여전히 그들이 함께 꿈꾸었던 소망스런 삶과는 거리가 있다. 아무도 가난한 그들을 위해 울어 주지 않기 때문이다. 영희에게 경우가 찾아든다.

(『당대비평』 1호, 삼인, 1997.9.), 「희망의 근거」(『당대비평』 2호, 1997.12.), 「빈곤의 강요와 응전」과 「두 도시의 파업과 저항–서울·파리 '95~'97」(『당대비평』 3호,1998.3.), 「적들의 탐욕과 '투사'들의 정열」(『당대비평』 4호, 1998.6.), 「시련의 시절과 시대의 '척추'」(『당대비평』 5호, 1998.12.) 등을 참조할 수 있겠다.

그는 무인도로 가는 게 좋겠다는 생각을 말한다. 신문에서 그는 남태평양 한 무인도에 이상향을 건설하려는 계획을 가진 젊은이들의 이야기를 읽었다. 그들은 "우리가 어느 누구도 괴롭히지 않고 아무도 우리를 괴롭히지 않을 곳으로 가려고 한다"[22]는 것이다. "우리는 세계 어느 곳에서보다도 인간의 가치를 높여 함께 살자는 친구 집단일 뿐" (p. 20)이라고 말하는 그들이 그런 이상향을 동경하게 된 동기는 인간관계에 있었다. 경우가 거기에 동참하고 싶었던 것은 어른들에 대한 실망 때문이다. "어른들이 하는 일은 정말 참고 볼 수가 없어."(p. 21)라고 말하는 그가 보기에 어른들은 계획에서 실행에 이르기까지 기대할 게 전무하다. 능력도 그렇지만 윤리적으로도 그렇다. "어른들이 밑의 사람들을 억눌러놓지 않고, 또 남이나 무엇에 책임을 전가하지 않고 자기 잘못을 인정하는 것을 본 적이 있니?"(p. 21) 그날 밤 숙소에 엄청난 해일이 덮쳐 영희와 경우는 고난을 겪는다. 실제로 거친 해일이 할퀴고 간 자리에는 사망자도 생겨났을 정도였다. 이 재해 앞에서 철저하게 모독당한 두 젊은이는 다시 절망한다. "어른들을 만나면 지긋지긋하다고 말하자."(p. 25).

---

22 조세희, 『시간 여행』, p. 20.

『난장이가 쏘아올린 작은 공』 연작 중 「궤도 회전」에서 여고생인 경애는 대기업 회장인 자기 할아버지의 묘비명을 이렇게 썼다. "화를 쉽게 냈던 무서운 욕심쟁이가 여기 잠들어 있다. 돈과 권력에 대한 욕심 때문에 그는 죽었다. 평생을 통해 친구 한 사람을 갖지 못했던 어른이다. 자신은 우리 경제 발전을 위해 큰 업적을 남겼다고 자랑하고는 했으나 국민 생활의 내실화에 기여한 것은 하나도 없다. 그가 죽었을 때 아무도 울지 않았다."(pp. 178~179). 경애의 할아버지는 지긋지긋한 어른의 대표적 인물이었다. 그런 어른의 세계를 비판하면서 고등학생들이 떠올린 과제는 "사랑·존경·윤리·자유·정의·이상과 같은 것들"(p. 179)과 관련된 것들이었다. 이 과제들을 구체적으로 실현하기 위해 「모독」에서는 이상향을 찾아 나서려는 젊은이들이 이야기를 제시한 것이다.

요컨대 「모독」은 타락한 어른의 세계를 애도하고 새로운 세대의 희망의 가능성을 탐문한 작품이다. i) 어른들의 세계(기성세계)는 타락했다. ii) 영희와 그 친구들 소식에서 알 수 있는 안타까운 사연들이 그 구체적인 예증들이다. iii) 어른들이 하는 일은 무서운 죽음을 몰고 오는 거친 해일로 비유될 수 있다. iv) 그래서 젊은이들은 무인도에 가서 새로운 이상향을 만들고자 한다. v) 그 이상향에서 타락한 인간관계를 해소하고 "사랑·존경·윤리·자유·정의·이상과 같은" 과제들을 실천하고자 젊은이들은 노력한다. vi) 그것은 난장이를 애도하는 진정한 모습의 일환이며, 그것을 통해 세상의 비극적 문제들을 해결할 수 있을 것으로 새로운 세대들은 기대한다. vii) 실패한 어른의 세계와는 달리 새로운 세대들이 만들 세계는 희망적이기를 작가는 간절히 소망한다.

5.4. '난장이' 현상의 역사성과 반역사성

나는 작품 속 인물에게 아주 큰 자유를 주어
5.16, 4.19와 6.25,
그 위에 식민지 시대, 조선시대의 전란,
그리고 초토화된 고려땅까지,
그러니까 결국 우리 모두의 역사를 거슬러 올라가 보는
'고통 여행'을 시켰다.
수많은 눈물강을 건너며 눈물로 온 몸을 적시지 않고서는
아무도 이 코스의 여행은 끝낼 수가 없다.
(『침묵의 뿌리』)[23]

23 조세희, 『침묵의 뿌리』, p. 119.

5.4.1. 반성하는 중산층의 시선과 고통의 시간 여행

난장이가 소망했던 세계 창조는 이루어지지 않았다. 그가 꿈꾸었던 사랑과 희망은 아직 세계 저편 깊숙한 어둠 속에 갇혀 있을 뿐이다. 그의 희생과 대속 행위가 철저하게 실패로 끝날 수밖에 없었다는 것은 근대성의 비극을 여실히 반영하는 것이 된다. 앞에서도 언급했던 것처럼, 조세희는 「연극」에서 이 사실에 대해 극도로 고통스러워한다. 사랑과 희망을 담보하고 있는 난장이를 작가가 죽인 것이냐, 세계가 죽인 것이냐에 대한 내밀한 고통과 점검이 그 짧은 단편의 형상이었다. 고통 속에서 그는 아인슈타인의 특수 상대성 원리를 응용해서 난장이 생전의 모습으로 돌아간다. 거기서 그는 난장이의 쓸쓸한 등을 확인하고, 이제 그 쓸쓸한 등의 모습에서 난장이들의 역사적 풍경을 떠올리게 된다. 그 풍경화가 바로 중편 「시간 여행」의 줄기를 이룬다.

「시간 여행」을 읽으면서 우선 주목되는 것은 작가의 변모된 시선이다. 즉 이야기를 끌어가는 중심 인물의 시선이 난장이 혹은 거인의 것에서 '신애'라는 중산층 여성으로 바뀌어 있는데, 이는 확실히 주목거리가 아닐 수 없다. 즉 중간자의 시선을 끌어들인 것이다. 물론 연작 『난장이가 쏘아올린 작은 공』의 「칼날」과 「육교 위에서」에서 중간자의 매개적 역할이 등장하거나, 완성되지 못한 장편 『천사의 날개』에서 중산층 여성(과학자의 딸)이 주인공으로 나타난 적은 있었다. 하지만 여기까지는 현상적인 등장에 비해 실제의 세계관찰능력이나 세계조정능력은 대단히 미약한 상태일 수밖에 없었던 터였다. 그런데 「시간 여행」의 주인공 신애는 명실상부하게 주체적 입지를 확보하고 있는 인물이다. 작가는 거의 전 시간 여행의 행로와 구역을 바라보는 데 있어 신애의 시선에 의존하고 있다. 광선이 그녀에게 중점적으로 비춰지는 형편이며, 부수적인 조명 역시 그녀를 축으로 이루어진다. 그렇다면 신애는 과연 누구인가?

「칼날」에서 신애는 아직 중산층의 중심부에 들지 못하는 주변부의 인물이다. 앞뒤 집의 큰 TV 소리나 유별스런 고기 굽는 냄새에 신경 죽여야 할 형편이며, 특히 원활한 수돗물 공급을 간절히 기다려야 하는 지경이다. 여기서 수돗물을 받는데 여간 고충이 아니라는 사실은 그녀가 도시적 삶의 중심부에 속하지 못하며, 그녀의 삶이 물 흐르듯 원활하지 못함을 단적으로 상징해 주는 예라 할 것이다. 하지만 난장이로 상징되는 주변부의 주변부, 곧 완전한 하층민과는 또한 구별되는 계층이다. 그러니까 그녀는 일종의 경계인의 한 초상이었던 셈이다. 그럼에도 불구하고 그녀의 도덕적 의식은 난장이 쪽에 가까이 있다. 수도를 고치는데 굳이 난장이의 도움을 받으며, 그 과정에서 난장이에게 횡포를 가하는 무리들에게 그 인식의 칼날을 들이대는 사건이 이를 뒷받침 하고 있다. 그녀는 낮지만 분명한 목소리로 말한다: "저희들도 난장이랍니다. 서로 몰라서 그렇지, 우리는 한편이에요."(「칼날」, p. 57) 이렇게 도덕적 의식 면에서는 분명히 난장이 편이다. 하지만 그 내부에 사회적, 실존적 욕망이 없을 수 없었던 것. 이에 「시간 여행」으로 넘어 오면서 신애는 일종의 작은 루비콘 강을 건넌다. 난장이들과 이웃했던 비스켓처럼 얇았던 '땅집'을 청산하고, 한강이 내려다보이는 곳에 잘 지어진 넓은 아파트로 이사한 사건이 그것이다. 전자레인지와 에어컨을 설치하여 보다 안락하게 살 수 있게 된 아파트로 이사오면서 이제 신애는 "단순한 이사가 아"니며, 그러니 "옛날 칼과는 헤어져야"한다면서, "시간이 됐어요. 그럼 이제 국경을 넘어요"(「시간 여행」)[24]라고 말한다. 주변부에서 중심부로 진입하는 욕망의 출사표에 다름아니다.

신애가 루비콘 강을 건너 왔으므로 이제는 난장이와 이웃이 아니다. 신애의 이사와 더불어 조세희 소설의 기본

---

24 조세희, 『시간 여행』, p. 164.

시선이 중산층의 시선으로 확실히 바뀐다. 신애의 시선은 대체로 이런 특징을 갖는다. 첫째, 경계인의 입장에 있으므로(이사한 것은 경계인의 스펙트럼에서 일정한 상향운동을 했음을 의미하지만, 그럼에도 불구하고 여전히 난장이와 거인 사이의 틈에 끼어있는 경계인이기는 마찬가지이다) 보다 폭넓은 안목으로 현실과 사회구성체를 조감할 수 있는 능력을 지니고 있다. 둘째, 6·25와 4·19, 5·16, 유신 등의 역사적 격변기를 살아온 세대의 감각으로 우리의 역사를 부감하면서 미래의 새로운 지표를 도모하고자 하는 희망을 안고 있는 인물이다. 이때 세대론적 감각이라 함은 독특한 역사의 격랑을 겪어야 했던 세대로서, 나름대로 역사의 이상과 현실을 조화시키고자 하는 노력의 소산에서 도출될 수 있을 법한 것을 가리킨다. 그러므로 자연히 이상의 역사적 현실화 논리에 상당 부분 근접한 것인데, 이로 인해 당연하게도 다음 세대인 '영희들'과 충돌하기 쉬운 그런 감각이기도 하다. 그것은 '영희들'이 현실의 이상화를 희망하고 지향하기 때문이다. 이런저런 이유로, 셋째, 신애는 「시간 여행」의 주인공으로 적합한 시선을 구유한 인물이 될 수 있었던 터였다. 요컨대 신애가 시간의 매개자요, 역사적, 현실적, 사회적 관점의 매개자의 구실을 충분히 수행하고도 남음이 있는 까닭이다. 왜 그런가? 무엇보다 그녀가 시간의 간극과 관점의 틈 사이에서 반성하는 사유체계로 스스로와 전체를 각성시켜 나가고자 노력하는 인물로 형상화될 수 있었기에 그렇다고 우리는 자신있게 말할 수 있으리라.

반성하는 중산층의 시선을 가진 신애를 따라가며 '시간여행'을 하는 것은 곧 '고통 여행', 바로 그것이다. 내가 고통 여행이라고 잘라 말하는 이유는 결코 다른 데 있지 않다. 그것은 신애와 함께하는 시간 여행이 곧바로 난장이 현상의 역사성을 더듬는 일이며, 나아가 우리 역사의 반역사성을 확인하고 통한의 눈물을 흘려야 하는 고통의 여정 이외에 다른 것이 아니라는 생각에 근거한 것이다.

신애의 눈은, 그녀의 칼이 "수많은 담금질과 수없이 많은 망치질"로 벼려졌듯이, 수많은 난장이성의 역사를 추스를 수 있는 수없이 많은 더듬이를 지니고 있다. 그 눈은 남편 현우를 통해 "칠 세기나 더듬어 올라가 몽고군의 화살촉까지 찾아"내는가 하면, "초토화된 고려에 닿아" "일본 쓰시마 해적이 쏜 …… 또 다른 화살촉"을 찾아내기도 한다. 아울러 "낯선 무기를 든 옛날 침략자들을 내다보고, 그들이 불질러 활활 타는 옛날 땅을 내다보고, 강간당하는 옛날 땅을 내다보고, 불질러져 또 불 타고 또 학살당하고 또 할퀴어지는 은행나무의 옛날 땅을 내다"(「시간 여행」, p. 174)보기도 하는 눈이다. 그녀의 눈이 더듬고 지나간 자리에서 우리는 눈물의 역사를 확인한다. 눈물을 흘리는 쪽이 언제나 난장이 쪽이었던 역사적 현상을 생각한다면 그것은 곧 난장이성의 역사라 할 수 있겠다. 여기서 물론 난장이성이란 말은 계급적인 차원으로 국한 시킬 것이 아니다. 민족적인 차원으로 확산하고 보다 근본적으로는 인간 본연의 차원으로 인식의 폭을 넓혀나간 차원에서 우리는 난장이성이라고 부른다. 취약한 난장이로 살아온 역사, 그것도 난장이의 눈물로 범벅이 된 역사는 결코 건강하지 못한 것이다. 우리가 소망하는 바 역사적 이성에 근거한다면 그것은 정녕 반역사적인 파노라마다. 「시간 여행」에서 신애의 눈에 보다 집중적으로 포착된 반역사적인 파노라마는 금세기에 펼쳐진 것들이다. 이를 신애는 다음과 같이 정리한다.

> 그날 가차 없는 눈물의 단단한 토대가 되어 준 빈곤—질병—무지—기아—기근—홍수—죽음—이별, 그리고 깜깜한 악마의 얼굴을 한 전쟁 같은 것들은 백년이라는 한정된 시기를 자유롭게 넘나드는 것이었지만 그것들의 이런 말, 타들어 가는 논빼미—보리밥—보리밥 없음—엄마의 뱃속에 적 들었음—아버지 없음 · 죽었음—징용—징병—전차길에서도 보인 애총에 많은 아이 묻혔음—오늘

은 설것이 할 것도 없음—어제는 공출날—38선의 여름—아버지에게 없었던 우리 땅에 밤새도록 불총 쏨—서로 적 많이 죽임—모두 알 만한 얼굴—집중 포화—기총소사—장질부사—폭격—폭파—아버지 또 죽었음—아내의 길—미망인의 노래—보리밥 또 없음—아들도 죽었음—배급소—전진.후퇴.전진—5촌의 4촌 사살—깃발 잘못 들었음.바뀌었음—학살—밀고—복수—적 안 보임·보임—없음·있음·있음—발사—발사……와 같은 말들은 모두 백 년 이쪽의 일, 오십 년, 또는 삼사십 년 안쪽의 일……로, 말은 정연하고, 쉽고…… 이상하겠지만, 설명할 수 없는 일에 …… 우리는 참 모를……장님의 일 같은 ……다시 말하자만, 남은 설명할 수 있어도 우리는 설명할 수 없는……참 알 수 없는……눈물의 성분과 슬픔의 무게……또 덧붙이면, 제삿날—그쳐.뚝.뚝—모든 보따리에 대물린 놋수저—놋수저에 사별한 혈육이 남긴 입술 자국—우리 보따리에 사별한 식구들의 빛바랜 사진 많음……(「시간 여행」, pp. 205~206).

텍스트에 대한 직접적인 독서가 너무 길어진 감이 없지 않지만, 이 부분을 신중하게 살펴볼 필요가 있다. 신애의 직접적인 표현대로라면 눈물의 역사요, 보다 정확히는 눈물의 원인을 제공한 토대의 역사 부분에 대한 일목요연한 서술이 명징하게 돋보이는 부분이기 때문이다. 여기서 (—) 사이에 들어 있는 각각의 단위들은 물론 이 땅의 난장이들을 눈물짓게 한 역사적 형상이다. 하나하나가 빛바랜 슬라이드 필름처럼 우리의 시야를 장악한다. 이 슬라이드 필름들이 (—)의 긴장 과정을 거쳐, 디지털 식으로 斷續되면서 난장이성의 역사를 이룬다. 이 난장이성의 역사를 집약적으로 추상화한 서술이 "빈곤—질병—무지—기아—기근—홍수—죽음—이별" 부분이다. 이를 다시 한편 추상화 하면 바로 '난장이성'이 되는 것이다. 그러니까 이 대목에서 우리는 난장이성의 지속, 반복, 순환 양상을 역사의 이름으로 확인하게 되는 것이다. 계기적인 서술을 계열화해 보면 그 모든 서술이 난장이 계열로 촘촘히 정리될 수 있기에 그러하다. 이를테면 난장이에서 난장이에로 '대물린 놋수저' '보따리'를 낱낱의 슬라이드 필름으로 풀어헤친 것에 다름 아니다.

난장이성의 역사, 그 반역사성의 역사를 개괄하는 시간 여행을 하면서 신애는 이상하고 설명할 수 없는 일이라고 말한다. 그렇다. 무슨 말과 논리가 있어 이 지독한 난장이 현상을 설명할 수 있겠는가. 설명할 수 없는 이상한 난장이 그림들을 자꾸만 쏟아내는 예의 슬라이드 필름통은 저주받은 운명의 판도라 상자와 매우 닮아 있다. 그것은 고통의 상자이다. 또한 눈물의 상자다. 그러나 그 고통의 상자와 전혀 무관하게 살아온 사람들, 하여 전혀 눈물을 흘리지 않았던 계열이 있었음을 주목하고 신애는 거듭 고통스러워하며 분노한다. 그러면서, 『난장이가 쏘아올린 작은 공』 연작에서도 그랬듯이, 양 계열 모두에게 반성하고 각성하라고 촉구한다. 이 숨은 역설로 「시간 여행」의 의미를 돈독히 하고자 했다.

5.4.2. 圓의 눈물과 角의 눈물, 혹은 눈물의 형이상학

조세희는 「시간 여행」에서 소위 '눈물의 여행'(9~16절) 부분에 유별난 공을 들이고 있다. '눈물열차'에서 벌어졌던 일련의 사건들을 환상성과 알레고리, 시적 메타포들의 무늬로 그리고 있는 이 부분에서 우리는 작가가 제기하고 있는 눈물의 형이상학을 어렵게나마 읽어낼 수 있다. 그것은 난해한 형이상학인데, 그럼에도 불구하고 그 기저에는 작가의 대립적 세계관이 자리잡고 있다.

이는 전쟁의 비극을 가득 실은 열차 안에 탄 사람들의 운명이 결코 하나로 모아질 수 없다는 절박한 문제의식에서 비롯되는 것이다. 외형적으로 부기에 하나같이 전쟁의 피해자일 수 있으나 결단코 그렇지 않다는 사실. '불행의 사정권 밖'에서 '아무 피해를 입지 않은 사람들'이 버젓이 존재하고 있다는 사실을 작가는 반성하는 중간자의 시선을 통해 묘파하고 있다. 이를 난장이와 거인의 대립 양상

안에서 이해하자면, '피해 입음/피해 입지 않음//눈물 흘림/눈물 흘리지 않음'으로 풀이할 수 있겠다. 즉 대부분의 사람들이 피해를 입고 눈물을 흘리는 데 반해, '결코 무슨 일이 일어나도 고통받지 않을 1 내지 2 퍼센트'의 '거인'들은 피해의 치외법권 지대 사람들이며, 눈물의 이방인들이라는 것이다. 이에 신애는 '다가올 한 세기를 염두에 두'고 '모든 사람들을 눈물바다로 끌어들이자는 계획'을 세운다. 여기서 물론 '다가올 한 세기를 염두에 두'었다는 것은 미래에의 희망을 예비함이겠고, '모든 사람들을 눈물바다로 끌어들이자는 계획'은 인간의 전본질적인 반성과 각성을 토대로 한 것이라 할 수 있겠다. 해서 열차 안 군중들을 상대로 '우세요. 모두 소리내 우세요'라 외친다.

> "남의 일이 아닌 자신의 일로 울어 주세요. 솔직히 말씀드리면, 죄를 생각하고 우는 어른이 필요해서 그럽니다. 참회의 눈물이 필요해요. 양심의 가책을 느끼며 우는 어른이 우리에게는 필요합니다."(「시간 여행」, p. 208).

단순히 그냥 울어서는 안 된다는 것, 죄로부터 양심의 가책을 느끼며 우는 진정한 참회의 눈물이 필요하다는 것이다. 이런 각성의 눈물이야말로 곧 역사 바로 쓰기 위한 눈물이며, 인간 제자리 찾기 위한 눈물이 될 수 있겠기에 그 호소의 절박함을 우리가 미루어 짐작할 수 있다.

> 보라, 16세기 눈물과 20세기 눈물의 다른 점은 무엇인가? 몇 세기라는 시간상의 거리가 있는데도 눈물 모양이 같다. 무슨 정신의 빈곤이 이런 결과를 낳았을까? 이 시대 사람들은 눈물로 자신을 표현했다. 그러면서 왜 눈물로 각성할 수 없었을까? 무엇이 각성을 방해했던 것일까?(「시간 여행」, p. 209).

"눈물의 정신이야말로 자유의 정신"(p. 202)이라고 말하는 조세희의 지혜로 일구어낸 눈물의 형이상학이 던지는 핵심적 문제제기 방식이다. 이를 더듬어 정리해 보기로 하자. i) 인간의 전반적인 비극적 상황에서는 모두가 눈물을 흘릴 수 있어야 한다. 불행의 사정권 밖에서 어떤 피해도 입지 않으며 눈물을 모르던 사람들도 이제는 사랑과 희망의 미래를 위해 참회와 각성의 눈물을 흘려야 한다. ii) 눈물을 흘렸던 사람들도 이제는 새로운 눈물을 흘려야 한다. 물론 이 새로운 눈물은 전본질적인 각성에 근거해야 한다. iii) 이렇게 모두가 '각성의 눈물샘'으로부터 눈물을 공급받을 때 눈물의 정신은 자유의 정신이 되며, 미래의 사랑과 희망으로 이어진다.

이런 추론을 뒷받침하기 위해 우리는 작가가 구분한

눈물의 두 형태를 이해할 필요가 있다. 나는 논의의 편의를 위해 그것들에 이름을 붙여 보았는데, 圓의 눈물과 角의 눈물이 바로 그것이다. 조세희의 눈물여행에서 원의 눈물은 '둥그런 ○의 눈물'이다. 현실적으로 주어진 운명에 억압당하면서 현존을 슬퍼만 하는 즉자적인 눈물의 형태이다. 이 눈물은 '정신의 빈곤' 현상을 반영하는 것이며, 각성없이 역사적으로 대물림되는 것이기에 똑같은 눈물 모양, 똑같은 난장이 현상만을 거듭 반복적으로 연출하는 무기력한 것이다. 원론적으로 보면 '둥그런 ○' 혹은 圓은 원융자재(圓融自在)의 상징으로써 이상적인 상태일 수 있겠으나 여기서는 사정이 정반대이다. 있는(在) 상태가 바로 타락한 상태이므로 그 자체로써 둥글어 아무런 막힘도 없고 걸러냄도 없는 상태란 곧 타락의 형국이 지속, 반복되는 것을 의미하는 것 이외에 아무것도 아니기 때문이다. 즉 신애의 표현 그대로 그 눈물로는 '아무것도 이룩할 수 없기 때문이다. 보이는 것 가운데 그 눈물로 이룩한 것은 아무것도 없다.' 이런 둥그런 ○의 눈물만 계속 흘려' 짓이겨진 유기체처럼 흉한 모습으로 겨우 살아남는다면 우리는 다시 엉뚱한 방향으로 머리를 트는 어떤 괴물의 꼬리에 매달려 끌려가는 꼴이 될 것이다.' 그러니 이제 우리에게 진정으로 필요한 것은 圓의 눈물과는 질적으로 전혀 다른

角의 눈물이다. 이 角의 눈물은 곧 覺의 눈물로 통한다. 이 눈물은 '가까운 미래를 엉망으로 망가뜨리려는 음모가 수도 없이 꾸며'지고 있는 현실악을 거부하고, 타락한 체제가 요구하고 강요하는 눈물로부터 온전히 자유로울 수 있을 때, 그리고 진정한 인간의 삶이 영위될 희망의 미래와 그 미래로 다가가기 위한 사랑의 실천을 궁행하고자 각성할 때 비로소 터져나오는 눈물이다. 그러므로 거듭 말하지만, 角의 눈물은 覺의 눈물이다.

> 우리 둥그런 ○의 눈물은 봉쇄도로 앞에서 방향을 바꾸어 몸 안으로 들어갔다. 속으로 운다는 말뜻을 그때 알았다. 그 결과 우리는 모와 날을 지닌 눈물을 흘리지 않으면 안되었지만, 영희야, 우리는 눈물의 긴 세기를 통해 둥그런 눈물을 거부한 최초의 철부지가 되었다. ×·△·□·◇·⬠·☆! 우리는 부호와 같은 눈물을 흘렸다.(「시간 여행」, p. 217)

5.4.3. 난장이 시간의 역사성

신애들이 覺의 눈물인 角의 눈물을 흘렸다는 것은 무엇을 뜻할까? 현실의 난장이 시간에서 벗어나 사랑과 희망의 시간으로 역사를 진보시키기 위한 안간힘이 아니었을까? 그런데 그 각의 눈물은 아직 힘을 지닐 수 없었다. 구호 급식이 어른들에 의해 어처구니없게 파산되는 사건이나 대추나무에 걷어 채이는 우화적 에피소드가 이를 입증한다. 어른들에게 각의 눈물을 호소했던 신애는, 그로부터 30년 후, 어른이 되어 아직 죄짓지 않은 세대인 아이들 앞에 서서 자신의 이야기를 하고 있다. 4·19 때 수태하여 5·16 때 낳은 딸 영희가 이제 그녀 앞에서 "어른들이 우리의 ⊧어丫를 자꾸 롬군ㅓㄱ금ㅐ丫공ㅓㄷ"(p. 185)며 항변하고 있는 실정이다. 하고 보니 과거의 시간 여행에서는 당당할 수 있었으나 현실과 미래의 시간 여행에서는 암담할 수밖에 없는 처지에 놓이게 된다. 이제는 그녀 스스로가 "죄 지을 차례가 되었"(『침묵의 뿌리』, p. 123)던 것일까.

현실과 미래의 시간 여행에서 보다 주체적인 추동력을 지니고 있는 인물인 영희는 독서회를 조직하여 의식의 지평을 다지는가 하면 시장에서 수제비를 나눠주는 등으로 과거와 현실의 시간 혹은 역사에 대항하는 행동을 한다. 이 행동이 신애에겐 안타깝고 걱정스러운 일로 받아들여진다. 30년 전에 그녀가 행동하다 '대추나무에 걷어채임'을 당했듯이 자기 딸이 다시 그 비극을 반복적으로 당할까 하는 우려의 소산이다. 이에 신애는 영희와 정면 대립하기도 한다.

〈우리는 성냥불이 도화선에 닿는 순간에 살고 있다.〉「닥쳐 올 재난에 대해 아무리 소리쳐 본들 소용이 없다.」〈고난당하는 자로서, 불의로 인하여 격분되어 있는 자로서 우리는 존재한다.〉「버려라.」〈우리는 견디기 어려운 싸움에 지쳤다.〉「버려라!」〈우리는 악행의 무언의 증인이었다. 우리는 악에 익숙해져버렸다. 우리는 위장술과 애매하게 말하는 법을 습득했다.〉「모두 버려라. 책도 버리고 노트도 버리고, 모든 유인물을 버리고, 무의미한 토론석상에서 긴 말만 하게 할, 경구들로 가득찬, 그리고 무엇보다 너를 위험으로 몰고 갈, 그것들을 버릴 때 머릿속에 남아 있는 것들도 함께 버려라.」(「시간 여행」, p. 247)

바로 여기에 신애의 고민이 얽히고설켜 있다. 그녀의 시간 여행이 과거에서 현재로 또 미래로 자유롭게 진행되지 못하는 까닭도 전적으로 여기에 있는 것이다. 그녀의 고민과 딜레마는 실상 그녀만의 것이 될 수 없다. 아직 죄짓지 않은 세대, 그래서 그녀가 30년 전에 그랬듯이 진솔하게 반성할 줄 아는 세대, 그리고 그 반성과 각성에 근거하여 행동하려는 세대와 외양적으로 대립할 수밖에 없는 신애의 운명, 그것은 가히 한국의 1970년대 말 혹은 1980년대 초 소시민들의 전형적인 운명에 값하는 것이 아니겠는가? 난장이성의 역사가 계속되는 현실, 그 반역사적 질곡의 현실을 살아내면서 그것에 저항하고자 최초로 각의 눈물을 흘렸으나, 본질적으로 사랑과 희망의 역사를 이뤄내지 못하고 그러구러 고통 속에서 다음 세대의 비판을 감내하거나 그것을 설득하거나 또 때에 따라서는 팽팽히 맞서야 하는 신애의 운명적 족적에서 4·19 세대의 운명을 떠올린다 해도 지나친 잘못은 없을 것이다.

그런 운명 때문에 마지막에 "신애는, 눈앞이 캄캄해진"다. 눈앞이 캄캄해진 그녀의 미래를 향한 시간 여행의 탈출구를 영희들을 위해 기도하는 데서 찾는다. 위험에 빠진 영희와 그 친구 도망자를 위해 아울러 그들 때문에 또한 위험에 빠진 자신을 위하여 구원과 희망의 벼리같이 "끊어지지 않을 싱싱한 동아줄"을 내려보내 달라고 기도하는 것이다. 그러니까 그녀는 이 구원의 동아줄로 다음 세대와 함께 새로운 시간 여행을 떠나고자 기투하고 있는 것이다. 이 기투 과정에서 "우리가 원하는 것은 진보요"라는 도망자의 갈급한 말을 듣게 된다. 이 소리를 들은 "신애는 주방으로 달려가 수납장 문을 열었다. 행복동 땅집에서 옮겨 온 것들이 철망선반 위에 놓여 있었다"(p. 249). 이것으로 소설은 끝난다. 신애가 칼이 들어 있는 수납장을 여는 것으로 「시간 여행」의 막이 내려진 것이다. 그 칼은 물론 「칼날」에서 난장이를 억압하는 사람들을 향해 날을 디밀었던 것으로써, 국경을 넘는 기분으로 땅집에서 아파트로 이사 오면서도 버리지 않고 간직해온 것이었다. 결코 단순한 칼일 수 없다. 김병익의 적절한 지적대로, "거기에는 '대장장이의 숱한 풀무질'이란 유구한 역사와, 그 역사에 대한 분노와 눈물의 각성이 서려 있다는 시적(詩的) 내포를 갖고 있다."[25] 그러므로 신애가 칼을 찾아 바라보는 것으로 끝난 것은 상당히 의미심장한 것이다. 「칼날」에서 난장이와 더불어 자기동일성을 발견하게 해준 계기가 그 칼이었듯이, 여기서도 그 칼은 대립하던 영희들과의 최소한의 화해 속에서 공동선과 자기동일성의 발견 쪽으로 나아갈 수 있는 추동력을 예비한 매개체라 할 것이다. 칼의 본래 상징이 정의와 판별에 있듯이, 이제 신애도 그 칼을 통해 30년 전 자신이 흘린 각의 눈물의 형이상학을 반추하고, 당시의 분노와 각성이 오늘의 영희들의 분노와 각성과 어떻게 만날 수 있으며 또한 여하히 진보할 수 있을지를 판별하고자 할 것이다. 그리고 칼의 판별을 통해 미래로 통하는 사랑과 희망의 시간 여행을 계속하고 싶어할지 모른다. 그러나, 그녀는 그 판별을 위해 아주 오랫동안 수납장 문을 열어둔 채 그 칼을 바라보고 있어야 할지도 모르겠다. 구

---

25 김병익, 「역사에의 분노 혹은 각성의 눈물」, p. 266.

원과 희망의 벼리같은 동아줄이 하늘에서 내려오기 어려운 것과 한가지로 그녀의 판단 또한 매우 지난한 작업일 것임에 분명하기 때문이다. 난장이에게 달나라로 통하는 공간 여행이 닫혀 있었듯이, 신애에게도 미래로 통하는 시간 여행의 전망은 아직 여전히 닫혀 있는 상태가 아닐까? 그것이 난장이의, 신애의, 영희의, 또 그 누구의, 조세희의, 결국 우리 모두의 답답함이며, 쓰라린 고통이 아닐 터인가?

그러므로 조세희의 역작중편 「시간 여행」은 우리의 역사와 현실에 있어서 고통스런 억압의 시간 의식을 환기하는 소설이라 할 수 있다. 예의 고통스런 시간대를 곱씹어 체험케 함으로써 분노와 각성을, 나아가 대자적 역사의식을 촉구하고 있는 작품이다.

5.5. '침묵의 뿌리', 그 부끄러움과 죄의식의 도상학(圖像學)

어느 날 나는 내가 써야 할 많은 말들을
한순간에 잃어버리고 말았다.
말들은 돌아오지 않았다.
—『침묵의 뿌리』[26]

5.5.1. 침묵한 작가의 내면풍경과 사회비평

『난장이가 쏘아올린 작은 공』에서는 공간 여행을, 「시간 여행」에서는 시간 여행을 시도했던 작가 조세희는 한동안 침묵에 빠지게 된다. 등단하고 『난·쏘·공』 연작을 발표할 때까지 침묵했었던 그가 다시 침묵에 빠진 이유는 무엇일까? 대립적 세계관에서 출발하되 그 대립을 초극할 수 있는 사랑과 희망의 지평을 모색하느라 '뫼비우스 환상곡' 같은 이야기를 '카오스모스 수사학'으로 탈구성하면서 다채로운 문학적 시도를 했던 그였다. 그런데 1980년 5·18을 거치고 신군부가 다시 집권하는 현실에 그는 너무나도 고통스러울 수밖에 없었던 것 같다. 마치 공동묘지와도 같던 고요한 어둠과 미망의 시대를 사는 삶은 무엇이고, 그런

26 조세희, 『침묵의 뿌리』, p.96.

시대에 소설은 무엇인가에 대해 무척 고민이 많았던 것으로 보인다.

1985년에 출간된 사진 산문집 『침묵의 뿌리』에서 작가는 이렇듯 엄혹했던 시절의 사회적 풍경 속에서 자신이 침묵해야 했던 속사정을 밑바탕에 깔면서 담담하게 내면풍경을 드러낸다. 그러면서도 대립적 세계관에 근거하여 날카로운 사회비평의 '칼날'을 어둠의 장벽을 향해 들이댄다. 사회비평적 혹은 문명비평적 맥락에서 의미심장한 메시지를 사진 이미지와 함께 드러낸다.

문제 제기의 초점은 우선 경제적 측면에 있는 듯 보인다. 이것이야말로 『난·쏘·공』 이래로 조세희 문학의 토대가 되는 주 관심사가 아니겠는가. 그에 의하면 바야흐로 "경제 발작 시대"(p. 103)는 난장이성이 증폭되는 시대와 크게 다르지 않다. 그의 소망은 사랑과 희망에 근거해 난장이도 거인도 함께 온전한 사람으로 거듭나는 것이었는데, 현실의 동향은 그 반대로 전개되는 것처럼 보였다. 발작에서 화해로 나가야 문제를 풀 수 있게 된다. 욕망과 소유, 재소유를 함께 나누어 분배의 경제 정의를 이뤄야 온전하게 인간다운 삶을 살아갈 최소한의 근거가 확보되는 것이다. 이것이 바로 조세희가 우리에게 보여주고 있는 분배의 경제시학(經濟詩學)이다. 이 점이 소설사에서 조세희를

단연 돋보이게 하는 부분이다. 그는 분배의 경제 정의를 구현하는 데 있어 기계론적 계급혁명에 기대지 않는다. 그가 궁극적으로 꿈꾸는 세계는 경제 정의의 바탕 위에서 시적 정의가 이루어지는 사랑의 세계이기 때문이다. 반복이 되겠지만, 조세희가 자꾸만 '뫼비우스의 띠'나 '클라인씨의 병'에 몰입하면서 사랑의 뫼비우스 환상곡을 연출하려는 것도 이런 소망에서 비롯되는 것이다. 적어도 그는 제로섬게임을 넘어서 합이 양(+)이 되는 게임에 승부수를 띄우고자 한 작가이다. 세상을 보는 그의 눈과 세상을 향한 글과 말이 엄혹한 난관에 봉착한 사정을 우리는 이런 데서 찾아볼 수 있겠다. 분배의 경제시학은 조세희 문학의 어떤 중핵이다.

본격적인 게임 이전에 그가 예비한 문제 인식은 언제나 대립적인 세계관에 바탕을 둔다. 기아와 과식이 팽팽히 맞서고 있는 '경제 발작 시대'이고 보면 당연한 일이 아닐 수 없다. 그 "두 세계의 감정 충돌을 막아줄 부드러운 스폰지 같은 존재"(p. 17)를 아직 지니지 못했기에 그랬다.

> 몇 나라의 안전과 풍요, 그리고 그들이 누리는 자유가 다른 나라의 불안, 빈곤, 속박 같은 것과 관련을 갖는다면 이 이상 무서워해야 할 일은 있을 수 없다(p. 39).

> 세계는 고르지 못하다. 하늘 높이 올라가 지구를 내려다보지 않고도 우리는 두 개의 상이한 구역으로 나뉘어진 세계의 사정을 알 수 있다. 중남미와 아프리카, 아시아의 가난한 나라들이 비슷한 환경에 놓여 있고, 서방 선진공업국 정상회담에 최정상 대표를 보내는 7개국과 그 밖의 소수 지역은 반대의 환경을 이루었다. 한쪽이 빈곤으로 여전히 빈곤한 상태를 계속시킬 때 다른 반대쪽은 풍요한 세계로 떨어져 나갔다. 그 세계 사람들은 '기품이 있는' 생활을 한다(p. 125).

인용문에서 볼 수 있듯이 조세희는 이제 국제경제적 역학 속에서 난장이 현상의 원인론을 탐문한다. 달리 말하자면 우리네 '난장이성'을 제3세계적 문제 인식의 틀에서 포착하고 있다는 이야기이다. 이러한 본질적인 인식 없이는 계속해서 "제일 쉬운 방법으로 비극에 대처"하거나 언제나 "성질이나 얼룩 모양"이 비슷한 눈물을 흘려 봐야 "각성"으로 이어질 수 없다는 것으로 비평적 담론을 추론한다(p. 124).

정치의 국면에서도 사정은 비슷하다. 한마디로 "지혜롭지 않게"(p. 29) 통치되고 있기 때문이다. 지혜롭지 못한 정치는 난장이와 거인의 거리를 더욱 넓히는 쪽으로만 기능할 뿐이다. 난장이들의 '가슴에 푸른 멍'만 들게 할 따름이다. 심지어 말의 자유마저 가로막기 일쑤이다. 지혜롭지 않은 통치자들은 '자유 언어' 대신에 '노예 언어'를 공급하기에 급급한 자들이다. 자유롭게 이성적 사유를 전개하는 개인들을 억압하는 분위기에서라면, 온전한 꿈을 향한 역사철학적 각성을 추구하기 어렵게 된다. 가령 『침묵의 뿌리』에서 '어린 왕자' 이야기는 이러한 메시지의 알레고리로 읽을 수 있다. 어린 왕자는 소혹성 388호 별의 작가 이야기를 한다. 열 개의 말을 쓰는 것이 그 별의 전통이었는데 어떤 재난 때문에 쓸 수 있는 말이 다섯 개밖에 안 되었다는 것. 게다가 사정은 더욱 악화일로에 있다는 것.

> 지금쯤 그가 쓸 수 있는 말은 네 개나 세 개로 줄어들었는지 몰라. 아무리 훌륭한 작가라도 그 정도의 말로는 '우리는 정말 행복합니다'라는 글밖에 쓸 수 없을 거야. 그 별은 참 이상해. 재난이 그렇게 자연스러워 보이는 별은 이 우주에 그 별밖에 없을 거야. 그런데, 아저씨가 지금 쓰는 글은 어떤 글이지? 비를 맞으며 이사한 처량한 이야기도 쓸 거야?(p. 25)

말이 억압받고 있는 사회는 필경 병든 사회일 터이다. 그 병든 사회의 우수 안에 갇혀 있는 작가의 운명이란 또 무엇일까. 과연 자유로운 영혼의 이름으로 "비를 맞으며 이사한 처량한 이야기도 쓸" 수 있을 것인가. 그런데 장벽에 부딪힌 작가는 그럴 수 없었다. 이 때문에 조세희는 그가 "써야 할 많은 말들을 한순간에 잃어버리고 말았다"(p. 96)는 것이니, 그의 '침묵의 뿌리'는 바로 거기 있었던 셈이다. 그런 의미에서 이어지는 문장 "말들은 다시 돌아오지 않았다"는 침묵할 수밖에 없었던 작가의 내면풍경을 가장 짧고도 명쾌하게 보여준 것이 아닐 수 없겠다.

작은 몸, 적은 말을 강요하는 억압적 분위기에서라면 온전한 세계 인식과 역사적 각성을 할 수 없다. 자아 상실과 세계 상실의 늪을 허우적거릴 뿐이다. 이런 상태에서는 대부분이 "허풍장이"거나, "반성도 할 줄" 모르고, "거짓말을 수치로 알지도" 않으며, "무엇에 놀라 깨어나는 법도" 없다(p. 121). 자유 언어를 대신한 노예 언어, 곧 위축된 말들 사이로 급격하게 틈입해 들어오는 것은 바로 세계악(世界惡)이다. 악의 사상은 곧 혼란의 사상임을 작가는 한 종교가의 말을 빌어 강조한다. "악이 광명, 자선, 역사적, 필연성, 사회정의를 가장하고 나타나면 우리들이 전통으로 이어받은 세계로부터 나오는 모든 것은 혼란에 빠지고 만다(p. 133). 그러니까 결국 『침묵의 뿌리』에서 조세희의 사회비평 혹은 문명비평안(眼)은 악으로 혼란에 처한 세계상에 대한 올곧은 성찰에 초점을 둔다.

5.5.2. 세계악(世界惡)의 사회적 도상학

『침묵의 뿌리』는 작가의 자전적 성격이 강한 이야기이다. 1970년대 말 1980년대 전반기를 살아낸 작가의 역정을 담고 있다. 자전적 산문이므로, 당연하게도, 작가의 생각과 말들이 보다 직접적으로 제시되어 있다. 문체나 형상화 스타일도 『난·쏘·공』이나 「시간 여행」과는 사뭇 다르다. 산문이기에 이전의 소설에서 보였던 역동적 환상성은 당연히 줄어들고, 신문이나 시사지의 논평기사를 방불케 하는 담화방식이 늘어났다. 이런 스타일은 아마도 그의 사진 작업과도 관련이 있지 않을까, 조심스럽게 추론해 본다. 널리 알려진 것처럼 조세희는 『난·쏘·공』 이후 남달리 사진에 공을 많이 들였다. 『침묵의 뿌리』 첫머리부터 사진기 이야기로 시작하고 있거니와, 실상 이 작품 안에 들어 있는 대부분의 사회비평적 보고는 2부에 실린 그의 사진 작업과 궤를 같이 한다. 그러니까 카메라를 들고 취재를 다니며 눈으로 보고, 사진으로 찍고, 글로 쓴 것을 정리한 작품이라는 것이다.

사진과 관련하여 이 텍스트의 성격을 말하자면, 작가의 뿌리 깊은 현실 증거 욕망의 소산이라 할 수 있을 터이다. 그는 아마 카메라 눈이 되고 싶었던 게다. 죄 많은 세상에 사랑과 희망을 불어넣기 위해 우주론적 혹은 환상적 공간 여행과 시간 여행을 했던 시절, 그의 눈은 카메라의 그것이 아니었다. 그의 렌즈에 클라인씨의 병이 장착되어 있었기에 그때의 눈은 제4차원의 오목 렌즈를 빼닮은 것이었는지도 모른다. 그러던 그가 평면 렌즈로 귀환한 것은 무슨 이유인가. 장벽 때문인가. 공간 여행과 시간 여행에서의 좌절 때문인가. 또는 죄의식 때문인가. 그 모두와 관련되지 않을까. 달나라로 탈출하기 이전에, 과거나 미래로 도피하기 이전에 우선 현실을 정직하고도 철저하게 증거하고 싶었으리라. 이는 그의 뿌리 깊은 사유체계인 반성과 각성의 계기와도 상당 부분 관련 있어 보인다. 이와 상관이 있어 보이는 작가 서문의 한 부분을 직접 읽어보기로 하자.

> '슬프고 겁에 질린 시대에 적합한' 것이 사진이라고 말한 사람이 있지만, 인화를 끝내 공장으로 넘긴 다음에 접한 이 말에 나의 서툰 작업을 연결지어 볼 생각은 추호도 없다. 나는 작가로서가 아니라 이 땅에 사는 한 사람의 '시민'으로서 그동안 우리가 지어온 죄에 대해 말하고 싶었다(p. 11).

이렇게 '우리가 지어온 죄'를 증거하고 싶었다고 밝히고 있다. 또 실제 텍스트의 이런 부분을 눈여겨볼 필요가 있다.

> 내가 사진기를 처음 들었을 때 어떤 사람은, 우리가 긴급하게 필요로 하는 도덕적인 것들을 끌어내기 위해 사진의 힘을 빌어볼 필요가 있다고 말했다. [……] 최근에야 나는 사진이 갖는 기능 가운데서 내가 힘 빌어야 할 한 가지를 발견했는데, 그것은 기본 과제 해결에 그렇게 열등할 수 없는 민족인 우리가 버려두고 돌보지 않는 것, 학대하는 것, 막 두드려버리는 것, 그리고 어쩌다 지난 시절의 불행이 떠올라 몸서리치며 생각도 하기 싫어하는 것들을 다시 우리 것으로 받아들이게 하는, 즉 재소유시키는 기능이었다(p. 136).

죄를 증거하고 역사적 현상을 재소유하고 싶어하는 것은 리얼리즘적 세계관의 기본적인 욕망이다. 이 욕망은 1980년대라는 특유한 지각변동 속에서 조세희가 고통스럽게나마 받아들이지 않으면 안 되었을 그런 성격으로 보인다. 여기서 그가 말하는 죄를 나는 난장이성(난장이 현상)과 관련된 세계악(世界惡)으로 해석하고 싶다. 그러니까 그의 사진 텍스트들은 예의 억압된 난장이성의 세계악을 증거하고자 한 사회적 도상학의 다른 차원이라는 것이다. 모두 100장의 사진들이 이 사진 산문집에 실려 있는데 대부분 리얼리즘 계열의 작품이라는 사실도 이런 사정을 뒷받침해 준다. 강원도 사북의 탄광촌 풍경이나, 탄광촌의 사람들, 이산가족 찾기 눈물의 현장, 인도의 기아의 현장 등등이 사진의 내용 종목인 셈인데, 사실적 구도에 포착된 그 풍경들은 하나같이, 그의 대립적 세계 인식에서 보여주는 것처럼, 난장이성의 풍경들이다.[27] 그의 사진기는 난장이성의 풍경들과 거인성의 풍경들이 사랑과 희망으로 어우러져 하나의 온전한 사람살이의 풍경으로 펼쳐지는 세계를, 아직 포착할 수 없다. 세계악(世界惡)과 세계고(世界苦)의 장벽이 너무나도 두텁기에 그의 카메라 빛은 아직 그 장벽을 투과해 공동선(共同善)에 닿지 못한다. 그런 의미에서 그의 사진들은 세계악(世界惡)의 사회적 도상학의 질료로 우선 기능한다.

사진이 조세희의 사회적 도상학의 1차 자료라면, 그의

---

27 『침묵의 뿌리』에 수록된 사진 일부를 저작권자의 동의를 구해 여기에 재수록한다. 독자들의 실감을 위한 것이다. 수록된 '사진 번호'는 『침묵의 뿌리』의 쪽수를 지시한다. 139, 140, 142, 145, 148, 154, 156, 157, 158, 170, 209, 210, 217은 1985년 2~3월에 강원도 사북에서 찍은 작품이고, 179와 180은 1983년 10월 인도, 그리고 182와 183은 같은 기간 요르단 풍경이다. 197과 199는 1984년 1월 부산 을숙도에서 작업한 결과물이다.

▲ 사진 출처: 『침묵의 뿌리』, p.139. 사북(1985. 2.)

▲ 사진 출처: 『침묵의 뿌리』, p.140. 사북(1985. 2.)

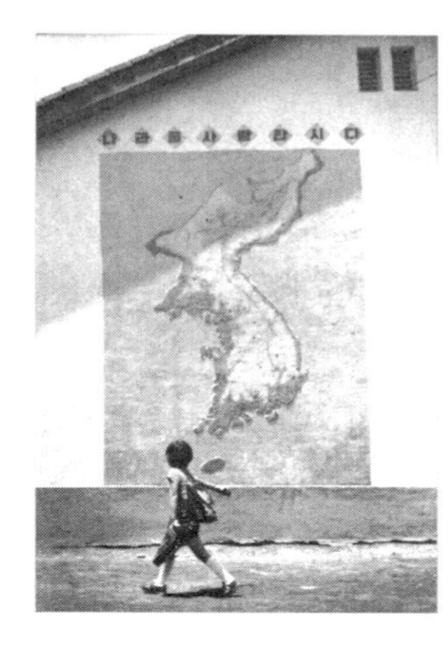

◀ 사진 출처: 『침묵의 뿌리』, p.142. 아이들 (1985. 2.~3.)

▲ 사진 출처: 『침묵의 뿌리』, p.145. 아이들 (1985. 2.~3.)

▲ 사진 출처: 『침묵의 뿌리』, p.148. 아이들(1985. 2.~3.)

◀ 사진 출처: 『침묵의 뿌리』, p.154.
사북(1985. 2.~3.)

◀ 사진 출처: 『침묵의 뿌리』, p.156.
사북(1985. 2.~3.)

◀ 사진 출처: 『침묵의 뿌리』, p.157.
사북(1985. 2.~3.)

◀ 사진 출처: 『침묵의 뿌리』, p.170.
사북 고토리(1985. 3.)

▲ 사진 출처: 『침묵의 뿌리』, p.177. 부산 미포(1980. 9.)

◀ 사진 출처: 『침묵의 뿌리』, p.179.
인도(1983. 10.)

▲ 사진 출처: 『침묵의 뿌리』, p.180. 인도(1983. 10.)

◀ 사진 출처: 『침묵의 뿌리』, p.182.
요르단(1983. 10.)

◀ 사진 출처: 『침묵의 뿌리』, p.197.
부산 을숙도(1984. 1.)

◀ 사진 출처: 『침묵의 뿌리』, p.199.
부산 을숙도(1984. 1.)

◀ 사진 출처: 『침묵의 뿌리』, p.209. 사북(1985. 2.)

◀ 사진 출처: 『침묵의 뿌리』, p.210. 사북(1985. 2.)

◀ 사진 출처: 『침묵의 뿌리』, p.217. 사북(1985. 2.)

사회비평적, 문명비평적 담화는 2차 자료에 해당된다. 사진은 한 평면에 세계를 담음으로써 보는 이가 한눈에 일별할 수 있지만, 담화는 다르다. 이야기하는 시간을 선조적으로 따라가며 세계를 읽어내야 한다. 또 글로 된 담화는 그 자체로써 이미 세계관찰과 세계해석, 나아가 세계 조정안을 동시에 갖추고 있다는 점에서 변별성이 있다. 어쨌든『침묵의 뿌리』에 나오는 비평적 담화는 그의 사진들에 비해 한층 더 깊숙한 경지를 보인다. 사진작가이기 이전에 글을 쓰는 작가이기 때문일 터이다. 예컨대 다음과 같은 부분을 보자.

> 인간에게는 몇 단계의 생활이 있다. 비인간적인 생활을 하는 계층이 있고, 인간적인 생활을 하는 계층이 있다. 문화적인 생활층은 그 위에 속한다. 나는 느닷없이 복지사회라는 말이 한참 쓰일 때 여행을 하다 말고 새삼스럽게 우리 시대의 사회경제적 배경, 인구, 부채, 격심한 노동, 공해, 발병률, 질병의 종류와 성격 따위에 신경 써 보다 지친 몸으로 돌아왔다. 그러나 테크네 이아트리케(Techne Iatrike), 즉 치료술을 뜻하는 이 말의 어원에는 치료의 과정뿐만 아니라 치료를 간절히 바라는 지역의 주변 여건에 대한 책임도 포함되어 있다는 설명을 젊은 의사에게 들은 것을 나는 고맙게 생각한다. 우리는 서울에서 뚝 떨어

> 진 곳에 앉아 빈혈·비타민 결핍증·영양불량에 대해 이야기해 보고, 과중한 일과 생활고로 인한 조로 현상에 대해서도 이야기해 보았다. 농어촌 아이들이 아직도 앓는 중이염, 사라진 줄 알았던 옴, 임산부의 합병증, 심각한 질병이거나 적절한 비용일 때만 약국과 의료시설을 찾아가는 환자들의 마음, 이론 생계비에도 못 미치는 수입, 질병이 빈곤을 낳고 그 빈곤이 또 질병을 유발하는 끈질긴 악순환, 그리고 지금 당장 도움 필요로 하는 사람들의 얇은 피부 두께에 대한 이야기까지 우리는 나누었다(pp. 95~96).

'끈질긴 악순환'에 관한 비평적 담론이다. '악순환'이라는 최종적 의미 영역에 도달하기까지 우리는 작가가 지시하는 수많은 사진들을 볼 수 있다. 쉼표로 연결되는 단위들을 각각 독립된 한 장의 사진 구실을 한다. 선명한 풍경으로 다가온다. 이 각각의 사진들에서 유추되는 도상학적 이미지를 따라가다 보면 우리는 어느덧 '끈질긴 악순환' 이라는 의미 종점에 이르러 있음을 발견하게 된다. 이것이 1차 자료와 2차 자료 사이의 상관성이다. 적어도 『침묵의 뿌리』에서는 사진과 글은 공동 생성의 의미 지평을 형성한다. 그러기에 사회적 도상학의 측면에서 다각도로 주목되는 텍스트이다.

5.5.3. 잃어버린 말과 부끄러움

죄를 증거하고 현실의 세계악(世界惡)을 역사적 상황 속에서 재소유시키고자 작가는 사진의 힘을 빌었다고 했다. 또 리얼리즘 사진처럼 직접성의 형식인 사회비평적 담화를 발화했다. 이런 사정은 기본적으로 1980년대 초반에 작가가 처했던 운명을 드러낸 형식이 아닐 수 없다. 현실이 소설보다 더 허구적이었기에, 소설이 자연히 현실적일 수밖에 없었던(아니면 완전히 비현실적인 몽상이거나) 시대가 그 무렵이었다는 점을 우선 상기해 볼 필요가 있다. 그래서 오히려 시사성의 르포나 수기, 정치성 폭로물의 뒷전으로 소설이 한참이나 밀려나야 했던 시절이 아니었던가. 이런 현상 이면에 무엇보다도 본질적이었던 사태는 '말'이 절실한 진실과 함께 구속당했다는 사실이 아니겠는가. '말'이 구속되고 '진실'이 억압되는 상황에서라면 난장이성이 증폭될 것은 자명한 일이었다. 자연히 사랑과 희망은 멀어져만 가고. 그러니 "가난한 자의 벗이되고, 슬퍼하는 자의 소망이 되어라"(p. 137)라는 어느 학교의 교훈이 "인간을 자본으로 개발하려는 저의"(p. 136) 앞에 무기력할 수밖에 없었던 것도 진실 아닌 사실이었다.

이런 현실은 분명히 작가를 억압한다. 조세희의 '침묵

의 뿌리'도 이런 상황인(狀況因)에 있었고, 『침묵의 뿌리』의 형식과 운명도 바로 이런 상황인에 의해 도출되었던 것으로 보인다. 이는 러시아 문예이론가 M. 바흐친에 기대면 보다 분명한 해석의 지평에 도달할 수 있는 것이다. 바흐친에 의하면, 어느 한 개별적인 문학 작품은 사회-경제적 하부구조의 총체성, 이데올로기적 삶의 총체성, 문학의 총체성이라는 거시적인 동심원의 틀 안에서 조망해야 비로소 그 올곧은 해석에 이를 수 있다. 이 세 동심원의 성격에 대해서는 지금까지 우리의 담론 여정에서 충분히 밝혀졌으리라 생각되므로, 여기서 거듭되는 반복은 피하기로 한다. 하여튼 조세희가 위험부담을 무릅쓰고 직접성의 형식인 비평적 담화를 선택한 것은 그의 운명이었던 것인데, 그 운명은 현실의 억압에 대한 반명제이면서 역으로 현실에 의해 억압당한 자아에 대한 반명제이기도 하며, 죄의식의 소산이기도 하다.

정리하면 이렇다. 사회-경제적 하부구조의 발전법칙과 이데올로기적 삶의 총체성은 작가를 억압했다. 공간 여행도 시간 여행도 가로막았다. 곧 문학적 상상 여행마저 가로막은 것이다. 이로 인해 작가는 엄혹한 장벽에 부딪힐 수밖에 없었다. 그리하여 자의 반 타의 반으로 침묵이 시작되었다. 침묵하다 보니 세상과 현실만 죄를 짓는 것이 아니라 침묵하는 작가도 죄를 짓고 있는 것이라는 반성에 이르게 되었다. 그래서 그 죄의식을 증거하고 죄의 양상들을 증거해야 했다. 우선 사진으로 그 일을 시작했다. 아직 잃어버린 말들을 회복하지 못했기 때문이다. 그러나 사진만으론 부족했다. 말로 할 수 있고, 말로 해야 하는 것은 따로 있었다. 하여 달아난 예전의 문학적 말들을 모아 들였으나 "말들은 돌아오지 않았다". 그럼에도 불구하고 말을 해야 할 윤리적 당위성은 절박한 것이었다. 여기서 작가는 새롭게 운명적 형식을 찾는다. 판별의 기능을 강조한 형식이었으니, 그것이 바로 직접성의 사회비평의 형식이었던 셈이다. 그 결과가 바로 『침묵의 뿌리』이다.

5.6. 다시, 별을 보고 길을 찾으려 했던 난장이를 위하여

이상에서 『난장이가 쏘아올린 작은 공』과 『시간 여행』을 중심으로 조세희의 소설 세계를 살펴 보았다. 관련하여 사진 산문집 『침묵의 뿌리』의 사회비평적 도상학도 검토했다. 범박하게 말하자면, 『난장이가 쏘아올린 작은 공』은 현실 지평을 중심으로 한 공간형 소설이고, 『시간 여행』은 역사 지평을 중심으로 한 시간형 소설이다. 물론 둘 다

환상적인 기제를 도입했다는 점에서는 성격이 같다. 이런 사실은 조세희 소설의 독자들에게 여러가지 생각을 하게 만든다. 그것은 일단 셋이다. 공간적/시간적 양축에서 우리 삶의 문제를 면밀하게 탐사하고자 한 작가정신의 치열함이 그 하나라면, 현실의 치열한 탐색 후에 보여주는 초월적 희망의 논리와 가능한 반성의 논리를 환상적 기법으로 다룰 줄 아는 작가의 능란함이 그 둘이다. 그리고 이것이 합쳐졌을 때 제3의 작품은 변증법적 종합의 경지에 이를 수도 있겠다는 강력한 기대가 마지막 셋이다.

조세희는 리얼리티에서 출발하되 리얼리티를 거부하고 새로운 리얼리티를 끊임없이 추구하는 작가이다. 엄정한 리얼리즘 정신에서 시작하되, 그것을 강력하게 거부하는 형식으로 그 정신을 담는 데 성공한 몇 안 되는 작가 중의 한 사람이다. 그가 현실과 환상, 구체와 추상을 넘나드는 방식이란 창조의 신화에 버금간다. 뫼비우스의 띠나 클라인씨의 병의 도입은 없는 것의 실재를 가능케 한 실제 요소이다. 다시 말해 그것은 곧 현실적 상상력을 넘어서 탈주하고 횡단하는 환상적 상상력, 우주적 상상력에 다름아니다.

조세희가 추구한 바 희망의 지렛대, 사랑의 샘터는 아직 먼 곳에 있다. 그가 별의 상징적 지도에서 가져온 것이기에 이 척박한 현실 지도에 편입시키기 곤란한 사정이 있다. 그는 별을 보고 길을 찾고자 했던 난장이에게 기대를 걸었었다. 난장이의 사랑법과 눈물법에 희망을 걸었었다. 그의 종이 비행기와 쇠공의 힘찬 비상을 시리도록 보고 싶어 했던 것이다. 하지만 별의 지도는 아직 실현될 수 없었다. 열망은 열망으로 남아 있다.

하지만 작가 조세희의 열망이야말로 얼마나 소중한 것인가. 그 열망은 적어도 동일자의 경계를 허물고 타자를 향해 육박해 들어가는 열망이기에 억압 없는 열망이며, 그만큼 인간다운 삶의 자리에서 촉발되는 슬기를 바탕으로 한 열망인 것이다. '그물'과 '가시고기'의 대립적 상황, '거인'과 '난장이'의 대립적 경계를 허물고 진정한 인간의 모습, 정녕 인간다운 삶의 공간을 꿈꾼 조세희의 소설이야말로, 문학의 위의와 영광을 증거하는 것이 아닐 수 없다. 나아가 문학의 위의와 영광을 통한 인간다움의 가치 모색이라는 가능성의 미학을 보여준 드문 사례인 것이다. 좀더 과감하게 말하자면, 조세희의 소설은 70년대 우리네 인문주의와 심미적 이성의 한 절정을 보여준 것이라고 할 수도 있다. 우리가 거듭, 별을 보고 길을 찾으려 했던 난장이 앞에, 서게 되는 이유도 바로 여기에 있는 것이다.

6.

폭력적 현실과 문학적 정의

—『난 · 쏘 · 공』과 『하얀 저고리』

6. 폭력적 현실과 문학적 정의
—『난·쏘·공』과 『하얀 저고리』[1]

---

1 이 장은 『난장이가 쏘아올린 작은 공』 150쇄 발간 기념으로 편집된 『작가세계』 2002년 가을호(통권 54호, 세계사)에 발표된 글을 수정한 것이다. 이 글의 발표 경위에 대해서는 약간의 군말이 필요하다. 조세희의 장편 『하얀 저고리』는 1988년 3월부터 『월간중앙』에 연재되면서 세상에 첫선을 보였다. 2년 후 계간지 『작가세계』 1990년 겨울호(통권 7호, 세계사)의 조세희 특집의 일환으로, 지면을 옮겨, 장편 분재를 재개했다. 그러다 분재가 중단된 다음 작가는 10년 넘게 탈고를 거듭한 끝에 마침내 2002년 가을에 세계사에서 출간하기로 했다. 첫 장편 출간과 『난장이가 쏘아올린 작은 공』 150쇄 발간을 기념하기 위해 새롭게 꾸민 조세희 작가특집에서 『하얀 저고리』에 대한 작품론을 청탁하면서 소설 본문 파일을 보내왔다. 필자는 그 파일을 최종본으로 생각하고 그것을 바탕으로 작품론을 작성하여 『작가세계』로 보냈고, 계간지는 2002년 10월 2일에 계획대로 출간되었다. 출판사도 장편 출간을 기정사실로 받아들이고 준비했기에 잡지의 뒤표지(표4)에 『하얀 저고리』의 광고를 게재했다. "〈난·쏘·공〉 작가가 쓴 아름답고 슬픈 서사시" "조세희 첫 장편소설 하얀 저고리" "그 해, 우리는 무엇보다 인간이 되기 위해 싸웠다. 80년 5월 한밤중 후손들의 싸움은 옛날 조상들의 싸움과 맞닿아 있습니다. 그들이 오늘, 즉 21세기의 검은 아스팔트 위에 서 있는 거죠." 이런 문안들과 함께 필자의 작품론에서 발췌한 글과 프랑스의 소설가이자 비평가인 알랭 보스캐의 글이 포함된 광고였다. 그런데 잡지는 출간되었지만, 잡지 뒤표지에 수록된 광고가 무색하게도 장편소설은 간행되지 않았다. 염결했던 작가가 최종 순간에 출간을 다시 유예했기 때문이다. 작가가 타계한 이후 이 장편의 원고가 어떻게 될지 나는 구체적인 정보를 갖고 있지 않다. 다만 1990년 『작가세계』 분재시 흔적이 있고, 2002년 『작가세계』 54호에

6.1. 축적된 분노의 정치학

작가 조세희의 장편 『하얀 저고리』(세계사, 2002)는 고통 없이는 읽지 못한다. 눈물 없이는 읽기 곤란하다. 작가가 오랫동안 드러내 놓지 못하고 가슴에 묻어 두었던 이야기를 눈물로 토로한 소설이기 때문이다. 아니 어쩌면 그것은 이 땅에서 고통받아온 민중 대다수가 가슴에 묻어온 이야기이기도 하다. 소설의 앞머리에서 영희는 이런 말을 한다. "증조할머니는 그때 이미 백한 살이셨는데 바싹 마른 가슴 안 어디에 죽은 식구를 또 묻을 자리가 남아 있었는지 손으로 가슴을 뜯고 파고 헤쳐서 증손자를 묻으시며 날더러 너도 네 오라비를 땅에 묻지 말고 가슴에 묻으라고 하셨어"(p. 11). 그렇다. 절절하게 가슴에 묻어둔 이야기. 짧게는 20세기 후반 폭력적 군부 독재 정권에 의해 처절하게 고통받은 이야기면서, 나아가 20세기 전체의 수난사이

공식적으로 게재된 글이라는 점, 그리고 오래 침묵하면서도 작가 조세희가 『하얀 저고리』를 마무리하기 위해 무척 공들였다는 점, 작가 조세희의 1980년대와 1990년대 고뇌를 이해하는 데 도움이 될 만한 정보를 포함하고 있다는 점 등을 고려하여, 다소 무리스러운 점이 없지 않지만, 여기에 포함하기로 했다. 본문에 텍스트 인용 쪽수 표시는 당시 세계사판 예정도서의 페이지로 잡지 수록 때 적었던 것이다. 이렇듯 애매한 곡절이 있기에 독자 여러분의 너그러운 양해를 구한다.

며, 길게는 우리 민족사 전체를 관통하는 고통의 내력 이야기라고 할 수 있다.

소설의 이야기는 대대로 역사로부터 아주 심한 폭격을 받아온 영희네 집안 이야기를 골격으로 하여 민족사 전체로 확산되는 형국으로 이루어져 있다. 1부에서는 병자호란 직후를 배경으로 하여 영희네 오랜 조상인 섣달쇠 할아버지와 아침이 할머니의 이야기가 전개된다. "종살이하는 아버지와 역시 종살이하는 어머니 사이에 태어났기 때문에 그도 종이 될 수밖에 없었"(p. 19)던 섣달쇠가 고통받으면서도 '공동선'을 위한 정의로운 싸움을 벌이다가 죽는 이야기다. 2부는 유신시대에서 1980년 오월을 거쳐 1990년에 이르는 시기를 배경으로 섣달쇠 할아버지의 후손인 영희네 가족이 고통받는 이야기가 중심을 이룬다. 그해 오월에 영희의 큰오빠는 잔혹한 군인들에 의해 죽임을 당하고, 그의 죽음을 증조할머니의 말씀처럼 가슴에 묻어둔 살아남은 영희는 그 오빠의 이야기를 비롯해 어머니의 이야기, 증조할머니의 이야기, 더 올라가 면 조상인 섣달쇠 할아버지와 아침이 할머니의 이야기를 보고한다.

이런 이야기를 통해 작가는 매우 엄정한 역사적 심판을 펼쳐 보이고자 한다. 폭력적 억압으로 민중들을 수탈한 부정한 권력자들에 대한 철저한 부정의식을 보인다. 역사의 현장에서 늘 되풀이 이겼던 부정한 세력들을 한 자리에 모아 역사적 진실의 이름으로 단죄하고자 한 작가 의식이 매우 뚜렷하다. 현상적으로 승리한 자들에게 역사적 패배를 선언하고, 역사적 진실을 위해 싸우다 죽어간 이들의 승리를 선포하면서, 진실한 역사에의 다짐을 펼치는 정치적 담론의 광장으로 인해 『하얀 저고리』는 아주 서늘하면서도 뜨거운 소설이라 할 수 있다.

여기서 잠시 이런 성격의 소설이 생겨난 배경에 대해 생각해 볼 필요가 있다. 두루 알다시피 조세희는 1970년대 중반에 『난장이가 쏘아올린 작은 공』 연작을 쓰면서 그래도 역사에 대한 희망의 지렛대를 놓치지 않으려 했다. '난장이'로 상징되는 노동자와 도시빈민들의 비인간적인 삶과 고통을 주로 형상화하면서도 자신이 다룬 경험적 현실이 소망스런 현실로 바뀌기를 간절히 염원했던 것이다. 이를 위해 '난장이'들에게는 자신들에게 고통을 주는 '거인'들에 대한 분노의 정념과 계급적 성찰을 통해 인간적인 세상을 찾아나갈 수 있기를 촉구하는 한편, 그 반대편의 '거인'들에게는 반성적 성찰을 바탕으로 사랑의 마음을 지녀 줄 것을 호소했었다. 조세희가 이 연작에서 궁극적으로 꿈꾼 것으로 사랑으로 이루어진 세상이었다.

> 아버지는 사랑에 기대를 걸었었다. 아버지가 꿈꾼 세상은 모두에게 할 일을 주고, 일한 대가로 먹고 입고, 누구나 다 자식을 공부시키며 이웃을 사랑하는 세계였다. 그 세계의 지배계층은 호화로운 생활을 하지 않을 것이라고 아버지는 말했다. 인간이 갖는 고통에 대해 그들도 알 권리가 있기 때문이라는 것이었다. 그곳에서는 아무도 호화로운 생활을 하려고 하지 않을 것이다. 지나친 부의 축적을 사랑의 상실로 공인하고 사랑을 갖지 않은 사람네 집에 내리는 햇빛을 가려버리고, 바람도 막아버리고, 전깃줄도 잘라버리고, 수도선도 끊어버린다. 그런 집 뜰에서는 꽃나무가 자라지 못한다. 날아 들어갈 벌도 없다. 나비도 없다. 아버지가 꿈꾼 세상에서 강요되는 것은 사랑이다. 사랑으로 일하고 사랑으로 자식을 키운다. 사랑으로 비를 내리게 하고, 사랑으로 평형을 이루고, 사랑으로 바람을 불러 작은 미나리아재비꽃줄기에까지 머물게 한다.[2]

이런 이상적 진실을 위해 정의로운 법의 제정을 강조하기도 했고 교육의 중요성을 강조하기도 했다. 또 뫼비우스의 띠나 클라인씨의 병과 같은 인식 기제를 동원하기도 했다. 다시 말해 대립적인 세계관에 기초해 있으면서도 그 대

---

2 조세희, 「잘못은 신에게도 있다」, 『난장이가 쏘아올린 작은 공』, 이성과 힘, 2000, p. 213. 이 인용 부분은 앞에서도 수차 인용한 바 있지만, 이 연작에서 핵심 부분에 해당되기에 중복을 무릅쓰고 거듭 인용한다.

립이 해소된 화해로운 상태를 간절히 바랬던 것이다. 이런 소망스런 문학적 담론을 펼치면서도 그는 현실에서 '고통의 뿌리'를 계속 찾아 내려갔다. 카메라를 들고 고통의 현장을 답사함은 물론 역사적으로 거슬러 올라가는 '시간 여행'을 하면서 '고통의 뿌리'를 탐사한 것은 『시간 여행』과 『침묵의 뿌리』(열화당, 1985)에 잘 나타나 있다.

> …그날 가차 없는 눈물의 단단한 토대가 되어 준 빈곤—질병—무지—기아—기근—홍수—죽음—이별, 그리고 깜깜한 악마의 얼굴을 한 전쟁 같은 것들은 백년이라는 한정된 시기를 자유롭게 넘나드는 것이었지만 그것들의 이런 말, 타들어 가는 논빼미—보리밥—보리밥 없음—엄마의 뱃속에 적 들었음—아버지 없음. 죽었음—징용—징병—전차길에서도 보인 애총에 많은 아이 묻혔음—오늘은 설거지 할 것도 없음—어제는 공출날—38선의 여름—아버지에게 없었던 우리 땅에 밤새도록 불총 쏨—서로 적 많이 죽임—모두 알 만한 얼굴—집중 포화—기총소사—장질부사—폭격—폭파—아버지 또 죽었음—아내의 길—미망인의 노래—보리밥 또 없음—아들도 죽었음—배급소—전진·후퇴·전진—5촌의 4촌 사살—깃발 잘못 들었음. 바뀌었음—학살—밀고—복수—적 안 보임. 보임—없음. 있음. 있음—발사—발사……와 같은 말들은 모두 백 년 이쪽의 일, 오십 년, 또는 삼사십 년 안쪽의 일……로, 말

은 정연하고, 쉽고…… 이상하겠지만, 설명할 수 없는 일에 …… 우리는 참 모를…… 장님의 일 같은…… 다시 말하자만, 남은 설명할 수 있어도 우리는 설명할 수 없는…… 참 알 수 없는…… 눈물의 성분과 슬픔의 무게…… 또 덧붙이면, 제삿날—그쳐. 뚝. 뚝—모든 보따리에 대물린 놋수저—놋수저에 사별한 혈육이 남긴 입술 자국—우리 보따리에 사별한 식구들의 빛바랜 사진 많음…….[3]

반복이 되겠지만, 조세희에게 있어서 지난 역사에 대한 '시간 여행'은 '눈물 열차'로 엮어진 '고통 여행'이었다. 그 고통스러운 역사를 순도 높은 눈물의 진정성으로 성찰하면서, 진정한 역사적 이성의 회복을『시간 여행』을 통해 촉구하고자 했던 것이다.『침묵의 뿌리』에서는 고통의 현장을 거듭 확인하고, 그것을 넘어 소망스런 역사적 진실의 지평으로 나가기 위한 노력을 강조했다. 그러나 현실은 작가가 소망하는 방향처럼 전개되지 않았다. 10·26사건으로 군부 독재가 종식되는가 싶더니, 12·12와 광주에서의 5월 폭거를 거쳐 신군부 세력이 집권하여 1980년대를 군림했다. 그러는 동안 난장이 가족인 영희네의 삶은 비인간적인 고통의 뿌리에서 벗어날 조짐을 보이지 않았다. 1990년대가

---

3 조세희,『시간 여행』, 문학과지성사, 1983, pp. 205~206.

되어 많은 이들이 서둘러 지난 역사의 고통을 잊은 듯 들뜬 모양새를 보였지만, 그것 또한 작가 조세희가 보기에는 안타까운 기만 행위를 닮은 것이었다. 어떻게 지난 역사에서 전개된 깊디깊은 고통의 뿌리로부터 우리가 함부로 자유로울 수 있는가. 아니, 오랜 역사를 거론하지 않더라도, 현실에서 바로 얼마 전에 정의롭고자 했던 많은 이들에게 말할 수 없는 고통을 안겨주었던 무리들이 여전히 타락한 기득권을 행사하면서 고통을 조장하고 있는데, 어떻게 이들을 쉽게 용서하고 잊을 수 있단 말인가. 다시 말해 『난장이가 쏘아올린 작은 공』에서 촉구했던 사랑을 실천할 줄도 모르고, 『시간 여행』에서 강조했던 반성적 성찰도 모르는 거인들이 여전히 광기처럼 득세하고 있는 판에 어찌 한가로운 이야기를 지을 수 있다는 말인가. 이런 생각과 의식들이 무리지어 축적된 분노를 형성한 것이 아닌가 짐작한다. 그렇다면 '축적된 분노의 정치학'의 구체적 형상은 어떠한가?

6.2. 고통의 대물림과 대립적 세계관의 강화

축적된 분노로 인해 작가 조세희의 대립적 세계관은 확실히 강화된 것처럼 보인다. 『난장이가 쏘아올린 작은 공』

에서 보인 '거인'과 '난장이'의 대립은『하얀 저고리』에서 '주인'과 '종'의 악화된 대립으로 나타난다. 1부에서는 왕과 장군, 부자 권세가들이 주인의 초상으로 제시된다. 왕은 무기력할 뿐만 아니라 정의롭지도 지혜롭지도 않다. 백성들의 고통에 대해서는 아는 바가 없으므로 물론 대책도 마련하지 않는다. 장군은 외적들과의 싸움에서는 한없이 무기력하여 패배만 하다가 백성들과의 싸움에서만 무섭도록 힘이 세어져 폭력적으로 승리한다. 나라에 재난이 들어도 부자 권세가들은 "시체를 뜯어먹고 살이 찌는 늑대들처럼 재난을 이용해 더 큰 모리배 부자가 되어 행복"(p. 89)해 한다. 그들에 대해 작가는 여러 번 되풀이하여 "끈질긴 솔잎혹파리와 진딧물과 백여우들"이라고 지칭한다. 이들 때문에 대다수의 백성들, 특히 종들의 수난은 매우 가혹하다. 그들은 "모든 사람이 따뜻한 옷을 입고 쇠고깃국에 입쌀로만 지은 흰밥을 마는 일, 그리하여 한밤중 외딴 산모퉁이 어느 가난한 집 아이 하나 배가 고파 우는 일이 없고 마을 마을의 아이란 아이 모두 기쁨을 이기지 못해 자꾸 소리내 웃는, 그렇게 기막힌 세상"(pp. 145~146)에서 결코 단 하루도 살 수 없었다. 그들의 삶은 온통 "가난 · 질병 · 전쟁 · 가뭄 · 굶주림 · 신분 차별 · 등 눈물나는 수많은 일"(p. 55)로 점철된 것이었고, 그렇게 시달리다 원통하게 죽어간 그들은 죽어서도 "끈질긴 솔잎혹파리와 진딧물과 백여우들"에 대한 증오를 접을 수 없었다.

세월이 흘러 왕조가 끝나고 민주 공화국이 성립된 이후에도 이런 대립상은 완화되지 않는다. 아니, 오히려 실질적으로 강화되었다고 작가는 진단한다. 2부에서 지배세력들은 매우 폭력적이고 비인간적인 행태를 아무런 죄의식 없이 저지르는 인물들로 그려진다. 옛날부터 '역사로부터 아주 심한 폭격'을 받아온 집안인 영희네 가족들의 눈에 비친 그들의 초상은 아주 분명하다. 영희의 어머니는 "가슴에 시커먼 반점을 하나씩 단 악심이 승한 비윤리적이고 반도덕적인 가난뱅이들이 머릿속에 빈곤 체험만 가득 담고 있다가 물불 안 가리고 권력자 부자가 되더니 부자는 옛날 봉건 왕조시대보다 더 살기 좋게 봐주고 가난뱅이만 죽어라 두들긴다"(pp. 214~215)고 말한다. 나아가 "그것은 착취가 부에 이르는 가장 좋은 방법이었던 옛날 암흑 세상에서도 가진 자가 못 가진 자를 위해 가슴속에 조금씩 남겨두려고 했던 자선이라는 것마저 아주 제거해버린 세계"(p. 215)라고 진단한다. 영희의 작은오빠는 "이 땅의 지배세력은 짐승 같고 캄캄한 지옥의 피 먹는 마귀들 같아 '국민'을 죽이는 오직 한 방향으로만 땅을 쓴다고, 숨도 안 쉬고 말"(pp. 218~219)한다. 삼촌과 큰오빠가 그랬던 것처럼 "비인간적인 것에 대한 철저한 부정, 반항으로부터 그의 인생을 시작"(p. 219)해야만 했던 작은오빠의 말이다. 심지어 어머니는 그들에게서 짐승의 냄새를 맡는다.

> 그 남자들에게서 짐승의 냄새가 났다. 물어보나마나 개고기를 먹어 더 번들거리는 그자들의 얼굴이 한없이 약고 교활해 보여 어머니는 옛날 더러운 마름의 후손들이, 아니면 피식민지 시절 일본인 밑에서 무릎 꿇고 기어다니다 동족을 보면 발딱 일어나 일본인보다 열 배는 더 동족을 못살게 군 그 시절 백정 관리의 자식들이, 아니면 어느 악질 정미소 주인의 말썽꾸러기 자식들이, 아니면 지난 시절 가난이 뼈에 사무쳐 선악을 안 가리고 살기로 한 어느 몹쓸 가난뱅이집 출신 여우 자식들이, 그것도 아니면 먼 옛날 조선에 쳐들어왔던 어느 외적이 떨어뜨려 놓은 타민족 종자의 후손일 수도 있는 포악한 피의 자식들이 군부독재 치하에서 속살 통통하게 찌는 행복한 생활을 하며 바로 그 독재에 저항하다 줄줄이 묶이어 감옥으로 끌려가는 어린 학생 청년들을 비웃는 소리를 듣는 순간 이가 떨려 견딜 수가 없었다. 마음속 분노와 증오가 역사는 아무것도 심판하지 않는다면서 웃는 그들을 우선 후려치고 보라고 시켰다.(『하얀 저고리』, pp. 204~205)

짐승의 시간을 살면서 짐승의 냄새를 어쩔 수 없이 맡

아야 했던 영희네 식구들은 뼈에 사무치는 구토 증세에 시달린다. 영희 오빠들의 친구들도 마찬가지다. 영희네 집에서 집단 구토를 일으키는 장면은 아찔한 현기증처럼 다가온다. 『하얀 저고리』에서 분노와 적의로 넘쳐나는 '종'의 시선과 의식은 일관성 있게 전개된다. 수난의 역사 속에서 고통을 대물림한 자들의 시선과 의식이기 때문이다. 아니, 가중되는 고통을 속절없이 겪어야만 했던 현실이 그들의 의식을 그렇게 추동한 것으로 보는 게 좀더 정확하다. 역사가 이런 식으로 전개될 수밖에 없었던 것에는 여러 이유가 있지만, 이 소설에서는 변증법적 중개자의 소멸 과정을 그 이유 중의 하나로 주목한다. 가령 1부에 나오는 김원경과 이개물은 각각 주인과 종 쪽의 중개자 역할을 맡았던 인물이다. 특히 대토지를 소유한 양반임에도 불구하고 1부에서 상당히 긍정적인 조명을 받고 있는 김원경의 존재방식이 의미심장하다. 서술자의 요약 보고에 따르면 김원경은 "자기 재산관리인 중 누구도 곡식을 장리 놓지 못하게 하고, 사람들이 불행에 빠져 허우적거리는 해에 그 불행을 이용해 재산을 늘려놓은 관리인이 있으면 그것을 가장 큰 죄로 물어 무섭게 다스리고, 가뭄과 싸우기 위해 수로와 저수지를 파고, 미개간지를 농토로 바꾸어 농지를 늘린 이외에는 죽는 날까지 어느 약자의 땅을, 그리고 조선 어느 지방의 땅을 한 뼘도 넘보지 않으며 마지막 눈을 감는 순간까지 조선에 조선의 미래를 위한 정책이 없고, 역사에서 끌어낸 교훈이 없고, 학문이 없고, 과학과 교육이, 그리고 애국심과 지혜가 없어 안타까워한"(p. 89) 인물이었다. 또한 정치·경제·사회·역사학자이자 교육자였으며 과학자였던 그는 한때 한가로운 서정시를 짓기도 했지만, 만년에 그것을 취소해 버렸고 그보다는 "사람은 평등하고, 무슨 일을 하든 이로운 일을 하는 사람은 서로 동일하고, 토지는 농사를 짓는 자에게 주어야 하며, 본디 토지의 주인은 국가와 농민인데 손에 흙을 안 묻히는 무위도식 부호들이 많은 땅을 차지하고 땅 없는 농민을 일 시켜 그들의 피땀을 단물로 빨아먹도록 놓아두면 이것은 토지로 백성을 죽이겠다는 것임과 동시에 조선을 죽이자는 것이 되고, 근로를 으뜸 가치로 쳐 만민이 다 일을 해야 하며, 근로수탈과 사람차별의 좋은 보기인 노비제도는 마땅히 없애야 하고, 구 할의 가난한 백성을 위해 가렴 잡세를 소유재산에 따라 내는 단일세로 하고 백성의 원성을 사는 환자법과 군포법을 폐지하자는 개혁 주장 등"(p. 90)을 골몰하고 저술했던 인물이다. 그가 죽은 후 남은 것은 그 자신이 취소했던 시들뿐이었는데, 그 이유는 당대의 지배 질서에 위배되었을 뿐만 아니라 후손들의 이익에도 어긋났기 때문이라고 서술자는 적는다. 병자호란을 전후한 시기를 배경으로 한 인물인 김원경은 당시로서는 매우 혁명적인 사고와 실천을 보인 인물이었지만, 그 어떤 것도 자기 시대에는 제대로 이해받을 수 없었다. 그를 이해했던 제자인 세자는 청나라에 볼모를 붙잡혀 갔다가 돌아와 미처 왕이 되기도 전에 요절했고, 그를 이해하고 실질적으로 도왔던 이개물은 현실적으로 힘을 지니지 못한 '종' 신분일 따름이었다. 어쨌거나 그는 정치 경제 사회 문화 모든 영역에 걸쳐 민주적인 사상을 견지했던 인물로서, 주인과 종이 철저하게 대립할 수밖에 없던 시절에 주인과 종의 변증법적 고양을 통해서 모두가 주인이 되는 세상을 꿈꿨던 것으로 그려진다.

김원경의 종이었던 이개물은 자연과학적 탐구와 실질적 기술 혁신을 도왔던 일종의 장인이다. 근대적 시계를 만들기도 하고 천체도를 구축해 보기도 했던 그는 기본적으로 자연과학자요 기술자다운 면모를 지닌다. 비록 신분적 질곡의 혁파를 위한 실천적 성격을 보이지는 않지만, 다른 측면에서 근대적 시민의 자질을 구유한 인물로 보인다. 이개물과 김원경은 『난장이가 쏘아올린 작은 공』에서 뫼비우스의 띠 이야기를 하는 수학 교사나 클라인씨의 병 이야기를 하는 과학자를 떠올리게 한다. 앞면과 뒷면, 안과 밖이 철저히 갈라져 있는 세상에서 화해로운 소통으로 나아가는 새로운 지평을 추구했던 그들이었다. 물론 수학 교사나 과학자 역시 현실에서 그런 세상은 없다고 절망하긴 했지만, 그럼에도 역사에서 그런 지평을 추구하고자 실천했던 인물들은 없지 않았던 것이다. 주인과 종의 구분이 엄연했던 시절에 김원경이나 이개물이 그들의 사유와 과학적 탐문을 통해 추구했던 것도 뫼비우스의 띠나 클라인씨의 병의 세계를 닮은 어떤 것이었다. 즉 변증법적 중재자로서의 역할 모델에 골몰했던 것이다. 물론 그들의 한계는 뚜렷했다. 김원경은 자신의 사유나 고민에도 불구하고 여전히 많은 종들을 현실적으로 거느리고 있었고, 이개물 역시 김원경의 종으로서의 존재 의식을 크게 벗어나지 못했다. 그럼에도 그들이 고민하고 탐문했을 때 여량도 장평 땅은 나름의 평화를 유지할 수 있었다. 그러나 김원경이 사망한 후 이개물은 일개 종으로 치부될 뿐 더 이상 실천 과학자로서의 면모를 인정받지 못한다. 무엇보다 김원경의 자식들이 김원경의 혁신적이고 민주적이며 과학적인 생각을 이해할 수 없는, 당대의 타락한 지배계급의 무리와 별다를 바 없는 인물들이었기 때문이다. 그러기에 김원경 생전에 유지했던 평화는 깨어지고 전쟁과도 같은 상태가 오고 만다. 김원경의 자식들에 의해 소작농들과 종들에 대한 착취가 가혹하게 전개되자 억눌린 자들은 눈물을 흘리며 저항 행동을 하게 된다. 그러자 외적들에게는 한없이 약하기만 했던 군대가 들어와 그들을 진압한다. 여기서 작가는 이상적인 '오래된 미래'의 테제에 걸맞을 혁신적인 의적 모티프를 도입한다. '도둑'으로 호명되는 조세희의 의적은 자신의 법에 따라 실천 행동을 한 인물이다.

> 그는 자신의 법에 따라 나라와 백성에 큰 해를 주고 그것으로 잘사는 악덕 부자는 가족과 함께 전부 죽여 그 집안을 아예 멸문시키고 그들의 재물은 하나 남기지 않고 빼앗아 굶는 자들에게 나누어주었다. 똑같은 부자 권세가더라도, 그 집안 가족 구성원 중 누가 인정 가진 삶을 살고, 그래서 자선을 베풀어온 쪽이 있으면 악한 쪽만 잡아 죽이고 조금이라도 선한 쪽은 살렸으며, 재물도 그때는 반만 빼앗았다. 그는 자신에게도 아주 엄격해 부잣집을 습격한 날 전리품에 먹을 것이 잔뜩 들어 있어도 그것들을 다 마다하고 일상식인 잡곡밥과 소금에 절인 몇 가지 건건이만 취해 고생하는 조선 땅 가난뱅이 소작농 이상의 식사는 결코 하려고 하지를 않았다. 그는 술도 안 마셨고, 여자와 옷 벗고 누워 그 끝도 없고 밑도 없는 쾌락의 나락으로 떨어져본 적도 없었다. 조선 오백 년 길기만 했던 역사 속, 많은 도둑 가운데서 술을 안 마시고 여자와 잠도 안 잔 도둑은 그 한 사람뿐이었다. 죽은 뒤에도 칼을 꽉 잡고 놓지 않았던 도둑 역시 그말고는 또 없었다.(『하얀 저

고리』, pp. 169~170)

이쯤 되면 그야말로 '유일한' 의적이라고 보아도 좋을 것이다. 아마도 작가가 생각하는 소망적인 인간형을 그대로 빼어 닮은 인물일 것으로 여겨지는 이 의적은, 그러나 그가 징치하고자 했던 "끈질긴 솔잎혹파리와 진딧물과 백여우들"의 위세가 여전한 상태에서 그들과 싸우다 죽고 만다. 그는 죽어서도 분노와 원한을 좀처럼 줄일 수 없었기에 쥐었던 칼을 사흘 동안이나 놓지 않는다. 그러다가 빨간 반점의 종인 섣달쇠에게 손을 스르르 풀어 칼을 내준다. 하지만 섣달쇠는 칼을 쓸 줄도, 활도 쏠 줄도 몰랐고, 사람을 죽여본 적도 없는 인물이었다. 그런 섣달쇠가 유일한 의적의 칼을 들고 싸우다 비장한 최후를 맞는다. 이 싸움은, 그러나 패배의 역설로 장평 사람들의 가슴에 뿌리 깊게 자리잡게 된다. 서술자로 하여금 "아무리 세월이 흘러도 '옳은' 싸움에서 죽은 사람은 죽지를 않는, 다시 말해 장평 사람들이 저희 용사를 가슴 깊이 묻어 잊지 않는, 여량도 그 천 년 전통을 새롭게 이어받는 일의 시작이 되었다."(p. 172)라고 적게 한다.

이렇게 김원경이나 이개물과 같은 변증법적 중개자도 제 힘을 발휘하지 못한 채 죽어 갔고, 종의 입장에서 혁명적 실천 행동을 벌였던 도둑이나 섣달쇠도 정의를 위한 싸움에서 패배한 채 죽어 갔다. 그 결과 주인과 종의 이원 대립은 현실적으로 강화될 수밖에 없었고, 세월은 그만큼의 난세를 줄곧 유지해온 셈이었다는 서사 논리를 이 소설은 보인다. 정리하자면 이렇다. 아비는 종이었다. 그러므로 자식들도 종의 굴레를 벗어날 수 없었다. 그러나 그들의 가슴에는, 옳은 싸움에서 죽는 자는 죽지 않는다는 명제가 새겨져 있다. 2부의 이야기에서 여량도 노화에서 있었던 항쟁은 바로 그런 명제가 실천적 역사로 표출된 것이라는 맥락을 자연스럽게 읽어낼 수 있는 것도 이런 사정에서 말미암은 것이다. 수난의 역사 속에서 대물림된 고통 속에서도 "죽지 않는 생명의 색"인 붉은 반점을 가슴에 지니고 있는 노화 땅 섣달쇠 할아버지와 아침이 할머니의 후손들이 그런 실천 행동을 자연스럽게 전개할 수 있었다고 이야기를 엮고 있기 때문이다.

6.3. 아기 장수의 재림 설화와 슬픈 차연

옛날에도 그랬고(1부), 1980년 5월에도(2부) 역시 현실적으로 붉은 반점의 가슴을 지닌 사람들은 현실에서 패배했다. 그 사이에도 계속해서 "조선 땅에 태어나 가난 · 질병 · 전쟁 · 가뭄 · 굶주림 · 신분 차별 · 등 눈물나는 수많은 일에 시달리다 원통하게 죽어간 사람들”(p. 55)의 원한의 역사가 전개되었다. 질곡의 대지에서 저주받은 자들은 현실에서 정치적 해결책도 법적 해결책도 마련하기 어려웠기에 패배할 수밖에 없었다. 그들에게 허여된 방식이란 고작 제의적 해결 방식일 뿐이었다. 『하얀 저고리』에서 슬픈 아기 장수 설화가 의미심장하게 다가오는 것도 이 지점에서다. 옛날에 아기 장수가 있었다. 잘못된 세상을 바로잡기 위해 이 세상에 왔다. 그런데 그 잘못된 세상이 백성에게는 나쁜 것이었지만 타락한 지배자들에게는 좋은 것이었다. 좋은 세상이라고 여기는 사람들은 언제까지나 그 세상을 유지하고 싶었다. 그들에게는 오히려 아기 장수가 나쁘고 위험한 존재였다. 하여 그들은 아기 장수를 포위하여 칼로 목을 친다. 아기 장수는 죽어도 죽지 않는 존재였기에 잘린 목도 다시 제자리에 붙는다. 그러나 나중에 잘린 목에 재를 뿌리자 목이 제자리에 붙지 못하고 그만 아기 장수는 죽고 만다. 제 뜻을 제대로 펼치기도 전에 죽은 아기 장수가 언젠가는 다시 올 것이라는 믿음을, 눈물로 사는 ‘종’들은 지니고 있었다. 아기 장수 재림 설화에 대한 믿음은 빨간 반점을 지닌 종들에게 일종의 일용할 양식이었다. 혹은 ‘불가사의한 희망’이었다.

그들이 기다리는 인물도 최소한 하늘에서 깎아내린 듯한 장평강 절벽을 단숨에 차고 올라 그 절벽 윗부분에 있는 동굴 앞 큰 바위를 강물로 집어던질 힘과 용맹을 갖추지 않으면 안 되었다. 장수가 잘못된 세상을 바로잡을 때 쓸 것들이 동굴 안에 들어 있었다. 물론 그 안에 들어 있다는 물품은 이야기하는 사람에 따라 달랐다. 어떤 사람은 세상 구제 방법이 자세히 적힌 하늘의 책이 들어 있다고 말했고, 어떤 사람은 가난한 백만 가구에 골고루 나누어줄 큼직큼직한 백만 개의 금덩어리가 쌓여 있다고 말했다. 어떤 사람은 부자의 농토를 빼앗아 농민들에게 공평하게 나누어줄 토지개혁 문서가 들어 있다고 말했다. 옆에서 이 말을 듣던 한 농사종은, 땅 없는 농민들에게 고루 나누어줄 그 토지문서 옆에 또 하나의 문서가 놓여 있는데 그것은 모든 노비를 풀어주라는 천상의 명령서라고 덧붙였다. 기근이 드는 해에 그 동굴은 굶주리는 '조선 오백만 백성'을 먹여 살리고도 남을, 쌀이 가득한 창고로 변했다. 문제는 그 동굴이 까마득하게 높은 절벽 위에 있고 동굴 입구는 힘 센 장수가 아니면 집어던질 수 없는 큰 바위가 막고 있는 것이었다. 그래서 장평 땅 옛날 어머니들은 아이들이 배가 고파 칭얼거릴 때마다 이렇게 말해주고는 했다.

"장수가 오면 쌀밥을 해주마."(『하얀 저고리』, p. 82)

불가사의한 희망의 동굴에서 나쁜 세상을 혁파하고 좋은 세상을 구현할 보물을 구해올 인물은 힘센 아기 장수 이외에는 없었다. 그래서 아기 장수는 꼭 재림해야 했다. 그가 동굴에서 진리의 책과 쌀과 더불어 현실적인 토지개혁 문서와 노비해방 문서를 건져내야 했다. 그래야 무녀들이 축원하는 바처럼 "모든 사람이 따뜻한 옷을 입고 쇠고깃국에 입쌀로만 지은 흰밥을 마는 일, 그리하여 한밤중 외딴 산모퉁이 어느 가난한 집 아이 하나 배가 고파 우는 일이 없고 마을 마을의 아이란 아이 모두 기쁨을 이기지 못해 자꾸 소리내 웃는, 그렇게 기막힌 세상"(pp. 145~146)에서 살아볼 수 있다. 빨간 반점을 지닌 종들이 아기 장수 재림 설화를 소망적으로 간절하게 읊조리는 것은 이 때문이다. 선달쇠와 아침이 사이에서 첫아들 수리가 태어나 조금 자랐을 때, 동네 사람들이 그 아이에게 턱없는 힘 자랑을 요구한 것도 그런 불가사의한 희망 때문이었다. 그러나 좀처럼 아기 장수는 오지 않았다. 기다리면 기다릴수록 거듭 미끄러지는 슬픈 희망이었다. 이 때문에 사람들은 더욱 슬펐다. 슬펐기에 그들은 더욱 아기 장수 재림 설화에 매달릴 수밖에 없었다.

여기서 우리는 역설적 존재론을 함축적으로 읽어낼 수 있다. 죽되 죽지 않는다는 아기 장수의 존재 그 자체가 우선 역설이거니와, 현실에서 주인들에게 패배하지만 결코 패배하지 않을 것이라는 종들의 역설적 신념을 그들은 뚜렷하게 보여주고 있기 때문이다. 그들은 역설을 먹고 살며 역설의 힘으로 나쁜 세상을 견디려 했다. 그런데 작가는 이 역설의 문제에 우화적 교훈성의 가치 이상의 것을 부여한다. 역설은 힘든 난세를 견디게 하는 에너지에서 그치는 것이 아니라, 그 난세를 혁파하려는 실천적 행동의 에너지에도 밑거름이 되고 있음을 이야기한다. 옛날 노화 땅에서 장군과 맞서 싸웠던 '도둑'이나 섣달쇠를 비롯한 빨간 반점의 사람들에게도 그랬거니와, 1980년 5월에도 마찬가지로 젊은이들에게 예의 역설은 크나큰 자양분이었음을 서사적으로 논리화한다. 그리고 그것은 반드시 옳은 세상이 오는 그날까지 소진되지 않고 면면히 흐를 것임을 작가는 강조하고 싶어한다. 아기 장수 재림 설화는 슬프게 차연되면서 더더욱 힘을 얻어 지니는 어떤 것으로 받아들여진다. 여기서 분노의 정치학은 소망의 시학 혹은 정의의 시학과 어우러진다.

6.4. 역사와 문학의 원근법

분노의 정치학과 정의의 시학이 결부되면서 이야기를

만든다. 그 이야기는 이를테면 이런 것이다. "옛날에 섣달 쇠라는 잘생긴 소년이 살았어. 그는 아주 예쁜 소녀를 만나 사랑을 했어. 두 사람의 가슴에 빨간 반점이 나 있었어. 두 사람은 결혼을 해서 가슴에 빨간 반점을 단 아이를 많이 낳았는데 그 아이들은 하나같이 잘생기고, 의젓하고, 그렇게 의로울 수 없었어. 이 빨간 반점은 죽지 않는다는 표시야. 죽어도 죽지 않아"(p. 223). 정의로운 소망과는 달리 거꾸로 치닫는 역사를 원근법적으로 성찰하는 과정에서 만들어진 이런 "죽어도 죽지 않"는 역설적 이야기는 곧 문학적 정의에 입각한 심판의 이야기로 읽힌다. 이때 심판의 기준은 "세계적으로 잘 알려진 혁명과 대저항 투쟁이, '상승했던' 희망과 꿈, 기대가 갑자기 '좌절되는' 시기에, 물론 고통과 억압의 시절로 이제는 결코 돌아가지 않겠다는 피압박 대중에 의해 일어났다는 사실"(p. 295)을 대자적으로 자각하고 실천하려 하는 빨간 반점의 후손들의 초점화된 시각에 의해 마련된다. 그리고 그것은 그 역시 노비의 후손이었으되, 그럼에도 사랑으로 정의로운 세상을 꿈꾸고자 했던 '난장이'가 공장 굴뚝에서 떨어져 비극적으로 죽어간 이후에, 그런 '난장이'의 비극을 외면한 한 채 폭력적 현실이 가중되는 세상에 대한 작가 조세희의 현실 인식의 새로운 단면을 보여주는 것이기도 하다.

알다시피 『하얀 저고리』의 1부는 『작가세계』 1990년 겨울호에 발표된 바 있었다. 연재 장편의 분재분 끝에 '계속'이라는 예고가 되어 있었지만, 그리고 많은 애독자가 그 뒷이야기를 애타게 기다렸지만, 작가는 좀처럼 그 뒷이야기를 우리에게 들려주지 않았다. 10년을 넘게 기다린 다음에야 우리에게 전해진 2부의 이야기를 보면서, 우리는 작가가 왜 그토록 장고하지 않으면 안 되었던가를 짐작하게 된다. 자기 시대가 가장 위험한 위기의 시대라는 절박한 의식이 그의 언어와 수사를 붙잡은 것이 아닐까 싶다. 굳이 시몬느 베이유의 말을 떠올리지 않더라도 예민한 작가라면 누구나 자기 시대를 지금까지 지상에 존재했던 그 어떤 시대보다 위태로운 시대로 성찰할 것이다. 더욱이 조세희는 1970년대와 1980년대에 한국에서 글을 써야 했던 작가였다. 자기 시대에 대해 남달리 위기의식을 지니고 살았던 그였다. 위기의 시대에 자기 이야기의 현실적 가치에 대해서도 많이 고민했을 것이다. 1부에서 김원경이 자기 시문을 나중에 취소했던 것처럼 자기 이야기를 취소하고 싶었을지도 모른다. '난장이'의 죽음에 대해서 아무런 책임을 질 수 없는 시대의 작가로서 절박한 의식 때문이었으리라. 이런저런 고민이 그로 하여금 장고하게 했을 것이라는 얘기다. 더욱이 자신이 하고 싶었던 얘기는 역사와 문학의 원근법으로 성찰한 정의로운 심판의 가능성에 관한 이야기였다. 그것은 길게는 전체 역사를 관류하는 것이었고, 짧게는 1970년대와 1980년대를 관통해야 하는 이야기였다. 그렇다고 설부른 후일담 문학에서 그치고 싶은 마음은 조금도 없었던 것으로 보인다. 게다가 이야기의 가치와 서사적 진리는 점점 일그러지는 상황이었다. 1부에 비해 2부의 어조가 좀더 설명적이거나 직정적인 것은 이런 사정에서 말미암은 것으로 짐작된다. 설달쇠의 이야기처럼 원근법적 거리를 유지할 수 없는 지금, 여기의 영희네 가족의 현실 이야기였기 때문에 그 어떤 꾸밈 장치도 여과 장치도 용납하기 힘들었을 것이다. "분하게도 첫 발포 때 총 맞아 진 꽃 한 송이의 영혼이 어느 사이에 바람"이 되어, "잘 있거라, 나는 조금 전 자유를 위한 싸움에서 죽었어, 예쁜 아이들아 잘 있어, 예쁜 노화의 소녀들아 모두 안녕!"(pp. 296~297)과 같은 넋의 비가를 부르고 있는 터이니, 그 바람의 넋이 귓가에 윙윙대고 있는 터이니, 더욱 그랬을 것이다. 그러다 보니 심미적 이성보다는 실천 정의의 이성이 움직이는 대로 이야기를 풀어나간 것처럼 보인다. 그런 사정을 짐작해보면 소설의 심미적 완성도를 따져가며 시비하는 것은 그리 생산적이지 못할 것이라는 생각이 든다. 결국 격렬한 분노의 정치학과 역사적 심판의 수사학은 실천적 다짐의 현재진행형으로 일단 마무리된다. "열심히 싸우다 배가 고파진 선봉시위대의 젊은이들은 옛날에는 물론 논밭이었던 그곳에서 지난 시절 여량도 유명한 두레의 조상할아버지들이 그랬던 것처럼 어깨를 맞대고 둘러앉아 노화의 어머니들이 간 맞추어 마련한 것들이라 더욱 맛있는 밥을 먹고, 힘을 배로 내, 도대체 국가 민족 공동체라는 것이 무엇인지 모르는, 국민 죽이는 학살 군대와 싸움을 계속하러 앞으로 나갔다"(p. 302)

다시, 조세희의 『하얀 저고리』는 아주 서늘하면서도 뜨거운 소설이다. 진실과 정의의 이름으로 잘못된 악의 역사를 철저하게 심판하고자 한 소설이라는 점에서 서늘하고, 그 심판을 위한 열정과 심판받을 대상을 향한 격렬한 분노로 인해 뜨겁다. 전반적으로 소설이, 문학이 예전과 같은 위의를 지니지 못한 채 휘청거리는 듯한 상황에서, 패션처럼 가벼워지거나 가십화되어 가는 현실에서, 의미 있는 서사 논리를 잃고 부유하거나 파편처럼 출렁이는 상황에서, 현실 설명력은 물론 현실 인식력이나 대응력이 현저하게 약화된 것처럼 보이는 오늘의 문학 상황에서, 조세희의 신작 소설은 문학의 옛 자리에 대해 새삼 숙고케 한다. 아주 오래된 생각과 신념, 상상력과 이야기처럼 보이지만, 그것이 오래되었기에, 그리고 여전히 해결되지 않은 아주 절실한 문제이기에, 지금, 여기서 더욱 새롭게 유효할 수 있다는 역사적 문학적 원근법에 근거한 진지한 독법이 요구되는 까닭도 여기에 있다. 비록 세계의 시계는 21세기를 가리키지만 아직도 이 땅은 20세기적 정치 경제의 유산을 많이 지니고 있다는 사실을 고려할 때, 21세기의 초입에서 정녕 진정한 21세기 새로운 삶의 지평으로 나아가기 위해서라도, 20세기적 소설의 가치에 대해 진지하게 성찰할 필요가 있는 것이다.

7.

생태적 애도와 환경 정의

7. 생태적 애도와 환경 정의[1]

7.1. 생태적 애도의 서사

조세희는 여러모로 문제적인 작가다. 특히 산업화 시대의 핵심 문제들을 구조적으로 파악하고 그 문제를 해결하기 위한 서사적 모색을 복합적으로 수행했다는 점에서 그렇다. 그의 평판작 『난장이가 쏘아올린 작은 공』은 우선 산업화 시대 정치경제학의 교과서이지만, 환경 생태학의 교과서이기도 하다. 산업화가 본격적으로 전개된 1970년대에 사회 생태적 측면에서 구조적으로 환경 문제에 접근했기 때문이다. 조세희가 보기에 산업화 와중에 하층 '난장이'네는 이중으로 고난을 강요받는다. 경제적 불평등으로 인한 질곡에 시달려야 함은 물론 상대적으로 더 환경

1 이 장은 『문학수첩』 2023년 하반기호에 수록된 글을 수정한 것이다.

재난으로 인한 피해에 속수무책이다. 둘 다 자본가들의 속악한 욕망 탓이라고 작가는 숙고한다. 그의 인식에 따르면 환경 문제가 증폭되는 일차적 이유는 자본가들이 부가적인 이윤 창출을 위해 지속 가능한 생태 환경을 위한 사회적 비용을 충분히 지불하지 않기 때문이다. 더 깊은 이유는 인간의 몸과 지구 환경이, 문화와 자연이, 영혼과 물질이 서로 긴밀하게 얽히고설켜 있고 상호작용하고 있다는 사실을 모르거나 혹 알더라도 짐짓 외면하는 까닭이다. 그런 사례들이 「기계 도시」, 「오늘 쓰러진 네모」, 「죽어가는 강」, 「침묵의 뿌리」 등 여러 소설에 펼쳐져 있다. 1970년대에 이미 이러한 생태학적 인식을 보였다는 것만 보더라도 작가 조세희의 문제성은 충분하다 하겠다.

『난장이가 쏘아올린 작은 공』 연작의 일환인 「기계 도시」에서 작가는 기계 도시의 생태 환경 양상과 그로 인한 고통스러운 생활 현장을 매우 실감 있게 형상화한다. 기계 도시의 수많은 굴뚝에서 시커먼 연기가 솟아오르면 "유독가스와 매연, 그리고 분진이 섞"[2]인 공기의 질이 매우 나빠진다. 또 공장 폐수와 폐수를 함부로 방출하여 하천과 강

---

2 조세희, 「기계 도시」, 『난장이가 쏘아올린 작은 공』, 이성과 힘, 2000, p. 185. 앞으로 이 책에서 인용할 경우 본문에 그 쪽수만 표기하기로 함.

과 바다가 오염되고, 거기에 살던 생물들이 죽어간다. "공장 주변의 생물체는 서서히 죽어가고 있다."(p. 186). 사정이 이 지경이고 보니 그 기계 도시에 사는 노동자들의 생태 또한 말이 아니다. 오염된 공기와 오염된 물과 죽어가는 생물체들이 풍기는 악취로 인해 눈도 제대로 뜨지 못하고 목이 따갑고 숨도 제대로 쉴 수 없는 지경이다.

반면 이런 기계 도시를 움직이는 사람들은 거기에 살지 않는다. 서울에 거주하면서 공장 기계 돌리는 것을 명령할 뿐만 아니라 공해도 측정에도 관여한다는 사실을 서술자는 드러낸다. 공정하지 않은 사회 생태 시스템에 대한 비판적 지적이다. 공해를 조장하는 것은 자본가들의 무정부적 욕망과 반성 없고 사랑 없는 행태 때문인데 그로 인한 일차적이고 직접적인 피해는 고스란히 '난장이'들의 몫이 된다는 인식을 드러낸다. 그것은 결코 단순한 사태일 수 없음을 이미 조세희는 직관한 것 같다. 당장은 공장 지대의 '난장이'들이 더 피해를 보겠지만 결국 모두가 위험해질 수 있음을, 절멸 내지 공멸의 위협에 처할 수 있음을 「죽어가는 강」에서 통렬하게 환기한다. 그러고 싶지 않지만 영롱한 아침 이슬마저 의심해야 하는 상황을 언급하면서 이미 많은 것을 죽였다고 적는다. 특히 "햇빛과 달빛과 별빛을 죽였고, 은하수를 죽였고, 가로수를 죽였고, 꽃을 죽였고, 나비·벌·잠자리에 반디까지 죽였다."[3] 같은 대목에서, 자연 생태 전반에 가해진 죽임의 행태가 상징적으로 보고된다. 이미 많은 것을 죽였을 뿐만 아니라 아직 살아남은 것들에도 많은 상처를 입혔다는 것, 그렇게 된 데는 인간의 파괴적 욕망 탓이라고 작가는 생각했다. 「환경 파괴」에서 조세희는 "사람들의 욕망이 바른 가치를 파괴하고, 그 파괴의 결과는 나중에 사람들을 괴롭힌다."라면서 "'풍요한 낙원의 건설'이라는 명제가 아주 단순하게 언제까지나 받아들여질 수는 없다. 혼탁한 대신 풍요한 낙원의 이름으로 가난하지만 깨끗한 낙원을 더이상 파괴해서는 안 될 것이기 때문이다."[4] 라는 입장을 분명하게 천명한 것도 그런 까닭이다.

언급했듯이 조세희는 여러 텍스트에서 이미 많은 것을 죽였다고 적었다. 꽃이며 나비, 벌, 잠자리에 나비까지 죽였다고 했다. 뿐만이 아니다. 난장이는 한 많은 생애를 자살로 마감해 '반 줌'의 재로 돌아갔고, 큰아들 영수 또한 사형당했다. 은강그룹 회장의 동생도 피살되었다. 꼽추도 교통사고로 유명을 달리했다. 이렇게 여러 죽음 양상들이 펼쳐진다. 그런데 조세희가 다룬 죽음은 대개 자연사가 아

3 조세희, 「죽어가는 강」, 『시간 여행』, 문학과지성사, 1983, p. 144.
4 조세희, 「환경 파괴」, 『난장이 마을의 유리병정』, 동서문화사, 1979, p. 217.

니다. 생태적 혹은 사회 생태적 곡절로 인한 죽음이 대부분이다. 그런 생태적 죽음을 애도하면서, 그런 죽음을 예방할 방안은 무엇일까, 작가는 질문한다. 또 "오늘 죽어살면서 내일 생각은 왜 했을까?"(p. 309)라고 회한에 빠진 사람들을 위로하고 승화시킬 수 있는 생태 윤리는 어떤 방향일까, 고뇌한다. 인간과 인간, 계급과 계급, 인간과 땅/물/공기, 지구 행성과 다른 행성 사이가 험악한 '이리'[5] 관계를 넘어서 유기적으로 공동 생성하고 상생할 가능성은 없을까, 궁리한다.

7.2. 은강의 바람, 은강의 몸들

바람 부는 날이면 은강에 가야 한다? 『난장이가 쏘아올린 작은 공』을 읽은 독자라면 누구라도 그렇게 말할 수 없다. 아직 은강이란 '기계 도시'를 함부로 언급하는 것부

---

5 『리바이어던』(1651)에서 사회계약론에 대해 명확하고 자세하게 밝힌 최초의 근대 정치철학자 토머스 홉스(Thomas Hobbes, 1588~1679)에 따르면, 이기적 본성을 지닌 인간은 자연 상태에서 저마다 한없이 자신의 이익을 추구하려는 경향을 보이기 때문에 '만인에 의한 만인의 투쟁'을 전개한다. 그러기에 인간관계는 이리[狼] 관계가 될 수 있다고 보았다. 홉스는 거기까지 말하지는 않았지만, 그 이리 관계는 일종의 지옥과도 같은 이리(泥犁)라는 동음이의를 연상하게 한다.

터, 어쩌면 죄가 될지도 모른다. 「기계 도시」에서 은강 그룹의 공장들이 있는 도시가 바로 은강이다. 낙원구 행복동에서 살던 난장이네 가족은 난장이가 벽돌 공장 굴뚝에서 자살한 후 은강으로 이주해 거기서 일하면서 살아간다.

> 공장 지대는 북쪽이다. 수없이 솟은 굴뚝에서 시커먼 연기가 오르고, 공장 안에서는 기계들이 돌아간다. 노동자들이 그곳에서 일한다. 죽은 난장이의 아들딸도 그곳에서 일하고 있다. 그곳 공기 속에는 유독 가스와 매연, 그리고 분진이 섞여 있다. 모든 공장이 제품 생산량에 비례하는 흑갈색·황갈색의 폐수·폐유를 하천으로 토해낸다. 상류에서 나온 공장 폐수는 다른 공장 용수로 다시 쓰이고, 다시 토해져 흘러 내려가다 바다로 들어간다. 은강 내항은 썩은 바다로 괴어 있다. 공장 주변의 생물체는 서서히 죽어가고 있다.(「기계 도시」, pp. 185~186)

은강 공장 지대의 생태 환경에 대한 일목요연한 서술 대목이다. 성장과 개발 일변도의 정책이 추진되고 매출 신장과 이윤 창출에의 무정부적 욕망이 브레이크를 달지 않았던 시절의 풍경이다. 근대식 공장에서 생산의 양지에는 상품의 유용함이나 편리함 혹은 문명의 이기 같은 것이 전시되겠지만, 그 음지의 풍경은 사뭇 험악하다. 생산 과정에서 버려지는 온갖 쓰레기와 폐기물들이 땅과 물과 공기를 오염시켜 많은 생명들을 위협하고 자연 질서를 위태롭게 하기 때문이다. 기후 변화에 대한 비판적 시각이 있기 훨씬 이전인 1970년대에 이미 조세희는 이렇게 진술했다. "겨울이 되면 은강에도 물론 눈이 내리지만 공장 노동자들은 눈이 내려 쌓이는 것을 보지 못한다. 아무리 추워도 하천은 얼어붙는 법이 없고 눈은 주거 지역 쪽에만 내려 쌓인다."(p. 186). 자연 상태라면 눈이 내려 쌓이고 추위로 하천이 얼겠지만 이제 인공 화학적 환경 변화에 따라 그런 질서가 일그러지고 파행을 겪게 되었다는 생태학적 보고다. 로렌스 부엘은 "인간은 자신이 거주하는 환경과 상호작용하면서 자신을 구축하는 문화-생물학적 생명체이기 때문에 그가 생산하는 모든 인공물은 그러한 환경의 흔적을 간직한다."[6]라고 논의한 바 있는데, 그러한 환경의 흔적은 여러 측면에서 드러난다. 은강의 공장 지대에서 눈이 쌓이지 않고 하천이 얼지 않는 것이 바깥의 흔적이라면, 은강에 바람이 불 때 공장 지대의 사람들이 겪는 몸의 고통은 신체 내적 흔적이다.

---

6 Lawrence Buell, *Writing for an Endangered World: Literature, Culture, and Environment in the U.S. and Beyond*, Cambridge, Mass: Harvard UP., 2001, p. 2.

> 바람은 바다로 안 불고, 내륙으로도 안 불고, 공장 지대의 상공에 머물렀다가 곧바로 주거지 일대에 가라앉으며 빠져나갔다. 막 잠이 들려던 어린아이들이 바람이 방향을 바꾼 사실을 제일 먼저 알았다. 어른들은 아이들이 갑자기 호흡 장애를 일으키는 것을 보았다.
>
> 아이들을 안고 병원으로 달려가던 어른들도 악취 때문에 제대로 숨을 쉴 수 없었다. 눈이 아프고, 목이 따가웠다. 견딜 수 없는 사람들이 거리고 뛰어나왔다. 시가지와 주거지에 안개가 내리고, 가로등은 보이지 않았다. 대혼잡이 일어 질서는 순식간에 무너졌다. [……] 은강 사람들은 큰 공포 앞에 맨몸으로 노출된 자신들을 깨닫고 몸서리쳤다. 짧은 시간에 은강 사람들은 여러 가지 불안을 경험했다. 아무도 정확히 말하지 못했지만, 그들은 은강 역사에 전례가 없는 생물학적 악조건 속에서 자기들이 살아간다는 것을 깨달았다.(「기계 도시」, pp. 186~187)

은강에 바람이 불면 은강의 몸들은 엄청난 고통에 휩싸인다. 호흡 장애를 비롯해 이비인후과나 안과 계통의 여러 질환에 속수무책이다. 자연 질서는 무너지고 대혼잡이 은강의 몸들을 불안과 공포에 떨게 한다. "전례가 없는 생물학적 악조건"에 처해 있는 은강의 몸들은 곧 위기의 존재들이다. 레원틴과 레빈스 등 『영향을 받은 생물학』의 공저자들은 "인간의 사회성은 유전적으로 물려받은 생물학의 결과인 반면에, 인간의 생물학은 사회화된 생물학이다"라면서 생물학적 원인과 사회적 원인의 '공동결정' codetermination 문제를 제기한다. "노동과 휴식의 패턴이 노동자 자신의 신진대사가 아니라 고용자의 경제적 결정에 더 많이 의존하는 것처럼, 자본주의 노동 시장에서 노동력이 매매되는 상황이 개인의 포도당 순환glucose cycle에 영향을 미친"다는 것이다. 그러니까 그들에 따르면 "인간 생태학은 인간이라는 종이 다른 자연과 맺는 관계가 아니라 사회적 구조에 의해 유지되는 자기와는 다른 사회, 계급, 젠더, 나이, 직위, 인종과 맺는 관계에 대한 연구"이다. 이에 "자본주의 사회의 노동자의 췌장이나 허파에 대해 말하는 것이 억지"가 아니라고 강조한다.[7]

또 스테이시 엘러이모의 횡단-신체성trans-corporeality 론과 관련한 서평 「'환경'은 '우리'다」에서 헤럴드 프롬은 이런 논의를 전개한다. "이제 우리가 이해하듯이 '환경'은 끝이 없는 파동으로 우리를 직접 관통하고 있다. 만일 우리 자신을 완벽한 저속촬영 마이크로 비디오로 관찰한다면,

---

7 Richard Lewontin and Richard Levins, *Biology under the Influence: Dialectical Essays on Ecology, Agriculture, and Health*, New York: Monthly Review Press, 2007, pp. 36~37. 여기서는 스테이시 앨러이모, 『말, 살, 흙: 페미니즘과 환경정의』, 그린비, 2018, p. 75에서 재인용함.

우리는 대사물질들을 몸 바깥으로 흘려보내고, 배설하고, 내뱉는 과정만큼이나 우리 몸으로 들어오는 수분, 공기, 영양물, 미생물들, 그리고 독성물질들을 보게 될 것이다." 그러면서 "환경"이 "점점 더 세계 내 인간 존재의 바로 그 구성 물질인 것"[8]으로 보인다고 프롬은 지적한다. 에드워드 케이시 역시 비슷하게 주장한다. "내 몸과 자연은 인접해 있을 뿐만 아니라 서로 연속되어 있다. [……] 문화와 자연으로 이뤄진 섬유들은 하나의 연속된 직물을 구성한다."[9] 이러한 인간과 환경의 상호작용과 끝없는 파동을 고려할 때 은강의 공장 지대와 거기에 거주하는 몸들은 공히 고통받을 수밖에 없다. 여기서 '몸들'에는 비단 거기에 거주하는 노동자 가족들만 포함되는 게 아니다. 공장 폐수와 폐유로 인해 오염된 하천에서 죽어가는 물고기들, 하천이나 바다, 공장 지대의 땅 등 모든 것들이 거기에 포함된다.

---

8 Harold Fromm, "The 'Environment' Is Us", *Electronic Book Review*, January 1, 1997, p. 2. 여기서는 스테이시 앨러이모, 『말, 살, 흙: 페미니즘과 환경정의』, p. 41에서 재인용함.

9 Edward Casey, *Getting Back into Place: Toward a Renewed Understanding of the Place—World*, Bloomington: Indiana UP., 1993, pp. 255~256. 여기서는 스테이시 앨러이모, 『말, 살, 흙: 페미니즘과 환경정의』, p. 41에서 재인용함.

옥상에 올라가면 바다가 보였다. 더러운 바다였다. 은강 내항은 언제나 썩은 바다로 괴어 있었다. 항만관리청 소속의 작은 청소선 하나가 항내의 부유물을 제거했다. 그때 산화철 생산 공장에서 내뿜는 유독 가스가 내가 앉아 있는 옥상을 지나갔다. 나는 그 가스 속에 앉아 부들부들 떨고 있는 내 몸의 신경을 진정시켰다.(「은강 노동 가족의 생계비」, p. 202)

오염된 바닷가에서 먹고, 토론하고, 노래했다. 물속으로 뛰어들면 기름 냄새가 났다. [……] 폐유 찌꺼기가 나의 몸을 쌌다. 목사가 수건으로 씻어주었다. 하얀 수건이 시커멓게 되고, 폐유 찌꺼기가 묻은 피부 위로 물방울이 흘러내렸다. 나는 모래 위에 주저앉으며 헛구역질을 해댔다. [……] 동해안 어느 쪽이 18미터인데 이 바다의 투명도는 2.7미터라고 과학자가 혀를 찼다. 그 썩어가는 바닷가에서 우리는 하룻밤을 잤다. 무언가 고르지 못하다는 생각들 때문에 나는 잠을 이룰 수가 없었다.(「클라인씨의 병」, p. 245)

강물은 아주 더러웠다. 배를 드러낸 고기들에 수초에 걸려 있었다. 꼽추는 등뼈가 휘어진 몇 마리의 고기를 건져 모래에 묻었다. 그 모래가 적갈색이었다.(「에필로그」, p. 310)

이렇게 그 지역에 거주하는 대부분이 고통받는 몸들에서 비켜날 수 없다. 아니 그 지역 자체가 전면적으로 고통받는 건강하지 않은 몸이라고 해야 옳다. 은강과 거기에 사는 사람들의 건강이 모조리 위협받게 되었다. 이런 현상을 보고하면서 작가는 생태 정의의 문제를 제기한다. 은강의 생태 조건과 은강의 몸들의 건강 조건을 그렇게 만든 사람들은 정작 그런 고통에서 벗어나 있다는 지적이 그것이다. "은강을 움직이는 사람들은 서울에 있었다."(p. 187)라는 진술이 전경화되는 사정은 그런 이유에서다.

> 수많은 공장, 그 공장을 움직이는 경영인들, 그리고 그 경영인들을 움직일 수 있는 사람은 서울에 있었다. 그들은 공장 기계를 돌리기 위해 물리적 힘만을 사용하고, 그 힘의 일부로 은강의 공해도를 측정, 발표했다. 은강 사람들은 잠들기 전에 바람의 방향을 확인한다. 바람은 난장이의 아들딸이 일하는 공장 지대의 가스와 매연을 내륙으로, 바다로 쓸어간다. 은강 사람들은 거기서 그친다. 하루에 십만여 톤의 폐수를 바다로 흘려넣은 그 공장 지대의 노동자들에 대해서는 생각하지 않는다. 공장 지대에 머물렀던 바람이 다시 주거지로 불지 않는 한 그들은 깊은 잠에서 깨어나지 않을 것이다.(「기계 도시」, p. 187)

최근 기후 정의를 주장하는 이들의 관점과 다르지 않은 환경 정의론이다. 기후 변화를 야기한 국가나 지역, 계급의 사람들이 아니라 오히려 다른 곳의 사람들이 기후 재난에 처하게 된 것에 대한 문제 제기처럼, 작가 조세희도 환경 문제를 야기한 공장의 경영주들은 공장 지대의 환경 피해에서 벗어나 있고, 가난한 은강 공장 노동자 가족들만 거기서 고통받고 있다는 문제의식을 분명히 하는 것이다. 이 환경 불의의 단초는 산업화 시대의 사회경제적 생태 구조에서 비롯된다. 작가가 대립적 세계관에서 출발하지 않을 수 없었던 것도 그런 사정에서 말미암은 것이다. 조세희가 형상화한 난장이네 가족은 난장이가 강조한 "사랑 때문에" 무척 괴로워했다. 난장이였던 아버지의 간절한 소망과는 달리 난장이의 세 자녀는 "사랑이 없는 세계에서 살았다." 배운 자, 가진 자들이 그들을 괴롭혔다. "책상 앞에 앉아 싼 임금으로 기계를 돌릴 방법만 생각"하는 사람들, "필요하다면 우리의 밥에 서슴없이 모래를 섞을 사람들", "폐수 집수장 바닥에 구멍을 뚫어 정수장을 거치지 않은 폐수를 바다로 흘려넣는 사람들"에게는 "노동자 전체가 기계였다"(「은강 노동 가족의 생계비」, p. 200). 콘베어 벨트 위에서 '보조 기계' 취급을 받는 영수의 작업 환경은 이랬다. "콘베어를 이용한 연속 작업이 나를 몰아붙였다. 기계가 작업 속도를 결정했다. 나는 트렁크 안에 상체를 밀어 넣고 두 가지 작업을 동시에 해야 했다. 트렁크의 철판에 드릴을 대면, 나의 작은 공구는 팡팡 소리를 내며 튀었다. 구멍을 하나 뚫을 때마다 나의 상체가 파르르 떨었다. 나는 나사못과 고무 바킹을 한입 가득 물고 일했다. 구멍을 뚫기가 무섭게 입에 문 부품을 꺼내 박았다."(p. 202). 이렇게 기계 취급을 받는 기계 도시의 노동자들의 몸은 비극적 고통을 체현한 채 살아간다. 그런 삶을 꼽추는 "오늘 죽어살면서"(p. 309)라고 했거니와, 조세희가 그린 은강의 생태는 공동 생성의 터전이라기보다는 공동 몰락 혹은 공멸의 위기를 예감케 하는 위기의 장소였다.[10] 은강의 몸들에 그런 고통을 안겨준 이들은 다른 곳에서 그런 환경 고통과는 상관없다는 듯 살아간다. 그럴 수는 없다고, 작가 조세

---

10 공생의 터전에 대한 조세희 관심은 각별했다. 가령 『당대비평』 편집인으로서 〈'상생(相生)의 문화'를 찾아서〉라는 기획의 일환으로 작가 박경리와 대담한 적이 있었는데, "결국 이런 추세로 가다가는 너만 쓰러지는 게 아니라 나도 쓰러지고 다 쓰러지는 거예요. 지구도 알다시피 균형이 깨지고 열대림이나 시베리아의 벌목 현장이 화면을 보고 있노라면 지구의 심장이 파먹히고 있는 듯한 공포를 느낍니다." 같은 말을 들으면서 터전의 상실에 대한 심각한 대화를 이어간 것도, 그 대담의 제목을 "빈곤보다 두려운 것은 터전의 상실이다"라고 붙인 것도, 그 사례라 하겠다(박경리·조세희 대담: 「빈곤보다 두려운 것은 터전의 상실이다」, 『당대비평』 6호, 삼인, 1999. 3, p. 269).

희는 비판의 날을 세운다.

7.3. 은강의 프레카리아트, 릴리푸트읍과 달나라

낙원구 행복동에 살았던 난장이는 거주지명처럼 살 수 없었다. 현실은 그에게 결코 낙원일 수 없었고, 현실에서 행복한 시간을 누리기 어려웠다. "신장은 백십칠 센티미터, 체중은 삼십이 킬로그램", 이런 신체적 취약성을 안은 채 그는 평생 "채권 매매, 칼 갈기, 고층 건물 유리 닦기, 펌프 설치하기, 수도 고치기" 등 다섯 가지 일을 했다. 나름대로 최선을 다해도 행복의 지평에 가까이 갈 수 없었던 난장이는 "스스로 황혼기에 접어들었다는 체념과 우울에 빠졌다. 실제로 이가 망가져 잠을 못 이루는 밤이 많았다. 눈도 어두워지고 머리의 숱도 많이 빠졌다. 의욕은 물론 주의력과 판단력도 줄었다"(「난장이가 쏘아올린 작은 공」, p. 95). "사랑으로 일하고 사랑으로 자식을 키"(「잘못은 신에게도 있다」, p. 213)우는 그런 세상을 꿈꾸었던 난장이, 그토록 순정한 영혼을 지닌 인물이었던 난장이는 더 이상 자식들에게 벌레 같은 짐이 되기 싫다는 생각에 벽돌 공장의 높은 굴뚝에서 종이 비행기를 날리듯 자기 몸을 날렸다. 만약 난장이가 살았던 세상이 신체적으로 장애가 있고 경제적으로 어려운 계급에 처한 이들에게 그 자신의 소망처럼 '사랑'으로 상생할 수 있는 사회였다면, 그는 그렇게 살다 죽어가지 않았을 것이다. 그런 측면에서 난장이와 그 가족들의 생태적 조건에 대해 더욱 면밀한 고민이 요구된다.

「은강 노동 가족의 생계비」에서 큰아들 영수는 "반 줌의 재"(p. 198)로 남은 아버지를 흐르는 물 위에 뿌린 다음 어린 시절 먹이 피라미드 숙제하던 시절의 에피소드를 떠올린다. "생태계를 설명하는 그림"을 설명해보라는 아버지의 요청에 영수는 "이 맨 밑이 녹색 식물로 일단계야요. 이 식물들을 먹는 동물이 이단계이고, 식물을 먹는 동물을 잡아먹는 작은 육식 동물이 삼단계, 또 이것을 잡아먹는 큰 육식 동물이 맨 위의 사단계야요."라고 대답한다. 이어 아버지가 동생 영호에게 형처럼 설명할 수 있겠느냐고 묻자, 영호는 형처럼 설명할 수는 없지만 이것만은 안다고 답한다. "우리는 이 맨 밑야요. 우리에겐 잡아먹을 게 없어요. 그런데, 우리 위에는 우리를 잡으려는 무엇이 세 층이나 있어요."(p. 199). 이런 먹이사슬에 대한 인식은 매우 비극적이다. 고정적인 피라미드의 최하층, 자유로운 상호작용은 없고 일방적 억압만이 강요되는 그 위계를 좀처럼 벗어날 수 없는 난장이네 가족은 생태적으로 무척 취약하고 불안정한 계급이다. 더욱이 여전히 "우리에겐 지켜야 할 게 많아"(p. 274)라고 무반성적으로 말하는 은강그룹 총수나, "그들이 행복한 마음으로 일만 하게 하는 약을 만드는 거예요. 그들이 공장에서 먹는 밥이나 음료수에 그 약을 넣어야죠."(「내 그물로 오는 가시고기」, p. 299)라고 말하는 총수의 아들 경훈의 생각까지 고려하면, 난장이네의 생태 취약성은 더욱 가중될 수밖에 없다.

이런 생태 취약성을 넘어 생태 안정성의 지평을 열기 위해 작가는 다각적인 고민을 했던 것으로 보인다. 그 하나는 난장이네 대안에 거주하는 계급들에게 반성적 의식을 함양하여 일방향의 억압의 피라미드가 아니라 수평적으로 상호작용하는 상생의 지평을 열 가능성을 모색하는 일이다. 가령 「궤도 회전」에서 "우리나라에서 십대 노동자에 대해 죄스러운 마음 없이 이야기할 수 있는 사람은 하나도 없습니다."라거나 "197*년, 한국은 죄인들로 가득 찼다는 것입니다. 죄인 아닌 사람이 없습니다."(p. 166)라고 말하는 윤호의 인물 구성 방식이 주목되는 것은 그런 맥락에서다. 윤호는 자기 부모와 가족, 자신이 속한 계급이 행한 부정적 속성을 반성하면서 "사랑·존경·윤리·자유·정의·이상"(p. 179)과 같은 과제들을 떠올리며 "어떤 도덕적인 핵심"을 지향한다. "단체를 만들자. 그 사람 혼자의 힘으로는 안 되는 일야."(p. 194). 윤호를 통한 반성적 지평의 모색이나, 「칼날」에서 "저희들도 난장이랍니다. 서로 몰라서 그렇지, 우리는 한편이에요."(p. 57)라고 말하는 신애를 통한 연대와 협력의 지평 추구는 정치경제적 윤리나 책임의 윤리와 관련된다. 생태학적 지평에서는 닫힌 영토화된 사고로부터 벗어나기를 시도한다. 그것은 두 측면에서 전개된다. 릴리푸트읍 이야기가 하나이고, 달나라 이야기가 둘이다. 먼저 독일 하스트로 호수 근처에 있다는 릴리푸트읍에 대한 영희의 이야기를 들어보자.

> 난장이들에게 릴리푸트읍처럼 안전한 곳은 없다. 집과 가구는 물론이고, 일상 생활 용품의 크기가 난장이들에게 맞도록 만들어져 있다. 그것에는 난장이의 생활을 위협하는 어떤 종류의 억압·공포·불평등·폭력도 없다. 권력을 추종자에게 조금씩 나누어주고 무서운 법을 만드는 사람도 없다. 릴리푸트읍에는 전제자가 없다. 큰 기업도 없고, 공장도 없고, 경영자도 없다.(「은강 노동 가족의 생계비」, pp. 195~196)

"난장이의 생활을 위협하는 어떤 종류의 억압·공포·불평등·폭력도 없"다는 릴리푸트읍은 당연히 은강과 대조되는 공간이다. "은강은 릴리푸트읍과는 전혀 다른 도시"이고 “모든 생명체가 고통을 받는 땅”(p. 198)이라는 사실을 영희는 무척 아파한다. 그러기에 지상의 척도로서 릴리푸트읍의 사례가 무척 소중하게 다가오는 것이다. 한 지역이나 한 국가 차원이 아니라 세계적인 차원에서 생태적으로 불안정성 내지 취약성에 빠져 있는 프레카리아트precariat[11]를 위한 획기적인 전환의 기획이 필요하다는 작가의 생각을 반영한 구도라고 하겠다.

릴리푸트읍의 기획을 더욱 승화시킨 것이 달나라 프로젝트이다. 지구 행성 전체에 대한 전면적 반성의 계기를 마련하고자 한다. 「우주 여행」에서 윤호는 지섭에게 들은 달나라의 생활 이야기를 전한다. “달은 순수한 세계이며 지구는 불순한 세계라고 했다. [……] 그는 달에 세워질 천문대에서 일할 사람은 행복할 것이라고 말했다. 그에게 달은 황금빛 별세계였다. 그는 지상에서 일어나는 일들은 너무나 끔찍하다고 했다. 그의 책에 의하면 지상에서는 시간을 터무니없이 낭비하고, 약속과 맹세는 깨어지고, 기도는 받아들여지지 않는다. 눈물도 보람없이 흘려야 하고, 마음은 억눌리고 희망도 이루어지지 않는다. 제일 끔찍한 일은 갖고 있는 생각 때문에 고통을 받는 일이다”(pp. 66~67).

---

11 불안정성을 경험하는 사람들. 불안정한(precarious)과 프롤레타리아트(proletariat)를 합성한 조어임.

윤호는 지섭으로부터 학습한 달나라 프로젝트를 은희에게 전한다. "달나라에 가서 할 일이 많아. 여기서는 무엇 하나 이룰 수가 없어. 지섭이 형이 책에서 읽었던 대로야. 시간을 터무니없이 낭비하고, 약속과 맹세는 깨어지고, 기도는 받아들여지지 않아. 여기서 잃은 것들을 그곳에 가서 찾아야 해"(p. 78). 이렇게 지섭과 윤호를 통해 논의되는 달나라 프로젝트는 지구의 삶과 생태에 대한 부정의 변증법을 연상케 한다. 그러니까 달나라에 가서 무엇을 어떻게 하겠다는 기획이라기보다 달나라라는 거울을 통해 지구적 생태 현실을 반성적으로 혁신하자는 것이 작가의 생각이었을 것이다.

「에필로그」에서 수학교사는 학생들의 예비고사 수학 성적이 좋지 않았다는 이유로 수학 과목을 맡지 못하게 된다. 그런 교사는 지구를 떠나 작은 혹성으로 우주 여행을 떠나기로 했다고 말한다. 그 이유는 지구의 인류는 "식물처럼 무기물에서 유기물을 합성하는 능력이 없"는데 "그곳 혹성인들은 식물처럼 무기물에서 유기물을 합성하는 능력을 갖고 있"(p. 317)기 때문에 그곳으로 가려는 것이라고 했다. "식물처럼 무기물에서 유기물을 합성하는 능력"이 왜 그렇게 소중한가. 물질적 선회와 공동 생성co-becoming의 가능성, 생기적 물질vital matter, 얽힌 생명의 역동적 상생 등 여러 측면에서 난장이 가족의 먹이 피라미드 에피소드와는 대조되는 형상이기 때문이다. 그러니까 조세희가 달나라 내지 소혹성 프로젝트를 언급하는 것은 지구의 생태 환경 조건에 대한 전면전 전환을 촉구하기 위한 서사적 의도를 함축하고 있는 것으로 읽어도 좋을 터이다. 난장이가 그토록 불행하게 살다가 죽지 않아도 되었을 그런 생태 환경에 대한 소망의 상상력과도 연계된다.

7.4. 생태-세계시민주의의 가능성

『장소 감각과 지구에 대한 의식: 전지구성에 대한 환경주의적 상상력』에서 우슬라 헤이즈는 "장소에 대한 감각이 아니라 지구에 대한 감각, 정치적·경제적·기술적·사회적·생태적 연결망이 우리 일상을 형성하는 방식에 대한 감각"이라면서 바로 그것이야말로 생태적 각성과 환경윤리의 핵심이 된다고 강조했다. 그런 논의를 확대 심화하면서 헤이즈는 "인간과 비인간 종들의 지구적 '상상 공동체'의 일부로서 개인과 그룹을 상상하는 시도"인 '생태-세계시민주의'eco-cosmopolitanism를 제안한 바 있다.[12] 생태학

12 Ursula Heise, *Sense of Place and Sense of Planet: The Environmental Imagination of the Global*, New York: Oxford UP., 2008, p. 61.

적 상호의존성과 지구 차원의 생태 공동체의 가치를 기반으로 하는 이 생태-세계시민주의의 기반을 형성하는 기본적 원리 또한 물질적 선회와 공동 생성의 가능성, 생기적 물질, 얽힌 생명의 역동적 상생 등이 아닐까.

이런 원리를 추구하기 위한 조세희의 위상학적 상징 기획은 잘 알려진 것처럼 뫼비우스의 띠와 클라인씨의 병 모티프다. 이 연작의 프롤로그 격인 「뫼비우스의 띠」에서 수학 교사는 이렇게 말한다. "내부와 외부가 따로 없는 입체는 없는지 생각해보자. 내부와 외부를 경계지을 수 없는 입체, 즉 뫼비우스의 입체를 생각해보라. 우주는 무한하고 끝이 없어 내부와 외부를 구분할 수 없을 것 같다. 간단한 뫼비우스의 띠에 많은 진리가 숨어 있는 것이다."(p. 29). 또 은강방직 보전반 기사 조수 영수의 각성과 성장 과정을 잘 드러나는 「클라인씨의 병」에서 영수는 과학자에게 이렇게 성찰적으로 답변한다. "이 병에서는 안이 곧 밖이고 밖이 곧 안입니다. 안팎이 없기 때문에 내부를 막았다고 할 수 없고, 여기서는 갇힌다는 게 아무 의미가 없습니다. 벽만 따라가면 밖으로 나갈 수 있죠. 따라서 이 세계에서는 갇혔다는 그 자체가 착각예요."(p. 262). 이쯤 되면 어린 시절 아버지의 물음에 먹이 피라미드 사슬에 답하던 영수와는 전혀 다른 인물이라고 해도 좋다. 물론 영수나

지섭, 수학 교사가 생태-세계시민주의의 체계적인 논리와 형상을 보여주는 것은 아니다. 다만 인식의 지향 측면에서 상당한 가능성을 보인다는 점은 우리가 넉넉하게 읽어낼 수 있다고 생각한다.

짐작할 수 있는 것처럼, 『난장이가 쏘아올린 작은 공』에 집필되던 1970년대의 한국의 지식 사회는 체계적인 생태 환경 담론을 펼칠 단계는 아니었다. 산업화의 추이와 그 폐해에 따라 환경에 대한 문제의식이 발견적으로 구체화되던 시절이었다. 그런 시절에 조세희는 난장이 가족, 그 프레카리아트의 생태 현실을 예각적으로 파악하고, 생태적 죽음의 현상과 조짐들을 애도하하면서, 생태적 각성과 환경 윤리를 환기하고 환경 정의를 추구하는 서사 기획을 심미적으로 승화했다는 것은 매우 값진 성과가 아닐 수 없다. 이 기후 위기 시대에 다각도로 다시 읽혀도 좋을 그런 텍스트이다.

에필로그:

조세희와 '난장이'의 시대

에필로그:

조세희와 '난장이'의 시대

작가 조세희는 1942년 8월 20일 경기도 가평군 설악면 묵안리 276번지에서 출생했다.[1] 서라벌예술대학 문예창작과와 경희대 국문학과에서 수학했다. 경희대 재학 중인 1965년 『경향신문』 신춘문예에 단편 「돛대 없는 장선(葬

1 묵안리 대신 머가니로 불린 고향에 대해 작가 조세희는 이렇게 말했다. "청평 지나 경기도의 동쪽 끝쯤인 곳인데, 머가니는 청평에서도 한참 더 들어가야 하는 산골예요. 산을 넘으면 강원도고, 어머니가 바로 그 산 너머의 강원도에서 머가니로 시집오셨으니까. [……] 묵안리는 네 개 부락을 합친 거예요. 그 네 부락 중 제일 큰 게 머가니인데 전체를 통칭하는 부락이기도 하죠. 40호쯤 살았죠. 양주 조씨 집성촌으로 삼백오십 년 가량 됐을 겁니다. 지금은 헐리고 없는 내 생가는 이백 년은 되었을 거고. 얼마 전에 가 보니까 옛날 모습은 다 사라지고 열일곱 호만 남았어요."(구광본, 「문학적 연대기: 유년과 역사로의 여행」, 『작가세계』, 1900년 겨울호(통권 7호), 세계사, 1990, p. 21.

船)」[2]이 당선되어 등단한다. 등단은 했지만 타고난 문학적 염결성으로 인해 "소설가로서의 한계를 느껴" 창작활동을 중단한 채 잡지 기자 등의 일을 하며 평범한 직장인으로 살아간다.[3] 그러다가 유신체제가 절정을 이루던 1975년, 돌연 다시 펜을 들고 『난장이가 쏘아 올린 작은 공』 연작을 쓰기 시작한다. 한 대담에서 작가는 그 결정적 계기를 이렇게 설명한 바 있다.

> 작품에도 나오지만, 실제로 어느 날 나는 그 시절 최약자들이 몰려 사는 재개발지역에 쇠고기 조금 사들고 가 그것으로 국도 끓이고 굽기도 해 집이 헐리면 당장 거리에

---

2 이 등단작은 어머니가 입원하시기 직전에 써서 "서라벌예대에 들어가 문예창작과 소설실습 시간에 낭독을 했던 작품"으로 "어머니가 돌아가신 뒤에 그 작품을 정리해 신춘문예에 냈던" 것이어서, "문학소년 조세희를 만날 수" 있다고 작가가 밝힌 바 있다(조세희·김승희 대담, 「조세희 문학의 인간적 탐구」, 조세희, 『난장이 마을의 유리병정』, 동서문화사, 1979, p. 389).

3 "직장에 다니면서 '이제 문학은 안 하겠다'고 생각했어요. 어렸을 때 가졌던 꿈이 컸기 때문에 직장 다니면서 자질구레하게 한두 편 발표라기가 싫더군요. 어렸을 때의 욕심은 '아주 좋은 책'을 쓰는 거였고, 정말 좋은 원고를 평생 3천 장만 쓰자고 생각했었는데…… 직장 생활을 하면서 난 스스로 난장이와 똑같은 체험을 했지요. 어렸을 땐 생활의 어려움을 통 모르고 자랐는데 어머니가 돌아가신 다음에야 경제적으로 궁핍한 체험을 했고 또 직장에서의 난장이 체험이 나의 문학적 토양을 준 셈이랄까요"(앞의 대담, 「조세희 문학의 인간적 탐구」, p. 389).

나앉아야 되는 세입자 가족들과 그 집에서의 마지막 식사를 하고 있었습니다. 살길이 막막한 그 집 가장이 국에 밥을 말던 모습이 생각나요. 우리가 식사를 반도 못 끝냈을 때 철거반이 철퇴로 대문과 시멘트 담을 쳐부수며 들어왔어요. 나는 지구가 큰 폭격을 받아 깨지고 뒤집히는 줄 알았어요. 그날 지옥의 사자와 같은 철거반과 이미 무너져 내리기 시작한 그 집에서 싸우고 골목 밖에서도 싸우고 철거민 가득한 동회 앞으로 가 또 싸우고 돌아오다 나는 작은 노트 한 권을 사 주머니에 넣었어요. 모나미 볼펜 한 자루도 끼어 샀던 것 같아요. 나는 그 노트에 『난장이』 연작을 쓰기 시작했어요.[4]

연작 중 「난장이가 쏘아올린 작은 공」에서 지섭이 행복동 난장이 집에 가서 마지막 점심을 먹다가 경험한 바로 그 사건을 작가가 직접 체험했음을 말하는 것이다. 지섭은 철거반원에게 "오 년이 아니라 오백 년"[5] 걸려 지은 집을 무참하게 허물어버린 것이라고 항의하다가 피흘리게 된다. 어떻게 그런 일이 아무렇지도 않게 일어날 수 있을까? "비상계엄과 긴급조치가 멋대로 내려지는, 그래서 누가 작은

---

4 조세희·이경호 대담, 「2.5세계의 불안한 나날」, 『작가세계』 2002년 가을호(통권 54호), 세계사, p. 23.

5 조세희, 『난장이가 쏘아올린 작은 공』, p. 124.

소리로 자유와 민주주의라는 말만 해도 잡혀가 무서운 고문받고 감옥에 갇히는 유신헌법 아래서 [……] 그때 우리 땅은 인류가 귀중한 가치로 치는 것들이 모조리 부정되는, 그런 불행한 세상이었"기에 그런 비극적 사건이 빈발했음을 작가는 여러 차례 언급한다. 그가 일찍이 포기했던 소설을 "늘 긴급하다는 마음으로" "한 편 한 편 써나갔"던 정치적 맥락은 이렇게 요약된다. "인류가 적으로 치는 반인륜 독재자들, 예를 들면 니카라과를 유린한 소모사나 우간다를 통치한 이디 아민, 적도 기니를 지배한 엥게마 같은 인물을 떠올리게 돼요. 저희 나라에서 그들은 중세시대와 똑같은 왕이었죠. 그들은 몇이서 나라 전체를 소유했어요. 박정희가 그런 힘을 가졌었죠. 그래서 나는 지금도 박정희·김종필·이후락 등 이 땅 쿠데타의 문을 활짝 연 내란 제일세대 군인들이 무력으로 집권해 피 말리는 억압 독재를 계속하지 않았다면 『난쏘공』은 태어나지 않았을 것이라고 말하곤 합니다."[6]

1971년 8월 10일 있었던 8·10성남민권운동[7]을 소재로 하

6 조세희·이경호 대담, 「2.5세계의 불안한 나날」, pp. 23~24.

7 1971년 8월 10일 있었던 광주대단지사건(지금의 경기도 성남시)은 도시 빈민운동의 시발점으로 평가된다. 당시 정부의 무계획적인 도시정책과 졸속행정에 반발하여 도시를 점거했던 사건으로 8월 10일 최소 3만, 최대 6만에 이르는 대규모 도시빈민 시위

고 상대원공단을 배경으로 했다고 알려진 『난장이가 쏘아 올린 작은 공』 연작의 핵심 캐릭터인 '난장이'가 만들어진 순간에 대해서 작가는 다음과 같이 소개했다.

문학을 다시 시작했던 때, 인물을 설정하기 위해 고심하고 있는 단계에서, 어느 날 직장에서 야근을 하고 집으로 돌아오고 있는데 깊은 밤 캄캄한 골목에서 어떤 아저씨가 동네 전체를 향해 욕을 하고 있는 장면을 보았어요. 어떤 하나의 인물이, 어둠 속에서, 사회와 그 동네 집단원 전체를 향해 욕을 한다는 건 있을 수 없는 일이거든요? 그런데 그 사람은 하고 있더군요. 유심히 보니까 난장이였어요. 오징어를 파는 아저씨였는데 돈이 급히 필요해 싸게 주겠다는 것인데 그것도 모르는 체하며 너희가 사주지 않아 그냥 들어간다며 마구 욕을 하는 거예요. 무허가 건축에 사는 난장이 아저씨였어요. 그런데 며칠 뒤 밥을 먹는데 꼬마가 뱅어포를 먹다가 "이것은 난장이 바다에서

가 전개되었다. 당시 시위에 참여한 주민들은 (1) 백 원에 매수한 땅 만원에 폭리 말 것, (2) 살인적인 불하 가격 결사반대, (3) 공약 사업 약속 말고 사업하고 공약할 것, (4) 배고파 우는 시민 세금으로 자극 말 것, (5) 이간 정책 쓰지 말 것 등을 주장하였다.(『한국민족문화대백과』, 한국학중앙연구원, 『네이버 지식백과』 광주대단지사건 항목. https://terms.naver.com/entry.naver?docId=795883&cid=46624&categoryId=46624 검색일: 2023년 10월 13일.)

온 난장이 고기지—"라고 말하지 않겠어요? 그 순간 며칠 전 난장이 아저씨한테서 받았던 막연했던 인상이 '난장이' 인상으로 굳어졌어요. '그렇다, 우리는 모두 난장이다'라는 생각이 계시처럼 머릿속을 가르더군요. 그것이 전부입니다.[8]

직장을 다니면서도 이런저런 '난장이 체험'을 했다고 밝힌 바 있거니와, 이 장면은 실제로 작가가 현실에서 난장이와 마주치면서 난장이에게 공감하고 스며든 결정적 계기였다. 이 장면과 앞에서 소개한 재개발지역에서의 체험이 중첩되고 융합되면서 1970년대 산업화 시대 한국소설사의 핵심 아이콘이 된 역사적인 난장이 캐릭터가 탄생하게 된다. 한편 연작의 첫 작품인 「뫼비우스의 띠」와 마지막 작품인 「에필로그」에 나오는 난장이의 동료 앉은뱅이와 꼽추는 작가의 고향인 묵안리 사람들이었다고 한다.[9]

『난장이가 쏘아올린 작은 공』 연작은 1975년 12월부터 3년여에 걸쳐 여러 문예지에 발표되었고, 1978년에 문학과지성사에서 단행본으로 출간된다. 작가는 이 연작의 형식과 스타일에 대해서도 몇몇 이야기를 한 것이 있다. 먼저 개별 작품이 발표될 때는 '분열된 힘'에 지나지 않았는

8 조세희·김승희 대담, 「조세희 문학의 인간적 탐구」, p. 390.
9 구광본, 「문학적 연대기: 유년과 역사로의 여행」, p. 22.

데, 그것이 함께 모였을 때 엄청난 에너지가 생겨났다고 말한다. "이백 자 원고 용지로 계산해 마흔 몇 장 짧은 것들로부터 이백오십 장을 넘지 않는 조금 긴 것에 이르기까지 모두 열두 편으로 이루어진 '난장이 연작'은, 하나하나를 따로 놓고 보면, 분열된 힘들에 지나지 않"았는데, 책으로 묶자 달라졌다는 얘기다. "책은 분열된 힘들을 모아 통합하는 마당이었다."[10] 아울러 장편 형식이 아닌 연작 형식을 택한 이유에 대해서는 이렇게 말한다. "조급성에서 좀 벗어나 없는 여유라도 가지려고 노력하며 처음부터 장편으로 만들었다면 어땠을까, 이것은 질문을 받을 때마다 내가 생각해보는 것인데, 그렇게 했다면 물론 독자가 열두 개의 조각을 모아 긴 작품으로 각자 자기 상상력과 능력에 맞추어 읽는 기회를 박탈했을 것이고, 『난쏘공』은 어느 한 싸움에 나가 제대로 싸워보지도 못하고 정체를 빨리 잡혀 죽었을 겁니다.[11] 또 짧은 글쓰기를 시도함으로써 계몽적 설교의 위험을 줄일 수 있었다는 점, "나에게 예술가적 기질이 좀 있고 그에 대한 소양도 좀 있다면 잘 짜여진 연극이나 인간의 마음을 꿰뚫은 어느 영화의 잊혀지지 않는 소품처럼 쓰였으면 하는 마음으로 미리 마련해 둔 것이 있었던

---

10 조세희, 「작가의 말」, 『난장이가 쏘아올린 작은 공』, p. 10.

11 조세희·이경호 대담, 「2.5세계의 불안한 나날」, pp. 23~24.

조각낸 글쓰기가 나에게는 더 나았다는 생각"[12] 등을 생전에 밝힌 바 있는데, 이는 이 연작 특유의 열린 텍스트성을 작가 나름대로 설명한 것으로 생각된다. 연작의 핵심 중의 하나인 '뫼비우스의 띠'나 '클라인씨의 병'의 비유는 의미론적 차원뿐 아니라 형식적 차원에서도 역동적으로 얽히면서 열린 텍스트를 형성하게 했던 것이 아닐까 싶다. 책이 나왔을 때 "소설이 동화적이고 우화적"이라거나 "문장이 보기 드물게 짧고, 형식도 새롭고, 슬프고, 그러면서 아름답다고" 하거나 "한계가 너무 많은 작품"이라는 말도 있었는데, 검열이 극심했던 당시에 "무슨 일이 있어도 '파괴를 견디고' 따뜻한 사랑과 고통받는 피의 이야기로 살아 독자들에게 전달되지 않으면 안 된다는 생각"[13]으로 뫼비우스 환상곡 같은 열린 텍스트를 만들었다는 작가의 말 또한 이 연작을 해석하는 데 아주 중요한 맥락을 제공한다고 하겠다.

어쨌거나 1978년에 문학과지성사에서 단행본으로 출간 직후부터 독자들의 뜨거운 사랑을 받기 시작하여, 1996년에 100쇄를, 2005년에 200쇄를 넘어섰고, 출간 29년 만인 2007년 9월 100만 부(228쇄)를 돌파했다. 2017년 출간 39년

---

12 앞의 대담, p. 24.

13 조세희, 「작가의 말」, 『난장이가 쏘아올린 작은 공』, p. 10.

만에 300쇄(누적 발행부수 137만 부)를 답파(踏破)했다. 작가가 타계한 2022년 말에 『난장이가 쏘아올린 작은 공』은 320쇄, 누적 발행 부수 약 148만 부를 넘어섰고, 2023년 10월 현재 324쇄 1,499,600부를 기록 중이다. 이런 기록만으로도 문학사적, 사회사적 사건이 되기에 충분하다.

독서 시장뿐만 아니라 담론의 공간에서도 『난장이가 쏘아올린 작은 공』은 줄곧 문학사 · 정신사 · 사회경제사 · 환경사 등 여러 영역에서 두루 문제작으로 논의되었다. 이 연작은 앞의 본론에서 논의한 것처럼, 난장이로 상징되는 못 가진 자와 거인으로 상징되는 가진 자 사이의 대립적 세계관을 바탕으로 하고 있다. 그 대립 속에서 난장이들의 불행과 비극은 비단 경제적인 문제에서 그치는 것이 아니라 사람살이 전면에 걸쳐진 것이었다. 『난장이가 쏘아올린 작은 공』은 산업화 이후 이 땅에서 거의 최초로 자유와 더불어 '평등'의 이념형을 본격적으로 형상화한 작품이다. 사람이 태어나서 누구나 한번 피 마르게 아파서 소리지르는 때가 있는데, 그 진실한 절규를 모은 게 역사요, 그 자신이 너무 아파서 지른 간절하고 피맺힌 절규가 『난·쏘·공』이었다고 작가는 말한다.

『난장이가 쏘아올린 작은 공』을 출간한 이후에도 조세희는 한동안 난장이 이야기에서 벗어나지 못한다. 난장이 이야기에서 벗어나고 싶은 욕망과 계속되는 난장이성의 현실 속에서 더 이야기해야 할 것 같은 반대 욕망의 틈 속에서 작가는 몸부림친다. 그 몸부림은 사랑과 희망을 위한 전향적인 기투였다. 「난장이 마을의 유리병정」을 비롯한 여러 짧은 이야기들에서 여전히 겪을 수밖에 없는 난장이 체험을 되풀이 곱씹을 수밖에 없었던 것은 그런 사정에서 말미암은 것이었다. 왜 이 땅의 난장이 현실은 이토록 초극하기 어려운 것일까, 고민하다가 그 역사적 연원을 탐문한 작품이 바로 문제적 중편 「시간 여행」(1983년)이다. 역사와 현실을 복합적으로 넘나들면서 고통스러운 난장이성의 시간의식 내지 역사성을 극적으로 형상화했다. 난장이들의 깊은 고통의 시간대를 중층적으로 곱씹어 체험케 함으로써 분노와 각성을, 나아가 대자적 역사의식을 촉구한다.

그러다가 조세희는 또다시 침묵의 시절로 돌아간다. "말이 10개라면 그 중에 5~6개밖에 쓸 수 없었던" 5공화국의 억압적 분위기 아래서 더 이상 쓸 수 없겠다는 생각 때문이다. "어느날 나는 내가 써야 할 많은 말들을 한순간에 잃어버리고 말았다. 말들은 돌아오지 않았다."[14] 그래서 그는 펜 대신에 사진기를 선택한다. 1979년 사북사태가

---

14 조세희, 『침묵의 뿌리』, 열화당, 1985, p. 96.

일어나자 그는 사진 찍는 친구들에게 제발 그 기록을 남겨달라고 부탁한다. 그러나 아무도 귀담아 듣지 않자 홧김에 카메라를 한 대 사들고 필름을 끼운 뒤 현장으로 달려간다. 『사진의 첫걸음』이란 얄팍한 책 한 권으로 사흘 만에 속성으로 사진술을 깨우친 뒤였다. 이 때의 사진 작업과 경험을 바탕으로 1985년 사진 산문집 『침묵의 뿌리』를 낸다. 사회비평적 혹은 문명비평적 성격이 강한 이 산문집에서 작가는 '경제발작시대'에 '우리가 지어온 죄'를 증거하고 역사적 현상을 반성적으로 재소유하고 싶어 한다. 사북의 탄광촌 풍경이나, 탄광촌의 사람들, 이산가족찾기 눈물의 현장, 인도의 기아 현장 등등 세계적 고통의 현장에 들이댄 그의 렌즈는 세계악(世界惡)의 사회비판적 현상학이다. 그에게 카메라는 "현장 깊이 들어갈 수 있게 해주는 기기"[15]였다. 그런 카메라를 들고 "'혁명은 역사의 환희다.', '불가능한 것을 요구하자!', '제한조건이야말로 우리가! 뒤집어엎어야 할 조건이다. 적들이 게임의 규칙을 만들고 우리가 그 규칙을 받아들인다면 우리는 이미 진 것이다.'"와 같은 68혁명 때의 구호와 연설을 떠올리며, "다른 세계는

---

15 『난장이가 쏘아올린 작은 공』 150쇄 발간 기념 조세희 특집호로 꾸며진 『작가세계』 2002년 가을호(통권 54호) 앞쪽에 작가가 직접 찍은 사진 화보와 함께 실린 글, p. 6.

가능하다!"는 신념으로 투쟁하는 현장을 찾아다닌다. 거기서 "머리 안에서 맴돌기만 하던 생각이 갑자기 정리된 '새 언어'로 터져나와 넓게 퍼져나가는 것을 보면"[16]서 놀라기도 한다. 그를 걱정하는 이들이 "그쯤 해둬"라고 말하기도 하지만, 본인도 그러고 싶지만 그럴 방도를 알 수 없었다고 적는다. "나는 이것을 알 수 없다. 아는 것을 어떻게 모르는 것으로 하고, 본 것을 어떻게 못 본 것으로 할 수 있는가."[17]

그러기에 조세희는 침묵만을 이어갈 수 없었다. 아는 것을 모르는 것으로 침묵의 시기를 거쳐 1988년 3월부터 『월간중앙』에 장편 『하얀 저고리』를 연재하면서 가슴에 묻어둔 이야기를 절절하게 꺼내 놓는다. 『작가세계』 특집호(1990년 겨울호)를 계기로 이 계간지에 분재하며 작업을 이어갔다.[18] 분재 이후 몇 차례에 걸쳐 출간을 시도했지만,

---

16 앞의 글, p. 7.

17 앞의 글, p. 10.

18 조세희는 『하얀 저고리』를 집필하기 위해 취재한 조선시대 유배지였던 어느 섬의 양반이 지었다는 집에 대해 이렇게 이야기한 바 있다. "그 집의 주인은 조선시대 양반 중 드물게 바퀴와 축의 운동, 그러니까 과학 기술에 눈을 뜬 사람이었다. 그 양반의 집 대문 문지방에는 수레바퀴가 드나들 수 있도록 홈이 파여 있었다. 바퀴와 축의 회전운동을 이해했고, 수레를 이용하기도 했던 그였지만 자신이 탄 수레를 끌도록 한 것은 동물이 아닌 인간, 즉 그의 종들이었다."(구광본, 「문학적 연대기: 유년과

작가 스스로의 엄격한 자기검열로 인해 아직 단행본으로 출간되지는 않았지만, 분재본으로도 그 성격을 분명히 가늠할 수 있다. 이 장편은 짧게는 20세기 후반 폭력적 군부독재 정권에 의해 처절하게 고통받은 이야기이면서, 나아가 20세기 전체의 수난사이며, 길게는 우리 민족사 전체를 관통하는 고통의 내력 이야기다. 역사의 현장에서 늘 되풀이 이겼던 부정한 세력들을 한자리에 모아 역사적 진실의 이름으로 단죄하고자 한 작가 의식이 매우 뚜렷하다. 현상적으로 승리한 자들에게 역사적 패배를 선언하고, 역사적 진실을 위해 싸우다 죽어간 이들의 승리를 선포하면서, 진실한 역사에의 다짐을 펼치는 정치적 담론의 광장을 열고자 했던 것이 아닐까 싶다.

1980년대에도 그랬던 것처럼 1990년대 이후에도 조세희는 니콘 FM2 사진기를 들고 노동자들의 집회 현장을 쫓아다니며 쉴 새 없이 찍고 메모하기를 멈추지 않는다. 1995년 11월에는 프랑스의 모든 공공 부문 교통수단이 일제히 멈추어 버린 노동자 총파업 때 파리를 다녀오기도 한다. 그곳에서 그는 "한계에 대항하는 우리들의 투쟁은 의무이면서 또한 인간 존재의 증거라고 생각"하면서 "권력의 폭거

역사로의 여행」, 『작가세계』 1990년 겨울호(통권 7호), 세계사, p. 26.)

에 저항하며 미래를 스스로 선택하는 노동자의 모습"을 보았다고 한다.[19] 1997년 계간 『당대비평』의 편집인으로 활동하면서, 조세희는 소설이 아닌 다른 형식으로 다시 세상을 향해 발언하기 시작한다. 『당대비평』 창간사의 한 대목이다. "20세기를 우리는 끔찍한 고통 속에 보냈다. 백 년 동안 우리 민족은 너무 많이 헤어졌고, 너무 많이 울었고, 너무 많이 죽었다. 선은 악에 졌다. 독재와 전제를 포함한 지난 백 년은 악인들의 세기였다. 이렇게 무지하고 잔인하고 욕심 많고 이타적이지 못한 자들이 마음 놓고 무리지어 번영을 누렸던 적은 역사에 없었다."[20]

조세희는 『난장이가 쏘아올린 작은 공』에서 난장이가 그랬던 것처럼, '작은 공'을 쏘아올리고 싶어 한 작가이다. 그에게는 소설 쓰기도, 에세이 쓰기도, 사진 찍기도 모두 '작은 공' 쏘아올리기였다. 난장이 현실을 넘어서기 위한, 사랑과 희망의 세상을 위한 소망을 갈구하는 수행적 과정이었다. 그는 그 자신의 명예나 영달을 위해서는 결코 단

---

19 조세희는 『당대비평』 3호(1998.3.)에 실린 「두 도시의 파업과 저항—서울·파리 '95~'97 노동자 투쟁」이란 제목의 사진 화보와 에세이 및 앞에서 언급한 『작가세계』 2002년 가을호(통권 54호) 사진 화보 및 에세이를 통해 그 경험과 풍경을 보고하고 있다.

20 조세희, 「무산된 꿈, 희망의 복원」(창간사), 『당대비평』, 삼인, 1997, p. 17.

한 줄의 글도 쓸 수 없었던 작가다. 함께 살아가는 작은 사람들의 작은 소망이 영글어가는 작은 세상을 향한 희망의 표상처럼 '작은 공'을 거듭, 거듭, 쏘아올렸다.

최근 출간된 최태현의 『절망하는 이들을 위한 민주주의』는 절망과 역설의 세계에서 민주주의를 지키는 힘과 마음을 성찰한 책이다. 저자는 『난장이가 쏘아올린 작은 공』을 떠올릴 것이라 상상하며, '작은 공'이라는 개념을 새롭게 제출한다. 우선 그의 관심사의 하나인 '작은 자들' 담론부터 조세희의 '난장이'를 떠올리게 한다. 조세희가 그랬듯이 최태현 또한 사회적 약자, 소외된 사람들, 소수자에게 관심을 집중한다. 조르조 아감벤Giorgio Agamben이 '호모 사케르'Homo sacer라고 불렀고, 빅토르 위고Victor M. Hugo가 '비참한 사람들'les misérables이라고 호명했으며, 파커 파머Parker J. Palmer는 '비통한 자들'the brokenhearted라고 칭했고, 박신애가 '삶의 폭이 상실된 사람들'이라고 불렀으며, 가야트리 스피박Gayatri C. Spivak이 '서발턴'subaltern이라며 예리하게 탐문했던 이런 용어들이 대개 타자에 대한 공감과 연대의 감각을 환기한다는 점을 우선 거론한다.[21] 그런 작은 자들을 위한 공공인문학적 성찰을 위해 그는 '작은

---

21 최태현, 『절망하는 이들을 위한 민주주의』, 창비, 2023, pp. 21~22.

공(共)' 개념을 제출한다. 그의 '작은 공'은 "국가 단위가 아닌 상대적으로 좁은 범위의 사람들이 '함께 하지만 그 이름으로 인해 억압되지 않는' 삶의 단위"[22]로 정의된다. "사람들의 구체적·일상적 삶에 착근되어 구성된 관계의 집합"인 '작은 공'에서 흥미로운 것은 "'공(共)'과 '동(同)'을 절연시킨" 가운데, "공동체가 어떻게 공적 공간을 구성하고, 거기서 개인의 가능성을 확장하면서 억압적 권력을 최소화하느냐에 초점"을 두고 있다는 사실이다.[23] 국가 단위의 사고를 넘어선 작은 공(共)들의 공공성은 그 횡단성으로 하여 작지만 결국 국가보다 더 큰 공공의 장을 열어보일 수도 있다. 또 "거시적 사회 구조보다는 미시적이고 실존적인 삶이 주목"하게 하고, "권력을 주도적으로 행사하기보다 권력으로부터 자유로운 상태를 강조"하는 이 '작은 공' 개념은 "공동체의 이름으로 외부의 시민들에게 억압적 지배권을 행사하지도 않는 공동체(의 상태)"라고 저자는 논의한다.[24] 또 『민주적 공공성: 하버마스와 아렌트를 넘어서』에서 사이토 준이치(齋藤純一)가 강조한 "구체적인 타자의 삶, 생명에 대한 배려·관심" 같은 "배려와 관심이 생

---

22 앞의 책, p. 304.

23 같은 책, p. 305.

24 같은 책, p. 306.

산되는 관계"이자 "윤리적 차원의 공(公)이 생산되는 관계"가 바로 '작은 공'이라는 것이다.[25] 이미 최태현도 언급했지만 그가 제출한 '작은 공' 논의가 조세희의 그것과 꼭 일맥상통하는 것은 아니다. 그러나 횡단성과 공공성, 연대와 배려, 관심과 돌봄 등 여러 면에서 조세희의 '작은 공'과 관련 시사하는 바가 많은 것이 사실이다.

이상의 논의를 바탕으로 조세희와 난장이 시대의 특성 및 난장이 문학의 심연을 관류하는 정치적 무의식과 책임윤리 등을 7가지로 정리하면서 우리의 '거듭 읽기'를 마치고자 한다.

첫째, 『난장이가 쏘아올린 작은 공』은 작가가 밝힌 것처럼 '난장이 체험'에서 비롯된 연작소설이다. 나도 난장이다, 우리도 난장이다, 라는 '난장이' 의식을 바탕으로 난장이의 삶을 형상화하고 안타까운 죽음을 애도하면서, 난장이처럼 신체적 경제적으로 취약한 프레카리아트들이 더 소망스러운 삶의 지평으로 나아갈 수 있기를 간절하게 희구한 문학이다.

둘째, 낙원구 행복동에 살던 난장이네 가족이 쫓겨나

---

25 같은 책, p. 309.

는 사건에서 상징적으로 웅변하듯이, 난장이와 같은 프레카리아트들은 생존의 터전을 점점 상실하는 위기에 처해 있다. 이런 터전 상실에 대한 불안감은 개인과 가족의 삶의 공간에서 지구촌 전체의 환경 문제에까지 걸쳐 있는 것인데, 그와 관련한 불안·불평등·불화의 감각이 역동적인 스타일로 형상화되어 있다.

셋째, 불평등이 만연한 현실에서 대립적 세계관에서 출발하되 그것을 넘어서는 상생의 지평을 희망처럼 모색한 문학이다. '작은 사람'들이 더불어 사는 '작은 공'의 세상을 지향하기 위해, 뫼비우스의 띠나 클라인씨의 병과 같은 상징적 기제도 활용했다. 『난장이가 쏘아올린 작은 공』이 지향하는 세계는 '뫼비우스 합창곡'이 울려 퍼질 것으로 상상된다.

넷째, 그런 뫼비우스 환상곡이라는 의미론을 추구하기 위해 작가 조세희는 스타일 면에서도 남달리 고뇌하고 공을 들였다. 단문의 절묘한 융합과 끊어질 듯 이어지는 단속(斷續)의 스타일, 창의 은유와 몰핑의 감각, 리얼리즘과 반리얼리즘 그리고 문학의 사회성과 미학성의 공동 생성 가능성 모색 등 조세희 특유의 '카오스모스 수사학'을 형성했다. 기존의 질서를 해체하고 격렬하게 혼돈을 일으킴과 동시에, 혼돈과 혼란 속에서 나름의 질서를 찾아나가는 조세희의 카오스모스 수사학은 작가와 독자가 공동 생성하는 열린 텍스트의 가능성과 그 복합적이고 중층적인 의미에 대해 많은 것을 생각하게 한다.

다섯째, 『난장이가 쏘아올린 작은 공』에서 「시간 여행」과 『침묵의 뿌리』를 거치고 『하얀 저고리』에 이르는 조세희의 문학 역정의 심층에 흐르는 정치적 무의식은 평등이다. 4·19혁명 이후 한국문학의 핵심 주제가 자유 지향이었던 것과는 달리 조세희는 산업화된 공장 노동자 1세대들의 노동 환경과 의식 및 지향점을 분명히 하고자 했다.

여섯째, 산업화 현실을 성찰하면서 조세희가 보인 생태학적 상상력과 환경주의도 주목에 값한다. 「기계 도시」 등에서 은강의 공장 지대 풍경 묘사와 사건 서사 과정에서 작가는 횡단-신체성의 감각을 통해 땅과 거주민이 공히 거주 불능의 위험에 처하게 됨을 안타까운 마음으로 드러내면서 환경 정의를 지향한다. 몸과 생태계 사이의 '뫼비우스의 띠'를 상상하는 '환경적 신체'environmental bodies에 대한 감각도 웅숭깊다. 그리하여 땅과 사람, 지구와 지구인의 건강이 하나라는 '원헬스'One-Health의 비전을 추구하는 의료-환경인문학Medical-Environmental Humanities[26]적 성

---

26 Scott Slovic, Swarnalatha Rangarajan & Vidya Sarveswaran, ed., *The Bloomsbury Handbook to the Medical–Environmental Humanities*, London: Bloomsbury Academic, 2022.

찰의 가능성을 보인다. 나아가 생태학적 상호의존성과 지구 차원의 생태 공동체의 가치를 지향하는 생태-세계시민주의를 모색하고 지향한다.

일곱째, 작가 조세희의 '난장이 체험'에서 『난장이가 쏘아올린 작은 공』이 비롯되었다고 했다. 난장이 이야기는 돌봄의 정동과 공공 윤리를 환기한다. 경제적 이윤 확대와 소득 신장이 최우선이었던 1970년대였기에 돌봄의 패러다임은 아직 준비 이전의 단계였다. 그런 상황에서 난장이의 형상화를 통해 취약한 존재에 대한 돌봄의 가치를 환기했다는 것은 의미심장한 일이다. 커테이Eva Feder Kittay 등이 논의하는 둘리아doulia의 의무[27], 돌봄의 책임 윤리를 '사랑'으로 다함으로써 정녕 인간다운 세상에 가까이 갈 수 있다고 생각한 난장이의 사랑의 윤리 및 조세희의 돌봄이라는 사랑의 노동 혹은 공공 윤리는, 1970년대 산업화 시대에 비교적 일찌감치 쏘아올린 의미 있는 '작은 공(共)'이자 '작은 공(公)'이었다.

---

27 Eva Feder Kittay, 『돌봄: 사랑의 노동』, 김희강·나상원 옮김, 박영사, 2016, p. 9.

1940년대

1942년(1세) 8월 20일, 경기도 가평군 설악면 묵안리 276번지에서 양주 조씨인 부 조병혁 씨와 모 신범순 씨의 아들로 출생하다.

1960년대

1963년(22세) 서라벌예술대학 문예창작과를 졸업하다.

1965년(24세) 『경향신문』 신춘문예에 「돛대 없는 장선(葬船)」이 당선되어 등단하다. 경희대 국문학과를 졸업하다.

1970년대

1975년(34세) 도시빈민 철거 현장에서 피흘리는 참담한 장면을 목격하고 돌아오는 길에 대학노트를 사들고 와 '난장이'을 꾹꾹 눌러 쓰기 시작하다. 첫 작품으로 「칼날」(『문학사상』 12월호)을 발표하다.

1976년(35세) '난장이' 연작 「뫼비우스의 띠」(『세대』 2월호), 「우주 여행」(『뿌리깊은 나무』, 9월호), 「난장이가 쏘아올린 작은 공」(『문학과지성』 겨울호)을 발표하다.

1977년(36세) '난장이' 연작 「육교 위에서」(『세대』 2월호), 「궤도 회전」(『한국문학』 6월호),

「기계 도시」(『대학신문』 6월 20일), 「은강 노동 가족의 생계비」(『문학사상』 10월호), 「잘못은 신에게도 있다」(『문예중앙』 겨울호) 등을 발표하다.

— 1978년(37세) '난장이' 연작 「클라인 씨의 병」(『문학과지성』 봄호), 「에필로그」(『문학사상』 3월호), 「내 그물로 오는 가시고기」(『창작과비평』 여름호)를 발표하다. 연작 12편을 묶어 『난장이가 쏘아올린 작은 공』(문학과지성사)을 출간하다.

— 1979년(38세) 「오늘 쓰러진 네모」, 「긴 팽이모자」, 「503호 남자의 희망공장」 등을 발표하고, 소설선집 『난장이 마을의 유리병정』(동서문화사)을 출간하다. 『난장이가 쏘아올린 작은 공』으로 제13회 동인문학상을 수상하다.

1980년대

1981년(40세) 단편 「나무 한 그루 서 있거라」, 「모두 네 잎 토끼풀」, 「모독」 등을 발표하다.

— 1983년(42세) 중편 「시간 여행」과 단편 「어린 왕자」 등을 발표하다. 중단편을 묶어 소설집 『시간 여행』(문학과지성사)을 출간하다.

— 1985년(44세) 사진 산문집 『침묵의 뿌리』(열화당)를 출간하다.

1988년(47세) 3월부터 『월간중앙』에 「하얀 저고리」를 2년간 연재하다.

1990년대

1990년(49세) '조세희 특집'으로 구성된 『작가세계』 겨울호(통권 7호)에 장편 『하얀 저고리』를 분재하다.

1994년(53세) 소설선집 『풀밭에서』(청아출판사)를 간행하다.

1995년(54세) 소설선집 『한국소설문학대계 51, 난장이가 쏘아올린 작은 공 외』(동아출판사)를 간행하다.

1996년(55세) 4월 『난장이가 쏘아올린 작은 공』이 100쇄를 넘어서다. 소설선집 『내 그물로 오는 가시고기』(솔출판사)를 간행하다.

1997년(56세) 계간 『당대비평』 편집인으로 활동하면서 다시 세상에 대해 진실의 발언을 하기 시작하다.

1999년(58세) 문화개혁시민연대 공동대표로 활동하는 한편 경희대 대학원 겸임교수를 역임하다.

2000년대

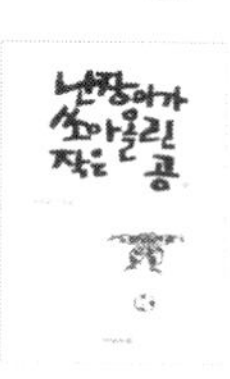

– 2000년(59세) 『난장이가 쏘아올린 작은 공』을 출판사 이성과 힘으로 옮겨 재출간하다.

– 2002년(61세) 『난장이가 쏘아올린 작은 공』 150쇄 발간기념 조세희 특집호로 편집된 『작가세계』 가을호(통권54호)를 통해 장편 『하얀 저고리』 출간을 알렸지만, 실제 출간은 미뤄졌다.

– 2005년(64세) 11월 『난장이가 쏘아올린 작은 공』이 200쇄를 돌파하다.

2007년(66세) 9월 『난장이가 쏘아올린 작은 공』이 출간 29년 만에 100만 부(228쇄)를 돌파하다.

– 2008년(67세) 『난장이가 쏘아올린 작은 공』 발간 30주년 기념문집 『침묵과 사랑』(권성우 엮음)이 간행된다.[1]

1 『난장이가 쏘아올린 작은 공』 출간 30주년 기념문집인 『침묵과 사랑』 간행 기념 기자간담회에서 작가 조세희는 "이 사회에 미만한 '고통의 총량'에 정확히 비례"하여 판매량이 늘었음을 무

— 2014년(73세) 한영대역본 『모독』(손석주 영역, 도서출판 아시아)을 펴내다.

2017년(76세) 4월 『난장이가 쏘아올린 작은 공』이 출간 39년 만에 300쇄(누적 발행부수 137만 부)를 돌파하다.

— 2022년(81세) 4월 코로나19에 확진되어 치료를 받았으나 합병증으로 투병하다 12월 25일 타계하다. 당시 『난장이가 쏘아올린 작은 공』은 320쇄를 넘기고 누적 발행 부수 약 148만 부를 넘어서다.

2023년 10월 현재 『난장이가 쏘아올린 작은 공』은 324쇄 1,499,600부를 기록 중이다.

척 안타까워했다. "내가 '난장이'를 쓸 당시엔 30년 뒤에도 읽힐 거라곤 상상 못했지. 앞으로 또 얼마나 오래 읽힐지, 나로선 알 수 없어. 다만 확실한 건 세상이 지금 상태로 가면 깜깜하다는 거, 그래서 미래 아이들이 여전히 이 책을 읽으며 눈물지을지도 모른다는 거, 내 걱정은 그거야." 또 이 기념문집과 함께 출간하려 했던 『하얀 저고리』가 건강상의 이유로 지연되고 있다면서, 꼭 마무리할 것이라고 했다. "『하얀 저고리』는 어떻게든 살아 있는 동안 쓸 거야. 인생 일흔까지 채우면서라도 끝을 내고, 내가 찍은 사진과 함께 후손들에게 편지 형식으로 글을 띄우려고 해. '난 300년 전 살았던 할애비인데, 이것 좀 확인해다오. 박정희는 아직도 위대한 인물로 추앙받는지, 독일의 히틀러는 또 어떻게 기억되고 있는지. 우리는 광화문 네거리에 절박하고 조급한 마음으로 뛰쳐나갔다가 허탈한 마음으로 헤어졌던 불행한 세대란다'라고."(이세영, 『'난쏘공' 안읽히는 사회 오길 그토록 바라건만…』, 『한겨레』 2008년 11월 13일자. https://www.hani.co.kr/arti/culture/culture_general/321669.html 검색일: 2023년 10월 13일)

참고 문헌

기본 텍스트와 자료

조세희, 『난장이가 쏘아올린 작은 공』, 문학과지성사, 1978/ 이성과 힘, 2000.
______, 『난장이 마을의 유리병정』, 동서문화사, 1979.
______, 「돛대없는 葬船」, 『신춘문예 당선전집 3』, 중앙출판공사, 1983.
______, 『시간 여행』, 문학과지성사, 1983.
______, 『침묵의 뿌리』, 열화당, 1985.
______, 「파괴와 거짓 희망, 모멸의 시대」, 『문학과사회』 1996년 가을호.
______, 「무산된 꿈, 희망의 복원」, 『당대비평』 1호, 삼인, 1997.9.
______, 「희망의 근거」, 『당대비평』 2호, 삼인, 1997.12.
______, 「빈곤의 강요와 응전」, 『당대비평』 3호, 삼인, 1998.3.
______, 「두 도시의 파업과 저항—서울 · 파리 '95~'97」, 『당대비평』 3호, 삼인, 1998.3.
______, 「적들의 탐욕과 '투사'들의 정열」, 『당대비평』 4호, 삼인, 1998.6.
______, 「시련의 시절과 시대의 '척추'」, 『당대비평』 5호, 1998.12.
조세희-성민엽 대담, 「상황과 작가의식」, 『문예중앙』 1983년 가을호.
조세희·권영길, 「대담: 노동자 정치세력화, 21세기를 위한 '희망의 투자'」, 『당대비평』, 2호, 삼인, 1997.12.

조세희 · 박경리, 「빈곤보다 두려운 것은 터전의 상실이다」, 『당대비평』 6호, 삼인, 1999.3.
조세희 · 이경호 대담, 「2.5세계의 불안한 나날」, 『작가세계』 2002년 가을호(통권 54호), 세계사.

비평, 논문, 단행본

강상대, 「불구적 삶의 신화—조세희론」, 『작가세계』 2002년 가을호(통권 54호), 세계사.
구광본, 「유년과 역사로의 여행」, 『작가세계』 1990년 겨울호.
권성우 엮음, 『침묵과 사랑』, 이성과 힘, 2008.
김경수, 「소설의 정치학: 조세희론」, 『우리말글』24호, 우리말글학회, 2002. 4.
김명인, 「부끄러움의 서사, 『난소공』」, 권성우 엮음, 『침묵과 사랑: 『난 · 쏘 · 공』 30주년 기념문집』, 이성과 힘, 2008.
김병익, 「난장이 혹은 소외집단의 언어」, 『문학과지성』 1977년 봄호.
______, 「대립적 세계관과 미학」, 『문학과지성』 1978년 겨울호.
______, 「사랑 · 분노 그리고 관용」, 『세계의 문학』 1985년 겨울호.
______, 「역사에의 분노 혹은 각성의 눈물」, 『문예중앙』 1983년 가을호.
김승희, 「조세희 문학의 인간적 탐구」, 조세희, 『난장이 마을의 유리병정』, 동서문화사, 1979.
김우창, 「산업화 시대의 문학」, 『문학과지성』 1979년 가을호.
______, 「역사와 인간 이성—조세희, 『난자이가 쏘아올린 작은 공』 4반세기」, 『작가세계』 2002년 가을호(통권 54호), 세계사.
김욱동, 「조세희와 난쟁이의 꿈」, 『문학생태학을 위하여』, 민음사, 1998.

김윤식, 「난장이 문학론(상)-조세희론」, 『소설문학』 1984년 12월호.
______, 「난장이 문학론(하)-조세희론」, 『소설문학』 1985년 1월호.
______, 「민중문학은 누구의 것인가」, 『우리 소설과의 만남』, 민음사, 1986.
______, 「산업사회의 형식」, 『우리 소설과의 만남』, 민음사, 1986.
김윤식 · 정호웅, 『한국소설사』, 문학동네, 2000.
김인호, 「소설의 언어에 내재한 생태학적 지평」, 『현대소설연구』 13, 한국현대소설학회, 2000. 12.
김인환, 「방황과 순례」, 『세계의 문학』 1984년 봄호.
______, 「현실과 도덕—조세희론」, 『작가세계』 2002년 가을호(통권 54호), 세계사.
김정란, 「죽일 수 없는 난쟁이의 꿈」, 『현대소설』 1990년 가을호.
김종철, 「산업화와 문학」, 『창작과비평』 1980년 봄호.
김주현, 「산업사회에서 여린 세계로의 지향」, 『솔뫼어문학』, 1996.
김치수, 「산업사회와 소설의 변화」, 권영민 엮음, 『한국의 문학비평 2』, 민음사, 1995.
김태환, 「『광장』과 『난장이가 쏘아올린 작은 공』 읽기, 그리고 천천히 다시 읽기」, 『문학과사회』 1997년 여름호.
______, 「타자, 불연속성, 뫼비우스의 띠-『난장이가 쏘아올린 작은 공』의 구성과 주제에 관한 고찰」, 『내일을 여는 작가』, 1997년 겨울호.
김현, 『우리 시대의 문학』, 문장, 1980.
노대원 · 이소영 · 황임경, 「위태로운 시대의 취약성 연구: 취약성 개념의 초학제적 탐색」, 『비교한국학』 30권 1호, 국제비교한국학회, 2022.04.

명형대, 「리얼리즘 소설의 환상성」, 『현대소설연구』 13, 한국현대소설학회, 2000. 12.
박인성, 「아나크로니즘(Anachronism)의 시간성과 수사학: 1970년대 서사문학의 동시대성에 대한 재구성」, 서강대학교 대학원 박사학위논문, 2016.
방민호, 「리얼리즘의 새로운 모색 속에서 보는 『난장이가 쏘아올린 작은 공』」, 『내일을 여는 작가』, 1997년 겨울호.
______, 「안과 밖이 없는 닫힌 세계의 출구에 관한 물음과 암시」, 『문학사상』 1999년 3월호.
성민엽, 「이차원(異次元)의 전망」, 『한국문학의 현단계 2』, 창작과비평사, 1983.
______, 「추상적 사랑의 구체화」, 『문예중앙』 1984년 봄호.
송재영, 「삶의 현장과 그 언어」, 『세계의 문학』 1978년 가을호.
신철하, 「희망의 원리-더 나은 세계와 삶에 관한 문학」, 『작가세계』 1997년 가을호.
양애경, 「조세희의 『난장이가 쏘아올린 작은 공』 분석」, 『한국언어문학』, 1994.12.
양정현, 「『난장이가 쏘아올린 작은 공』에 나타난 교육의 주제 연구—말과 지식의 양가성을 중심으로」, 『현대문학이론연구』 70, 현대문학이론학회, 2017.9.
______, 「조세희 작품에서 과학의 이중적 위상」 『난장이가 쏘아올린 작은 공』에 나타난 위상수학적 테제를 중심으로」, 『현대문학이론연구』 92, 현대문학이론학회, 2023.4.
염무웅, 「도시-산업화 시대의 문학」, 『민중시대의 문학』, 창작과비평사, 1979.

______, 「난장이 세상의 문학」, 조세희, 『난장이 마을의 유리병정』, 동서문화사, 1979
오생근, 「진실한 절망의 힘」, 『창작과비평』 1978년 가을호.
오세영, 「사랑의 입법과 사법」, 『세계의 문학』 1989년 봄호.
우찬제, 「분노와 사랑의 뫼비우스 환상곡, 혹은 분배의 경제시학」, 『작가세계』 1990년 겨울호(7호), 세계사.
______, 『욕망의 시학』, 문학과지성사, 1993
______, 「복합시선, 그 심미적 이성의 열린 가능성」, 조세희, 『풀밭에서』, 청아, 1994.4.
______, 「모든 것은 리얼하다?」, 『포에티카』 1997년 봄호, 민음사.
______, 「대립의 초극미, 그 카오스모스의 시학」, 조세희 『난장이가 쏘아올린 작은 공』, 문학과지성사, 1997. 5.
______, 「폭력적 현실과 문학적 정의—조세희의 『하얀 저고리』 읽기」, 『작가세계』 2002년 가을호(통권 54호), 세계사.
______, 「조세희의 『난장이가 쏘아올린 작은 공』의 리얼리티 효과」, 『한국문학이론과 비평』 21, 한국문학이론과비평학회, 2003.12.
______, 『텍스트의 수사학』, 서강대학교출판부, 2005.
______, 「섭생의 정치경제와 생태 윤리」, 『문학과환경』 9권2호, 문학과환경학회, 2010.12.
______, 「탈구성적 서사와 탈구성적 소통—조세희의 『난장이가 쏘아올린 작은 공』수용의 문제성」, 『문학과사회』 2017년 봄호(117호), 문학과지성사.
______, 『애도의 심연』, 문학과지성사, 2018.
______, 「작은 몸, 큰 고통」, 『문학과사회』 2023년 봄호(141호), 문학과지성사.

______, 「생태적 애도와 환경 정의」, 『문학수첩』 2023년 하반기호, 문학수첩.
유윤희, 「궁핍과 소외의 소설적 변용」, 『한성어문학』 4, 한성어문학회, 1985. 5.
이경호, 「서정의 공간과 다성의 공간」, 『작가세계』 1990년 겨울호.
이동렬, 「암울한 시대의 밝은 조명」, 『문학과지성』 1978년 가을호.
이동하, 「두 개의 시선」, 『문예중앙』 1985년 겨울호.
______, 「어두운 시대의 꿈」, 『작가세계』 1990년 겨울호.
______, 「조세희 연구의 성과와 앞으로의 과제」, 『작가세계』 1990년 겨울호.
이재선, 『현대한국소설사 1945-1990』, 민음사, 1991.
이현식, 「시민문학으로서의 『난장이가 쏘아올린 작은 공』」, 『문예미학』, 1996. 6.
장경렬, 「뫼비우스의 띠와 클라인씨의 병」, 『작가세계』 1990년 겨울호.
장혜련, 「사랑과 연대의 목소리」, 『문예연구』 2023년 여름호(117호), 문예연구사.
정과리, 「고통의 개념화」, 『신동아』 1979년 2월호.
정미선, 「차원을 증여하는 헤테로토폴로지의 문학」, 『문예연구』 2023년 여름호(117호), 문예연구사.
정신재, 「문학적 사실과 분배-『난장이가 쏘아올린 작은 공』을 중심으로」, 『새국어교육』 43, 1988. 6.
정주아, 「조세희 문학을 통해 본 1970년대 산업사회와 '희망'의 문제」, 『한국근대문학연구』 제19집, 한국근대문학회, 2018.
정현기, 「1970년대 소설의 노사 갈등 모티브 연구」, 『매지논총』 7호, 1990. 2.

정홍수, 「두 가지 인간학」, 『한국문학』 1997년 겨울호.
조남현, 「노동의 소설화 방법」, 권영민 엮음, 『한국의 문학비평 2』, 민음사, 1995.
조자영, 「조세희 소설에 나타난 정치적 주체의 형상화 연구」, 석사학위논문, 서강대학교대학원, 2020.
주지영, 「비판적 지식인을 여기로 소환하라」, 『문예연구』 2023년 여름호(117호), 문예연구사.
진정석, 「모더니즘의 재인식」, 『창작과비평』 1997년 여름호.
최병구, 「1970년대 호모 이코노미쿠스의 탄생과 과학기술의 문제—조세희 작품을 중심으로」, 『한민족어문학』 제86집
최유찬, 「『난장이가 쏘아올린 작은 공』의 구조와 리얼리즘적 성과」, 『내일을 여는 작가』, 1997년 겨울호.
최태현, 『절망하는 이들을 위한 민주주의』, 창비, 2023.
홍기삼, 「산업시대의 노동운동과 노동문학」, 『한국문학연구』 10, 동국대 한국문학연구회, 1987. 9.
홍성원, 「시멘트 정글과 지성의 미로」, 『문학과지성』, 1976년 여름호, 문학과지성사.
황광수, 「노동문제의 소설적 표현」, 『한국문학의 현단계 4』, 창작과비평사, 1985.
황국명, 「연작소설고-조세희, 인식 양식으로서의 연작소설」, 『문학의 세계』, 1990.
______, 「윤리와 미학의 겹침」, 『내일을 여는 작가』, 1997년 겨울호.
황세레나, 「난장이를 향한 문체와 서술양식」, 『문예한국』, 1992. 3.
황순재, 「조세희 소설 연구」, 『한국문학논총』, 1997. 7.
게오르그 루카치, 『소설의 이론』, 반성완 옮김, 심설당, 1985.

쇠렌 키에르케고르, 임규정 옮김, 『불안의 개념』, 한길사, 1999.
스테이시 앨러이모, 『말, 살, 흙: 페미니즘과 환경정의』, 그린비, 2018.
자크 랑시에르, 『불화』, 진태원 옮김, 길, 2015.
제레미 리프킨, 신현승 옮김, 『육식의 종말』, 시공사, 2002.
제이슨 W. 무어, 『생명의 그물 속 자본주의』, 김효진 옮김, 갈무리, 2021.
Eva Feder Kittay, 『돌봄: 사랑의 노동』, 김희강 · 나상원 옮김, 박영사, 2016.
Ryan, Marie-Laure. "Immersion vs Interactivity: Vertual Reality and Literary Theory", *Postmodern Culture* vol. 5.1, 1994. 9, 장은수 옮김, 「버추얼 리얼리티와 문학이론」, 『포에티카』 1호, 민음사, 1997년 봄.
Barthes, Roland. "The Reality Effect", Tzvetan Todorov ed., R. Carter tr., *French Literary Theory Today*, Cambridge UP., 1982.
Buell, Lawrence, *Writing for an Endangered World: Literature, Culture, and Environment in the U.S. and Beyond*, Cambridge, Mass: Harvard UP., 2001.
Furst, Lilian R., *All is True*, Duke UP., 1995.
______, *Realism*, Longman, 1992.
Harari, Robert, *Lacan's Seminar on "Anxiety": An Introduction*, New York; Other Press, 2001.
Heise, Ursula, *Sense of Place and Sense of Planet: The Environmental Imagination of the Global*, New York: Oxford UP.,

2008.

Kuberski, Philip, *Chaosmos*, Albany: State University of New York Press, 1994.

Mooij, J. J. A. *Fictional Realities : The Uses of Literary Imagination*, Philadelphia; John Benjamins Publishing Company, 1993.

Ryan, Marie-Laure. "Cyberage Narratology: Computers, Metaphor, and Narrative", D. Herman ed., *Narratoligies: New Perspectives on Narrative Analysis*, Ohio State UP., 1997.

Ryan, Marie-Laure. *Narrative as Virtual Reality: Immersion and Interactivity in Literature and Electronic Media*, The Johns Hopkins UP., 2001.

Scott Slovic, Swarnalatha Rangarajan & Vidya Sarveswaran, ed., *The Bloomsbury Handbook to the Medical-Environmental Humanities*, London: Bloomsbury Academic, 2022.

White, H., "The Value of Narrativity in the Representation of Reality", *Critical Inquiry*, vol. 7, No. 1, 1980.

Ryan, Marie-Laure. *Narrative as Virtual Reality: Immersion and Interactivity in Literature and Electronic Media*, The Johns Hopkins UP., 2001.

Scott Slovic, Swarnalatha Rangarajan & Vidya Sarveswaran, ed., *The Bloomsbury Handbook to the Medical-Environmental Humanities*, London: Bloomsbury Academic, 2022.

White, H., "The Value of Narrativity in the Representation of Reality", *Critical Inquiry*, vol. 7, 1980.

찾아보기

작품명 · 책명

주제어

ㄱ

ㄴ

ㄷ

ㅅ

인명

부록

조세희 사진

부록: 조세희 사진

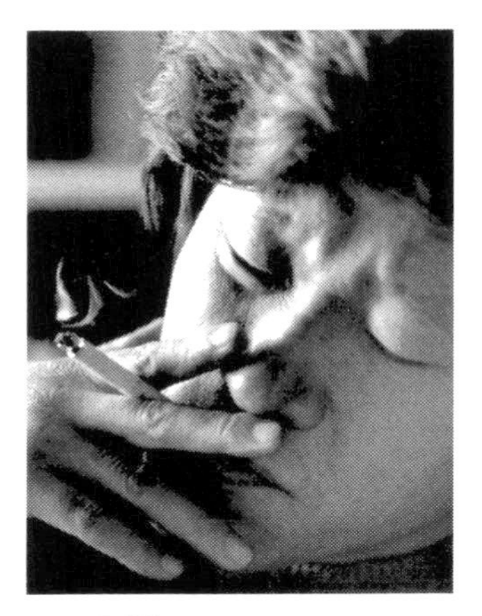

사진 1. 조세희 1

사진 2. 조세희 2

사진 3. 조세희 3

사진 4. 마지막 광차

사진 5. 사북 2

사진 6. 지방사진 1

사진 7. 지방사진 2

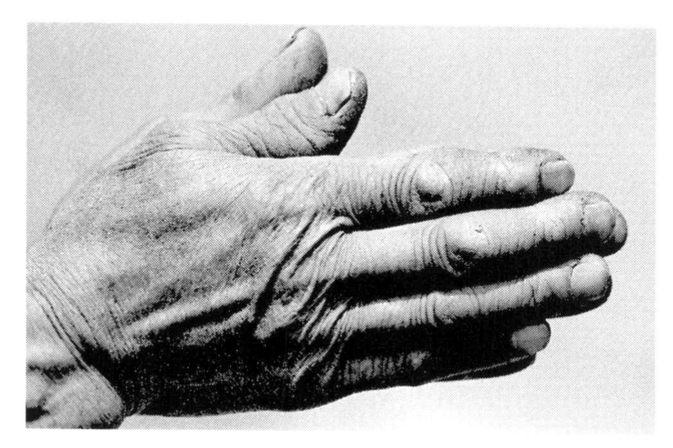

사진 8. 지방사진 3

사진 9. 지방사진 4

사진 10. 집회 1

사진 11. 집회 2

사진 12. 집회 3

사진 13. 집회 4

사진 14. 파리 1

사진 15. 파리 2

사진 16. 평택 1

사진 17. 팽택 2